山河故人

《年度散文50篇》系列精选
历史文化篇

王鼎钧 李敬泽 祝勇 等著
陈建功 主编

北京时代华文书局

图书在版编目（CIP）数据

山河故人 / 王鼎钧等著 ; 陈建功主编 . -- 北京 : 北京时代华文书局 , 2024.9
ISBN 978-7-5699-5471-5

Ⅰ . ①山… Ⅱ . ①王… ②陈… Ⅲ . ①散文集－中国－当代 Ⅳ . ① I267

中国国家版本馆 CIP 数据核字 (2024) 第 075860 号

SHANHE GUREN

出 版 人：陈　涛
项目策划：张洪波　余　玲
项目统筹：余　玲
特约编辑：胡　家
责任编辑：樊艳清
执行编辑：耿媛媛　王凤屏
装帧设计：po
内文排版：迟　稳
营销编辑：梁　希
责任印制：刘　银

出版发行：北京时代华文书局 http://www.bjsdsj.com.cn
　　　　　北京市东城区安定门外大街 138 号皇城国际大厦 A 座 8 层
　　　　　邮编：100011　电话：010-64263661　64261528
印　　刷：北京盛通印刷股份有限公司
开　　本：787 mm×1092 mm　1/32　　　成品尺寸：130 mm×188 mm
印　　张：11.75　　　　　　　　　　　字　　数：233 千字
版　　次：2024 年 9 月第 1 版　　　　　印　　次：2024 年 9 月第 1 次印刷
定　　价：49.80 元

版权所有，侵权必究
本书如有印刷、装订等质量问题，本社负责调换，电话：010-64267955。

目录

惜字亭下	1
不负江豚不负铜	19
自吕梁而下	27
彩陶表里	41
苏轼是如何渡海的	55
魏晋风度及避祸与贵人及虱子之关系	65
书生戒	85
她们都不爱贾宝玉	93
十二匹老虎在耳语	111
薄如蝉翼	131
云南笔记	143
旧文献里的种子,以及优质土壤	155
一曲康桥便成永远	169
近代散文的七位宗师	175
记忆像米轨一样长	189
兵器十八般	203
独留明月照江南	217
这埋葬一切正经与不正经的大墓	261
新鲜风景与故人山河	
——纪念孙犁110周年诞辰	269

生有确时，死无定日	
——关于死亡的断想	287
人体的哲学	305
火星札记	323
一件袍子	339
叙事	355
过沙溪急，霜溪冷，月溪明	363

惜字亭下

胡竹峰

安徽省作家协会副主席。出版有《胡竹峰作品（五卷本）》《南游记》等作品三十余种。曾获孙犁散文奖双年奖、丁玲文学奖、刘勰散文奖、丰子恺散文奖、林语堂散文奖、三毛散文奖等奖项。部分作品被译介为多种文字。

祖父说旧时有人背篾筐，上书"敬惜字纸"四字，走乡串户，收集字纸，送往镇上惜字亭内烧掉。先辈建惜字亭，旨在教化子孙勤学苦读、珍惜文字。

惜字亭是砖石结构，形如塔，高三丈三尺有余，五方皆为假门，底层有一方辟有拱形空心正门，专供焚烧字纸之用，以育人文风气。二至三层实心结构，飞檐斗拱，有各式花纹图案。亭子建造于清朝光绪年间，小时候手头有几枚光绪通宝，铜钞面文为楷书，背铸飞龙。乡下人家里多存有铜币，康熙、乾隆两朝最多，大小不一。旧人一双双手摩挲过的缘故，钱币锃亮，触鼻有阴凉清冷的铜锈气，让人精神一振。

穿过长长的老街，出口即惜字亭，如老松一般，那是平凡乡村雍容的儒风与清逸的仙容。亭头烟雨散了又聚，亭外青山黄了又青，亭尖自生野草，雀恋鸠飞。旷达和清穆不倒。一百多年光阴点点滴滴渗透砖壁，斑驳坑洼，古意充盈，愈久弥坚。亭边有人家终年在门檐下挂两个红灯笼，风吹雨打日晒，灯笼有些陈旧了，衬着粉饼般色调的外墙。

惜字亭下人家，虽世代耕农，对字纸也有敬惜之心。家里有读书人的，必备字纸篓。字纸保持清洁，不受污秽，得空放入炉中焚化，将灰烬深埋或送入河里。一些乡民识不了多少文字，却深得人间仪礼。路口瓜果，孩童们偷偷摘走吃了，主人也不恼。秋天瓜果成熟了，总会送亲邻尝新。

乡人惜字更惜物，村戏里上法场的人唱词一句句都是惜物之情:"舍不得老布袜子有帮无底,舍不得鸡窝上一顶斗笠,舍不得床底下三升糯米,舍不得刚抱的一窝小鸡。"

地底潮湿,房子屋基用青石方块,青砖砌半人高,刷上石灰。青砖是珍物,舍不得多用,平常人家造房子,一律砌土砖上顶。砖缝抹平了,沿缝压出一条沟纹。夏天敞开窗子,冬天才贴上薄薄的白纸,窗上微微发出米糊与白纸的气味。屋檐下堆满松针,引火烧饭。劈开的木柴码放整齐,这种情调为山乡独有。

亭下常生野草,紫苏、苍耳、麻叶、稗子,还有我不认识的青藤。亭下河水流了不知多少年,石板桥却是晚清旧物。街上老房子,大多已湮没在历史尘埃中,那桥那亭在日出日落中演绎着清凉与温暖的感叹。

水一天天鲜活流着,因在古桥下,多了一层淡淡的古意。夕阳斜铺在河里,水面映照得如稻草般淡淡的黄。我乡极多石板桥,逢到夏天,桥洞是我们的乐园。摘几片芭蕉叶,铺地做床,无所事事过一个上午或者中午、下午。有月亮的夜晚,桥影、月影、人影、树影连同水的光影,是极美的景致。有桥处往往是交通要地,总有几家店铺。和母亲去购物,怯生生尾随其身后,紧拽衣摆,看一眼又看一眼那些花花绿绿的东西。老家乡俗管怯人叫"黑耳朵"。

惜字亭是灰扑扑的。阴雨天气,亭子也阴郁着,草尖低垂,树叶低垂,亭上细藤也垂须朝下。亭边瓦房人家灰扑扑的,墙角斑驳着裸露出藏青色大砖,砖上稀落落生有苔藓。老式木板门,窗户也是木制的,窗格烟熏火燎漆黑黑一节一节。苍老与陈旧里,凝结着一份幽古的清寒与贫乏。只有河水透亮,不知疲倦地流淌,寂寞无依,义无反顾。今时想起,都已怅然,都已寂灭。

惜字亭下山深树茂,一年四季花色烂漫,东风西风轮转方成四季。乡野绿植遍野,无有风沙,窗明几净。少年时每日在窗下读两册书,喝一壶茶,间或一二乡友来闲坐,上下千年。远离闹市,得了清静也得了热闹。

那些人家房屋邻近,鸡犬相闻。老屋错综复杂,多则百十间房子,少则几十间。一个族下几十户人家住在一起。人丁兴旺的开始搬移祖宅,鳞次栉比的瓦房仄仄斜斜横戳在一行行树中,也不规矩,靠东向西,坐北朝南,建得自然。路都是沙子路,两边种了些花草,被参差不齐的树、新旧不一的楼包围着。

民居多依山而建,峰峦环抱做靠背,有上好的风水。门前多有水塘,半月形居多。房子常常是几十年旧宅,五进三厢四合院,两端外带抱厦,青砖黛瓦马头墙。还有人住百年老屋,几十户人家围聚一起,乡人称为万家楼,因为住户多,民居原为万姓人家所建,遂得此称谓。

万家楼后来归了吴家,友人住在那里。他母亲做的萝卜干真好吃,二十几年,忘不了那样的情味。冬天借宿,夜雾中影影绰绰的鱼鳞瓦老房子，几盏未灭的灯火，点缀其间。早晨起霜了，一头走出去，迎面沁凉，瓜果蔬菜萧然意远。

古人说，欢喜一个人，他家屋顶的乌鸦也欢喜。不喜欢那个人，连带厌恶他家的墙壁篱笆。友人母亲为人和善，待我等如亲儿，每日烧好热水灯下候着。洗漱泡脚，屋梁上近尺长的老鼠探头缩脑，好像通了人情，并不可厌。几个少年嬉皮笑脸，世间最好的事，是人的相遇，像梅花沾有霜雪，草叶凝结露珠。

开春后，惜字亭下村落山野的各色花都开了，小路上常见挑夫折一枝野花放在扁担头，蕴含三分春色，又吉庆又和煦。日子贫苦，生在马槽牛栏，也在槽里栏里开有绿叶鲜花。

柳梢风味最好，<u>丝丝绦绦长长短短</u>，与茅草间杂一起。桃花谢了，焕然一树新绿。山中映山红红艳艳躲躲闪闪，小孩一捧捧折来当作玩物。厚厚的棉衣可以脱去了，草木向荣，人面欣欣。小女子穿上春衫，布袖飘摇如风行水上，韶华胜极，是一枝枝桃花。不独人物鲜活如此，屋前弯弯绕绕几条田埂，也若游蛇一般。水口关上，田里浅浅一洼水，远看如镜子，映得云白，映得山绿，映得树翠。田边有山，不甚高大，却青葱莫名，从山冈绿到岭脚。布谷鸟开始叫了，一只一只在田野咕咕相和，从清晨至傍晚。微风徐徐，正是放风筝的时节，终日有纸鸢在天上飞着，高高低低。

光阴流转，四季时序轮番。谷雨、清明时候，遍地庄稼，一片翠绿，一片祥和。乡农造屋早已不用土窑砖瓦，省却许多柴火，几年养得山林茂盛繁密。乡下常见大树，一人抱不过来，清凌凌有喜气。乡俗说山上多柴，家里有财，这就是太平盛世了。

乡野无邪，花草无邪，童年心性无邪。诗中"路上行人欲断魂"一句，我并不喜欢，觉得阴郁低沉。因为不喝酒，对"借问酒家何处有，牧童遥指杏花村"也无动于衷。后主词里感慨"才过清明，渐觉伤春暮"，也未免丧气。白居易倒是说得好，"好风胧月清明夜，碧砌红轩刺史家"，王谢堂前的燕子与碧砌红轩，都入了寻常百姓家。程颢也作过清明诗，"况是清明好天气，不妨游衍莫忘归"，比他《易传》《经说》《遗书》之类著作容易亲近。

清明时节雨纷纷，南方总有大片连阴雨，蒙蒙细丝十天半月不止，天气应了诗句，年年如此。墙角苔痕又高了几寸，人在雨中，望着烟笼远树，景致更妙。雨飘在庭院，飘在池塘，飘在田垄，飘在坡地，也飘在人的头面，细碎冰凉。河水涨了一些，乱流山沟，水中圆石无数，大者如菜盆，小者似鹅卵，更小的像弹丸，一颗颗润洁可喜。

地气旺盛，天清目明。晴日得气，有田园气、山林气。天地日月人世安定清明，春阳流水与畈上新绿有远意，水声经久不息，引得人向上向善向远。春天凝在花红叶绿里，溪涧池塘涨满水，积蓄自然之力。野草越长越高，蒲公英绒球随风乱飘，荠菜老得开了花。

春欣佳景，牛都是喜悦的，不再嚼棚里的干稻禾，每日早晨饱食大把鲜草，鼓腹昂首阔蹄从村前禾垛旁走过，潇洒陶然，好似仙家之物。午后，有牧童牵它上山，山林茅草遮身，那牲畜如入宝地，又一次肚皮浑圆。山地阴凉，草浅处可卧可眠可立可坐，或捧一书闲翻，不知不觉，日影西斜。

老屋旁有水塘，虽不见烟波浩渺的万千气象。每每午后，垂钓于树荫，或在草丛中酣眠，清风醉人，几忘烦心俗事。屋旁也有老井，甘甜悠长，可饮可涤。院墙外的空地上种些丝瓜、青椒、茄子、白菜，晚上在瓜架豆棚下乘凉。

星光灿烂，夜色如水，菜叶上露珠粼粼。常有青萤飞入窗口，屋内萤光闪烁，更有月色照得纱窗一片皎然，几缕寒光泻进室内，映着半床诗书。

春日，香椿发芽，采些归家，以香油拌之，养胃怡神。村口槐树开花，摘了回来，放鸡蛋清炒，饭量大增。每年可以吃到三五条黄鳝，是祖父犁田遇到了捉回来烧汤，用茶碗装着，一段段入嘴清香。黄鳝并不稀罕，却是春夏时令之物。一次生病，家人不知道从哪里谋一偏方，说油桐树虫有效，逼我吃下三条。那东西藏身油桐树干，形状像蚕，倒无异味。只是虫子黑得油亮，蠕蠕而动，总不免发慌作呕。

适逢节令，自有平日所无的章程。立夏称重，端午包粽子、吃绿豆糕，中元烧香纸，重阳打糍粑，中秋食月饼，过年祭祖，清明上坟。一岁尤重三节，端午、中秋、过年。过年的热闹不必说。端午、中秋亦有喜悦处。

过端午，吃粽子习俗由来已久。古人包粽子多用黍米，籽粒淡黄色，也叫黄米，煮熟后有黏性。粽子一般四个角，三个角的也有，还有五个角的，像戏台上的帽子。

小时候过端午，家里会包些粽子，裹上一颗红枣，有甜蜜的寓意，再蒸几枚咸鸭蛋，一分为二或者一分为四切开，四仰八叉躺在白瓷盘中。说来也怪，咸鸭蛋非要那样才流光溢彩，囫囵剥壳而食，不仅少了情意，滋味似乎也差一些。我不喜欢吃粽子，唯好其香，那种香缥缈肆意又含蓄温柔。老家人包粽子多用芦苇的叶子，提前摘下一叶叶洗净叠好，与古人不同。

古人多以菰叶包裹粽子。用菰叶包黍米成牛角状，称角黍；用竹筒装米密封蒸熟，称筒粽。筒粽方便快捷，近年巷口常见老翁老妇贩卖。粽子剥开以长竹签擎来吃，滋味清香，有翠竹气也有糯米的清香，还有惜字亭下人家的旧时气息。

每回吃粽子，总会想起祖母。祖母包的粽子，说不出的家常朴素，后来我再也没有吃到过了。

端午节旧俗，照例要挂把艾草在门头，我家年年只是随意放一捆在那里。有人将艾草剪做宝剑形状，民间各色禁忌皆有仙鬼依附其上，这是俗世的庄严肃穆。

端午如此，中秋也如此。如果是大晴天，月亮地里，漫天星火下摆张桌子，一家人团团围住水壶的袅袅热气，月饼切成扇形，就着点心，喝茶聊天，是一件愉悦的事情。

吃月饼每年只一次，金黄的面皮，细碎的芝麻，嚼出沙沙的声音，都是美好的。更美好的是红色纸盒凸印嫦娥飞天的画面，衣袂飘飘，上空一轮金黄的圆月，让人生出许多联想，还有飘飘欲仙的快意。小心翼翼剪下嫦娥，贴在镜子旁。梳头洗脸，顾影自盼之余与嫦娥眉目传情，牵连瓜田岁月的美意。

纸上嫦娥不老，有年回家在老屋里相逢，二十几年时光，我已非我，她还是当初模样。二十几年，没吃过那种月饼，仿佛消失了一般，市面未见。我不惦记那种味道，但我怀念过往的日子，怀念那在漆红桌子上切月饼的时光。

老屋旁有梅、柑、梨，有芭蕉，还有石榴。石榴从来没有挂果，是风景树也是风水树。最贪恋桂树，巨大的一团，远远就可以看见。爬上去，枝杈繁乱，零散几个鸟巢，别有洞天。有大树，少则上百年，更有千年古柳，虬根盘旋，枝叶参天交错，春天发了新枝，立夏后像一层浓重的绿云，遮挡好大一片天。又有芳草萋萋，青藤数枝绕树蜿蜒上行，越发绿意葱茏。

庭院海棠花开了，招蜂引蝶，也引来了几只蜻蜓。蜘蛛在天井结丝，两只飞虫自投罗网。山脚路口过来一村童，衔一秆麦管，呜呜吹响黄昏。天色茫茫，又下雨了，蒙蒙细丝落在衣袂间，亦见清风明月的气韵。青梅尚小，在枝头立着，隐有花的余香，白绒绒一身亮。炊烟在老屋的鱼鳞瓦头袅起。

屋前屋后皆是菜畦，一脉新生，豌豆灌荚了，长满一地绿月，摘回来烹食，风味大佳。韭菜尤好，有种稚嫩的香甜。一经立夏，韭菜浊气重了，吃起来便无春时新嫩。古人说蔬食以春韭秋菘滋味最胜，这是知味之言，也是经验。韭菜清炒或煎鸡蛋，有春鲜美味。用来炒河虾亦好，咸香且微甜。小时候河虾珍贵，不易吃得到。

望肉馋叹的日子，母亲自制网兜，兜口缝几枚铜钱，入水可紧贴水底，趁手一提，多有所得，无非小鱼小虾，也足以让人欢喜。夏日傍晚，母亲带我兄弟二人自溪头至水尾捞获，觅食若干。水中河虾，触须对碰，弹跳自在。鱼虾大者如蚕豆，小的如粒米而已，焙干后，放辣椒炒食，咂舌之美，通达心底。放下碗筷，觉得未来远大，一室吉祥欢腾。

门前溪河清亮，阳光照下来，沙石闪动，竹影树影也闪动。河潭是浣洗场所，乡妇槌起槌落，清晨捣衣声不绝。溪边三五桃树，花开时节，花影人影相映。有落红飘至溪中，水流花谢，人一时无语。夏天，几个小童避开大人，卷起裤腿在河中捞寻鱼虾，养在玻璃罐里。

小河水流平缓处芹菜丛生，葳蕤一片。掐回家洗净，以腊肉之油炒食，入口生气颇盛，与畦园菜蔬滋味不同。以前有贫人吃了芹菜，觉得美味，献给贵人分享。贵人觉得辣辣的，蜇于口，惨于腹。幼年听到这个故事，不觉得寒碜，感慨贫人的浩荡烂漫与仁厚朴素。这风气从先秦至今，跨越两千年，没有中断。

在徽州游玩，一族人家老祠堂大厅抱柱上高高挂有旧联，说是清人所作，内容大好，说出了心头话：

惜衣惜食缘非惜财而惜德，求名求利只需求己莫求人。

这联语让我感动，仿佛看见了惜字惜物的祖父青灰色的身影，也仿佛看见了一代代乡村老人的面容，更让我想起乡居的母亲，每回饭熟了，她总用钳子夹取灶台下正热的火炭丢入陶瓮中，用木板封口，火炭须臾而灭，经月可得数斗，冬天用来烧小炉。

做孩子的时候，凡穿衣或饮食，上人总让我们爱惜，一粒米也不能糟掉，衣裤鞋袜更要当心，不可随意损坏污染。祖父说一个人不爱惜衣食，必损坏福报，甚至折了命格。民间凡夫也得了些汉儒之风。

家里来了新客，邻人说话含笑，举止多礼。母亲在厨下，煎炒油炸之声响彻四壁。菜里会添一勺油，油汪汪的，动人心魄，仿佛照得见人影。虽无山珍海味，村落人家现世的安稳也是华丽富贵。给客人盛饭，小辈倘或单手接递，上人总要嗔怪，提醒用双手。来客盛饭要满，碗头有菜，几乎直抵鼻尖。乡村趣味处处讲究一个满，圆满丰满，水满缸，粮满仓，被满床，年画里的鱼和婴儿，也以肥美为上。

少时生活俭约，少喧哗，吃饭不得多话，不准挑三拣四，从自己面前慢慢吃。左手端住饭碗，不要吃着自己碗头又盯着盘子，夹菜不能把手伸到长辈面前。睡觉不许翻来覆去，坐要端正，晃腿会折了福分。人世久了，觉得少比多好。人生一世，忧患实多，欢喜是有的，忧愁的时候也不会少，轻轻浅浅享一份清福就好。君子知命，随分守时而已。不是君子，更要懂得随分守时顺应天命自然。

乡民饭场多设在厨房外，屋里一张八仙桌、四条凳子。桌子很旧，油漆脱落了，好在还牢固安稳。有人家水缸裂开了缝，用铁绳捆住。天长日久，锈迹斑斑，水迹濡湿锈迹，像桑叶，像地图。水缸面上浮着葫芦瓢，或敞口或覆身，泛出青铜色。从缸里舀半瓢水，仰头喝了，水线入喉清凉爽快，是清洌的山泉。

农人生来出力为务，上山砍柴、下田种稻，春天要播种，秋天要收割。地里依岁序种有玉米、蔬菜、小麦、红薯，年头忙到年尾，吃事舍不得花大块时间。

乡间日常，饮食仿佛余事。妇人从田间劳作归来，身上沾满尘土草叶。喂过家畜，洗净衣物，才有空闲进厨房。一日三餐不见山珍海味，素日不过米饭、各色蔬菜及家禽之类。粗瓷盘子或者海碗年年所盛都是笋、葱、白菜、豌豆、茄子、黄瓜、萝卜、冬瓜、粉条、扁豆。春节才有鱼，切成块，或者一整条，头尾饱满。年年有余，年年有鱼，鲢鱼、鲤鱼、鲫鱼或者草鱼。餐餐有腊肉，锅底米饭也会煮得满些，饭边是各色菜蔬，炖得发黄，不贪形色美丑。

日落日息，耕种挥汗，一年没有几天空闲。家里或者邻人做了年糕、米饼、芽粑、粽子、月饼、豆粉之类，虽平常物事，母亲却吩咐用盘子或者用藤编的箩筐装好与人分食。

月色中，星光下，漆黑里，捧着喷香的吃食轻扣柴扉。挨家挨户送过，人开门，惊喜盈盈，一边说多礼多礼、过情过情，呼小儿从厨下换碗接过。挟空碗回来，一路步履飞快，星月晚风草木虫鸣仿佛亦含笑。予人之乐如山涧流水，回味甘甜。

族谱记载，胡氏一祖任丈量官，宋朝时候来到惜字亭下，见风水宜室，定居下来。一世祖坟茔犹在，多少代人零落山丘，如草灰入地。当年祖父手植的几棵树或老死或挪作他用。只有一棵桂花立在屋边，被风吹过，摇响一垄秋声也吹开一枝冷香。

多少年，一次次从远方归来，老屋木门后，熟悉的人不在了，后来老屋也不在了。宋元明清到民国至今，一朝朝一代代，胡氏族人世世山野为民，务工出力，春种秋收。

从惜字亭入口，穿过老街，是一条稻田小路，路上有心窃窃想遇到的少女。她迎面而过，彼此无话。午后的风，静静的，轻轻悄悄吹动树叶发出沙沙声响。有时候也并肩而行，说是并肩，我终会慢半步。悄悄看着她侧脸，轮廓玲珑俊俏，颇似巧手精心打磨的玉人，蹙着的双眉下，一对乌黑清亮的眼盈盈如不见底的一泓水，蕴藏着淡淡阴霾。她瘦而单薄的身躯像只小猫。风从耳际拂过，新耕的田地散发出的清馨的泥土气息包裹着我，一些草的味道飘到鼻息间也瞬间包裹着我。初时的心事不敢点破，一抹私念悠悠漫漫，又如同飘扬的风筝，最后断了线，消失在天边。

少年的矜持与羞怯，是高山上稀薄的云朵，是花叶之间微妙的芳香。坐在浅绿的草皮上，以手枕头，书散在一边。天湛蓝深邃，云片白蒙蒙像棉花糖，风吹即散，少年走神了。指缝滑落的比留在掌心的多。过去就过去了，只有记忆，当年岁月丢了，不能回来。少时旧友，为人夫妇为人父母，各自艰苦，各自欢愉，彼此相忘于江湖。

晨雾迷漫，只有青山、河流、老屋、古亭的影迹。春光浩荡，亭尖野草又绿了，野花高举。大雨过后，忽而云开，阳光照过亭尖画戟，斜斜切下一抹幽凉。惜字亭默默看着。小村人家生老病死，井然有序。有些人走了，有些人来了。惜字亭至今康泰，亭尖野草萎了又绿，青了又枯，反反复复。亭下一户户人家在光阴里老去，一年年，山改了模样，河改了模样。

窗外起了风，茶褐色的松针落满后山，枯叶萧萧，心绪也萧萧。枯叶寂寥，心绪也寂寥，内心有《秋声赋》。秋风刮过瓦片，飒飒的声音，不是《秋声赋》，是物之哀了。戏词说："你记得跨清溪半里桥，旧红板没一条。秋水长天人过少，冷清清的落照，剩一树柳弯腰。"落日冷清清照在西山，那些树那些草，被擦亮了一般。无数次静静地坐在门前塘埂上看夕阳之光，染得山影红彤彤地灿烂。

西山如笔架。民国时有风水先生路过，说门对笔架山，此地当出一个文士。我勤勉读书，以为自己会应了那话，将来做一文士。而实在生了逃离之心，出门是山，过了那山还是山，一座座山挡住了一切。孔子说他是丧家之犬，而那时我不过是丧家的微尘虫豸。

后来到处见到像笔架的山，江山多胜迹，才明白此说无稽，风水先生讨一个彩头而已。人生业障太多太重，实在不必太多穿凿、太多执念。

走在惜字亭边，喧嚣只在远处。近旁荒藤绿树老宅古桥，高且大的树栖居了飞鸟，废园长满了野草。暮鸦归来，秋燕南去，风过塔顶，雨落天井，草动虫鸣……四季悄然更迭。白昼日光，夜阑月色，将惜字亭下的日子照得晴朗光明。

前人走过的路，年年山风，春草复生，一寸一尺一米一丈吞噬往日旧痕。下雪了，荒野堆银砌玉，亭子白了头。人间踪迹被一片白隐住了，倏忽回到了过去。山依旧，水依旧，树枝上三五只麻雀跳跃，几百几千几万几万万年前大概也如此。

小村陋室里第一次读柳宗元《江雪》，唐时景象让人沉迷。山无鸟影，路无人迹。孤舟上戴蓑笠的老翁，独自在寒冷的江面上垂钓。斯时想来，又写实又虚空，如人生诀。

戏台上演鲁智深事。花和尚醉闹山门，打坏寺院和僧人，被师父遣往别处，辞别之际唱曲，说自己赤条条来去无牵挂。人性空无，富贵人家与贩夫走卒无二，生来无物，死后带不走一粒尘埃，赤条条来去，在得失中参透看破，在拿起与放下之间解脱，最怕牵挂太多、羁绊太多。古人说，几亩小园，一座破旧的小屋，能避风遮霜。蜗牛角与蚊虫的睫毛，都足以容身。先民心性如此豁达。

空而无心，空且有我，无所谓有，无所谓无。人生至此，所得不过得，所失不过失。吃饭、喝茶、饮酒、读书、写字、作文、行乐、受苦、沉浮。沉沉浮浮，是河东河西岁月码头变换的风景。中国文章有人间天国，那是陶渊明幻构的桃花源，是《红楼梦》中的大观园。住到文章里，像走进了日月星辰。我欣喜写一点文章，潜入文字世界。

那些冷僻荒村，自甘平淡。村人不知外乡外埠繁华风光，知道也不羡慕，守着惜字亭下不大一块天、一方地自生自灭。何止百年孤独，追忆逝水年华找不到引子。

人生在世，命途不同，足迹有别。有人轰轰烈烈做大事，有人终身平凡寂寞，激不起半点浪花。无有是非不论成败，各自福祸吉凶，都不过在世间谋一口热饭滚汤、一张暖炕。有人谋得酒酣耳热笙歌夜夜，有人粗茶淡饭偏居一隅，最终都是走向空无，要的不过此身安妥。

惜字亭下人家撒豆播种，以田地为业。那是他们的桃花源、大观园。一茬茬农人无求无喜，酸甜苦辣尝遍，一切有度，自可过着生活。顺应天道，施肥灌溉，收成好了便好了，收成不好由它不好，来年春日再来耕种。人无妄念无着相，无有梦便不会醒，无牢骚心无矜夸心，处处有佛性有道性。乡农如此，乡景也如此。

秋夜过惜字亭边石桥，河里一轮圆月，明润在天，不知它照着溪水，溪水不知有月照着，不管不顾地流着。石桥、溪水、明月不知有我经过。

选自《当代》2022年第1期，有删节

不负江豚不负铜

刘醒龙

湖北省文学艺术界联合会名誉主席,《芳草》文学杂志主编,中国作家协会第九届全委会委员,中国作家协会小说委员会副主任。曾获茅盾文学奖、鲁迅文学奖等奖项。

用五百吨纯铜砌一座房子，在任何年代都不可想象。

在铜陵，这所举世无双的房子，让人看得实在过瘾。

纯铜砌成的房子，名叫铜官府。房子是新修的，修这房子是要言说一段铁打铜铸的往事。站在铜官府外的那一刻，秋天到来好久的模样一点也见不着，天气反而炎热得如同酷夏，铜和房子一起在阳光下冒着巨大的热量，透过空气，可以看见升腾不止的火焰一样密密麻麻的光谱。霸气也好，拒人千里之外也罢，生就了独一无二，就该有如此气质。那种仿佛天生的气场，丝毫不输紧邻的高高大大的一座铜官山。

苏东坡有七言诗说："落帆重到古铜官，长是江风阻往还。要似谪仙回舞袖，千年醉拂五松山。"有些事物，就是这么着，好似天生一般。历数那些还能存世的古时经典，属于国之重器一类的桂冠，几乎全都戴在青铜铸就的鼎与簋的头上。所以，能在煤都、铁都、铝都等称谓之中雄踞文化源头的，唯有铜都。也是因为有了铜都一说，铜陵这座小城，才可能毫不犹豫地以大地方的尊贵身份列于历史长河之上。

面对纯铜造就的铜官府，不由得想起刀光剑影的东周列国，一旦拥有这五百吨青铜，即便是容身蕞尔、于心唯忍的小国寡君，也会雄心勃发，做起江山在我的春秋大梦。砌在雕梁画栋之间的这些有色金属，真个出现在那个年代，制成那些年代的冷兵器，足以装备一支战无不胜的精锐之师。

雄踞华夏八百年的楚国，怎不是得益于与铜陵相距只有数百里的铜绿山出产的青铜？铜绿山那边，也有三千多年的青铜冶炼史，一千多年的建县史，殷商时期就"大兴炉冶"，大冶是为中国近代工业的摇篮，大冶市的铜绿山古铜矿遗址已发掘出自西周至西汉的采矿井巷三百六十多条，古代冶铜炉七座，是迄今为止中国保存最好、最完整、采掘时间最早、冶炼水平最高、规模最大的一处古铜矿遗址。

在铜官府认识的朋友还说，铜陵这边青铜文化源流要略早一些。朋友引用的这话，出自一位研究青铜文化的共同朋友之口。只可惜朋友写成关于青铜源起的某些文字偏颇了些，有悖于铜陵江海潮流山川大地中生长了三千年的成功与自豪。

说起来宛若那相信不得的流言蜚语，铜陵这里，还用一千五百万元预算喂养十几条鱼。在大通古镇，这种令人叹为观止的现实，与长江东去、海潮西来一样，不需要任何辨析，放眼看过去，既清楚明白，又刻骨铭心。科学地说来，俗话说的这鱼，是一种兽，特别是理论起生殖繁衍时，因其行为与兽相同，索性以雌兽和雄兽相称。多数时候，学界与凡俗一律称之为江豚。只有纯学术和太俚俗时，前者才称其为淡水豚，后者则直呼江猪。

告别铜官府中的历史烽火与现实烈焰，搭乘轮渡，上到长江中间的清凉沙洲，接连遇见昔日人称小上海的大通古镇，还有和悦洲与铁板洲之间的夹江上的铜陵淡水豚自然保护区。沧桑兴废，只在一台摆渡车的摇摇晃晃之间。一座曾经十几万人的重镇，早被岁月风雨侵蚀成断垣残壁。连接长江主流与岔道的不起眼的夹江，反而成了令世界瞩目的科学史上首座利用半自然条件对白豚、江豚等进行易地养护的场所。如今白豚已绝迹，此地的主要任务是保护长江中下游特有的世界水生珍稀动物江豚。

当年由武汉水生所救治的地球上最后的白豚，科学家想尽一切办法，也无法令其繁衍哪怕是独苗苗的后代。白豚的前车之鉴，使得人们空前重视江豚的境遇。从2003年5月到2006年7月，生活在夹江这片水域中的雌兽"姗姗"接连繁殖出三头小江豚。那天，一行人站在专事喂食的栈桥上，看水中十几头江豚优雅地抢食被投放到水中的鲫鱼和鲤鱼，从保护区设立之日起就从事饲养工作的那位中年男子，左手接二连三地将两三寸长的小鱼儿抛进水里，右手指着水中个子最小的一头江豚，说它是去年才出生的。相关科研机构调查后推测，长江江豚现有一千多头，其中，干流约为四百多头，洞庭湖约为一百多头，鄱阳湖约为四百多头。小小的夹江中就有十七头。

资料上说，江豚的眼睛无视力可言，对外的一切感知，完全依赖于与生俱来的声呐系统。一段夹江，水不太清，也不太浊，水边的植被不太密，也不太疏，都是人们习惯的长江两岸模样。一条小鱼儿抛下水，就有一只江豚从不清不浊的江水中滑跃而来；两条小鱼抛下水，就有两只江豚从似流未流的江水中溜溜地显出原身。除非水里有三条小鱼儿，才会见到三只"雌兽"或者"雄兽"。无论小鱼在水中呈何种姿势，长着一双无用

23

眼睛的江豚，都能准确无误地叼着鱼头，吞入腹中，绝对不会出现从鱼尾开始倒着下咽的错误。最奇妙的是，如果小鱼儿没有脑袋，从入水的那一刻起，江豚就会视若无物，连闻都不去闻一下。这奇妙是饲养江豚的中年男子说出来的，说话之际，他信手掐掉一条鲫鱼的头，抛到一只江豚的身边。一向不会让入水的小鱼多待半秒的江豚，竟然没有丁点儿搭理的意思。中年男子如此做了三次，结果都是一样。之后抛入水中的小鱼是完整的，说话之间，去年才出生的那头小江豚就现身，轻轻一抖身子，就将完整的小鱼完整地吞入腹中。

从夹江这里开始数起，整个长江中下游水域中的一千多头江豚，是地球生物的杰出代表，其科研价值，甚至超过人类本身。我们的祖先只经历过一次进化。小小的江豚，比人类多经历一次轮回，在生命历程中，多获得一次成功。不知道哪一年，进化后的江豚，从水中爬起来，上到陆地，变成四条腿的动物。可惜时间不算太长，爬上陆地的江豚，难以适应面朝黄土背朝天的日子，于是重新回到水中。

用不着脑洞大开，只要稍微动一下脑子，让思想的边界轻松抵达江豚开始第二次进化的某个年月日，就有可能发现同为哺乳动物的人类，从水中爬向陆地的模模糊糊的小小身影。好不容易变身为哺乳动物的江豚，义无反顾地回到水中，却还是这般哺乳动物之身，莫不正是人类的过去与未来？也正是这一点，人类所做的相关江豚的一切，与其说是保护江豚，不如说是保护人类自己；与其说是研究江豚的来龙去脉，不如说是意图从中找出事关人类自己的某种传统与传承。

铜陵这里的铜官府也有如此意义。那叫铜官的，是殷商之后掌管"炉火照天地，红星乱紫烟"的铜矿开采业的一介官名。近代以来，人类早已认识并掌握着许多比青铜重要的地矿资源，仍不放弃对青铜的追寻，并非青铜如何珍贵，而是青铜是人类较长时期内的不可替代的文明载体。

那天在铜官府，朋友脱口而出，指某个精美绝伦的青铜器物的制作方法为青铜时代盛行于欧洲的那种方法。这轻飘飘一说，绝对不是一声惊雷，只能等同于巨大的吆喝。铜陵所代表的青铜文化，唯一源头是"范铸法"，也正是与"范铸法"相辅相成的劳作方式，孕育了青铜时代的中国文化。青铜时代盛行于地中海沿岸的青铜制作工艺，造就了与东方文化迥然不同的西方文化。此中关键点在于，不能因为湖北省博物馆珍藏的曾侯乙尊盘貌似很难以"范铸法"制成，就可以在没有任何其他青铜工艺的考古实证时，凭着异想天开的脑子，想当然地用地中海的海水来润润长江。

2018年，夹江上那片自然保护区里的江豚，从"亚种"升级到"种"时，在学界之外的社会上没有引起任何反应。殊不知，这虽不是天翻地覆的大事，但在科学研究中也还算得上倒海翻江了。所谓亚种就是由于地理因素等限制导致生物产生的种群，本质上并没有产生生殖隔离，依然可以产生可育后代。

比如狼和狗，狗是灰狼的一个亚种，所以狗可以和灰狼进行交配产生后代。"种"却不行，"种"的定义就是生殖隔离。两个生物分属不同"种"级别的，往往意味形成时间相差或相隔百万年。文化上的融合，显然没有生物界那么艰难。然而，青铜时代相隔万里并肩走向高峰的青铜文化，也有点类似生物的"种"，而非"亚种"。诸如曾侯乙尊盘这样的青铜重器，没有坚实的青铜文化作为基础，想要登峰造极只会是异想天开。这也等于说，虽然条条道路通北京，也不可以要求京杭大运河上最优秀的船工，一夜之间改为驾驶马车，还要取得比惯走京杭直道的顶级骑手早到皇宫的好成绩。活生生的事实一直在证明，唯有长江才会提供江豚存世的保证，那些幻想某个时间在亚马孙河、在伏尔加河、在莱茵河与塞纳河中出现江豚种群，只能是白日做梦。同样的道理，在古老华夏的大地上，唯有生生不息的"范铸法"才有可能摘取中华青铜文明的桂冠。

荒野中的一段夹江，十几头江豚，在科学意义之外，是那有造化之人才能读懂的对着天地写来的春秋笔法。看似无心插柳，实际是有心栽花。用江豚比照青铜，用青铜寓意江豚。铜陵之铜，所赋予"铜官"之责，擅长由青铜文化举一反三，能够从三千年古老矿渣中寻觅端倪，又可以对新兴自然保护区有更新的想法，不负江豚，不负青铜。

节选自刘醒龙《朗读故乡》，《湖南文学》2022年第2期

自吕梁而下

李敬泽

1984年起在中国作家协会工作,曾任《人民文学》杂志副主编。现为中国作家协会副主席。著有《青鸟故事集》《咏而归》等作品十余种。曾获鲁迅文学奖文学理论评论奖等多种奖项。作品被译为法文、波兰文、韩文等多种外文。

此山自黄土高原站起，左手按下去一个晋中盆地，跨晋中、向太行；右手隔黄河指陕西，黄河浩荡犁开黄土，奔赴壶口而去。

这是吕梁山，一山断秦晋，分出西北华北。

关于吕梁山，我知道什么？

我知道吕梁，儿时看过连环画《吕梁英雄传》，后来读过马烽、西戎的小说《吕梁英雄传》。

吕梁是山西一个地级市。

由《吕梁英雄传》，我知道，抗日战争中，这里是日军所抵的最西之地，在这里，吕梁英雄拦住了他们，使他们再不能向西。

马烽是文学史上山药蛋派的代表性作家，20世纪80年代末他自山西来京，任中国作家协会党组书记，我曾在不同场合远远见过他。

吕梁有好酒，汾酒。

有好酒处必有一条好水，汾水。

汾水之南有汾阳，现在是吕梁辖下一个县级市。

汾阳有郭子仪。郭子仪平安史之乱，功比天高赏无可赏，最后封了汾阳郡王，"好一条老汉他本是关中人，救唐王平天下他封在汾阳"。

汾阳姓郭的人必定不少，比如郭德纲，祖籍汾阳，不知从哪一代离了汾阳去天津，生了个小儿子就叫郭汾阳。

汾阳有贾樟柯。贾樟柯的电影里，汾阳是宇宙的中心，飞机、火车、长途客车、大卡车、小汽车、自行车，来来往往载着人在世上奔忙，自汾阳出走、向汾阳归来。

最后，我到了汾阳才知道，汾阳有个贾家庄。贾家庄本不是贾樟柯的庄，但贾樟柯现在以此为家，办一个活动叫"吕梁文学季"。此来正是为此。

这一晚，贾家庄里上演山西梆子《打金枝》。

广场上，黑地里站满了人，男男女女，指指点点，忽然风翻荷叶，笑成一片，有孩子骑在大人脖子上仰天看月。此情景仿佛贾樟柯的《站台》。《站台》里的野台子是在遥远的、无限遥远的20世纪之末，台上台下鼓荡着野地般荒凉的欲望和苦闷，眼下这台戏却已到2019年，鲜花烈火、富丽堂皇。

锣鼓起，大幕开，汾阳郡王把寿筵摆。

郭子仪今日庆寿诞，金玉满堂好儿孙一双一双上前拜，偏剩下小儿子形单影只名叫郭暧，却原来，郭暧的妻、唐王的女升平公主她摆起了架子不肯来。

小郭暧，气冲冲，回宫找到公主说明白。说明白就说明白，天下事有黑就有白，公主道：君是君来臣是臣，哪里有为君的倒把臣来拜！郭暧闻听气冲斗，没有我老郭家卖命，哪有你老李家的江山来！

——这个破韵押不下去了，总之，郭暧急了怒了，一抬手，打了公主一巴掌。

打老婆啊，这是家暴！今天下午几位女作家女学者刚刚在村里另一个台子上讨论了女性地位和女性权利，晚上这个台子上就一耳光打出了父权、夫权和男权的威风，郭暧这厮他是不是觉得他是个男人就比皇帝还大就比天还大，他这是要用一巴掌来宣布世界是他们的归根结底还是他们的，他这是丧心病狂啊，他就是比封建皇帝还大的反动派！

但台子上下，戏照唱，戏照看，男男女女并不肯就此翻脸。我们之所以在寒风中看戏，不是因为我们没看过，《打金枝》谁没看过呢？中国的戏看的就是熟人熟戏熟悉，人生如戏、戏如人生，我们就是要在戏里把我们熟悉的人生温习一遍，神州不会陆沉、天下不会大乱、打金枝不会闹成打离婚，因为熟悉，所以安然。

一出《打金枝》，根本要义就是三个字，北方话叫"和稀泥"，八级泥瓦匠，南方话叫"捣糨糊"，上海老阿姨。南北同心，天下同理，说的就是一个过日子难得糊涂。戏台上，郭暧和公主青春明亮照人，年轻，所以遇事要分明，公主论君臣，郭暧讲父子，忠和孝针尖麦芒；公主论名分，郭暧摆功劳，名与实如火如水，这日子过不下去了、这世界眼看就要翻车。谢天谢地，还有唐王、有郭子仪，年纪一大把、胡子一大把，早知道这个理讲不清，这个架打不得，我大唐靠的是老郭家拼命冲杀，老郭家反大唐又得拼命冲杀，这个架打起来，就要从家里的坛坛罐罐打到山河破碎一地，一场安史之乱，总人口减少三分之二，难不成再减三分之二？于是，唐王骂闺女、郭子仪捆儿子，哄得小两口重归于好，从此后和和美美过日子，红红火火、地久天长。

此时月朗星稀，台上台下的人，最终都是笑了。这戏唱了几百年，从封建主义的明清唱到半封建半殖民地的民国，唱到了新中国。山西梆子唱、京剧唱，几乎所有地方戏都唱，唱遍天下州府，所唱的就是时间中的智慧、老生老旦长须白发的持重稳当。

——倒也不仅是中国，自有人类大抵如此。山洞里走出一个人，一抬头，前边还有一个人，两个人往前走，前边又有一个人，三人围兔总好过一人逐兔，于是合作打兔子。但三人行必要吵架，打到兔子烤熟了必有四条兔腿三张嘴的分配难题。那就谈，比一比谁的功劳大，谈好了，继续一块儿打兔子，蛋白质供应充足。谈崩了，分道扬镳，各追各的兔子，忙几天各自追不到眼看要饿死，人类文明危乎殆哉。荷马史诗《伊利亚特》里，阿喀琉斯就狂怒了，宣布兔子不打了，自己要回山洞了，因为他作为强者未能公平地得到强者的报偿。这个小郭暧，也是个阿喀琉斯啊，打老婆当然是绝对错误，但是，他真正怒气冲冲提出的问题是，郭家为王朝立下了如此巨大的功劳，我们是否得到了公平。年轻人的血气和冲动把这出戏把世界推到了悬崖边上：你要的是什么公平呢？莫非你要当村长当皇帝不成？唐王和郭子仪必须把这个悬崖上的问题糊涂到平地上去。

所有胡子长的人包括孔子、柏拉图、亚里士多德，他们都站在唐王和郭子仪一边，他们接受世界的不完善，他们深思熟虑、老奸巨猾，他们通过《打金枝》宣传推广老年的、安静的德行。

戏散了，贾家庄的路上清辉如霜，路两边是高树，早春疏朗的枝杈印在幽蓝的天上。回到住处，是几幢仿建的老式洋房：徽音水坊、焕章别墅、正清金屋等等。徽音是林徽因，焕章是冯玉祥，正清是费正清，他们都曾来过汾阳，他们来过贾家庄吗？应该来过的吧。现在，吕梁山下，中国的肘腋之地，他们毗邻而居，可以开会了。

我本一俗人，当然希望住到林徽因家，白日里被人领着一路走来，一抬头，却是站在冯先生门前。我真的不想住在他家，我是文人书生，与冯相处不安，地久天长、一夜安眠还是住在林家。1934年，梁思成、林徽因与费正清夫妇相偕来到汾阳考察古建筑，彼时伪满洲国已经成立，希特勒已经上台，五洲震荡，天下欲沸，他们却注视着那些老的、旧的事物，那些在岁月中经受磨损经历风雨、地震、兵火而依然幸存依然屹立的事物，那些不变的、具有长须白发的恒久品性的事物。而冯先生，很难想象他对此有什么兴趣，1930年，风云突变，军阀重开战，蒋介石一方，阎锡山、冯玉祥和桂系一方大战中原，阎冯战败，冯借阎一角地暂且容身。这个人注定不能在吕梁山下安居，他身上有洪荒之力，他的天命就是破坏一个旧世界。1924年北京政变，冯先生大闹一场，到最后出其不意、声东击西，一把撕毁 1912 年的《清室优待条例》，驱赶溥仪出宫。戏不是这么唱的呀，台下众人大惊，对！老子要的就是你们这大吃一惊，《打金枝》的戏散了吧，不再有悬而未决、不再有犹豫留恋、不再有揖让和糊涂，从此后白刃相见、水落石出。这个民族正面临生死存亡的危机，在危机中把一切视为例外，更何况不过是一纸《优待条例》。

这座房子小了、这张床也小。冯先生会撑破这间卧室。我不知道他的确切身高，我看过照片，他比合影者高出一大截，他是巨人猛虎，这个人必对他周围所有的人形成威迫，他在乱世中啸聚起庞杂的大军，他会在暴怒或故作暴怒中狠抽部将的耳光，耳光啪啪响亮，将军立正站好，然后他会命令将军在他的卧室外彻夜站岗。现在，我的房门外可能就站着这样一个倒霉的将军，《打金枝》的世界不复存在，他心中一千架渔阳鼙鼓一起敲响，安史之乱正动地而来。

忽然想起，多年前读陈公博回忆录，20 世纪 30 年代，中国被日本迫上悬崖，汪精卫、陈公博等结成"低调俱乐部"，他们认为他们有"理性"、世界大势了然于胸，他们断定中国无法与日本对抗，中国太弱了，必须寻求妥协。但是，冯玉祥这个"莽夫"，他坚决认为必须打、只有打。陈公博在回忆录中带着蔑视，带着秀才遇见兵的无奈写道，每次谈到中国所面临的种种不可能时，冯大爷根本不听，只有一句话：打！打到胜利！

——历史站在这高昂壮硕的血性汉子一边，把那群整洁消瘦、彬彬有礼、"体面""理性"的绅士扫进了垃圾堆。在危机状态中，历史由血气翻腾的激情和决断所写定。1924年，冯玉祥把溥仪轰出紫禁城，绅士们莫名惊诧，他们被冯的决绝鲁莽吓住了，胡适甚至说：这是民国史上最不名誉的一件事。后有鼠目寸光者看大事，以为没有当年的仓皇出宫，或许就不会有后来的伪满洲国，其实只要脑筋稍微转个弯就能想到，假如溥仪仍留在故宫北平，在日本摆弄下难保不会搞出更大的烂事。在1924年，胡适见不及此，冯先生自己也没想那么多，胡适讲客气，冯先生则不管三七二十一掀了桌子。哪有什么地久天长，真要长久的话，皇帝如今还坐在宫里，时间猝然提速，世界轰鸣，欲绝尘而去，现在，需要一个鲁莽无畏的人来解决这个bug，他一抬手就解决了它，顺便以绝对的轻蔑，宣布了那个长须白发、请客吃饭的温良恭俭让的旧世界的完蛋。胡适吓了一跳，王国维吓了一大跳，吓得都不想活了，他们未必多么爱大清爱溥仪，他们只是深刻意识到了这件事背后的逻辑。

在这个太行与黄河之间、吕梁之下的村庄里，林徽因、梁思成、费正清和冯玉祥成为邻居，他们被博物馆化了，被从各自的世界中提取出来，如安放在玻璃柜中的藏品，各自被灯光聚焦、照亮，各有各的心事。现在，冯玉祥从这幢房子走出去，在花园里，碰见了深夜未眠的梁思成和林徽因，他们会谈些什么？在1930年或1934年，他们或许无话可说，道不同不相为谋，话不投机半句多。但如果再过些年呢？比如1944年，林徽因千里流亡，僻居宜宾李庄，卧病在床，据说，她的儿子梁从诫曾经问她："如果日本人打进四川怎么办？"林徽因说："中国念书人总还有一条后路，我们家门口不就是扬子江吗？"

——此时这一腔血，林和冯是一样的。

再过五年，1949年，冯玉祥昔日的部将傅作义签署了北平和平解放的协议，固然是兵临城下、大势不可当，但战场双方的商量何尝不是出于对这古都、这故宫，对民族生活的长久岁月和恒常价值的眷念和珍重。而此前一年，冯先生已殁于黑海的船上，彼时，他正满怀憧憬地奔赴新的中国。

贾家庄里，梁思成、林徽因、冯玉祥，见那边遥遥走来一个童子，走近了，却是马烽。1930年，马烽8岁。1934年，马烽12岁。1958年，马烽36岁，在贾家庄完成了《我们村里的年轻人》剧本初稿，1959年，电影在国庆10周年前夕上映。——夜里，我在冯玉祥的房间从电脑上搜出了这部电影，那是60年前的中国故事，2019年，我来到了这个故事的根基所在：贾家庄。这吕梁山下的村庄，千百年来贫困、孤独，4000亩可耕地中2800亩是盐碱地，它在封闭、脆弱的生存循环中耗尽全部能量。一代一代人老去，时间周而复始。但是现在，时间挺直了，时间获得了方向，这里有一群年轻人，他们要打开这个村庄，劈开两座大山、跨越三条深沟，从远方引来清水，洗去盐碱，让这里成为流淌奶与蜜的地方。

在网上，我读到了刘芳坤、田瑾瑜两位山西学者合写的论文，他们敏锐地注意到了剧本中一个意味深长的现象，尽管片名是"年轻人"，但在马烽的行文中，却始终贯穿着一个集体的、抽象的指称——"青年"："一伙青年正在锄地，一个个汗流浃背"，"青年们纷纷报名"，"歌声继续着，青年们在未打通的那段崖上和塌下来的巨石上打着炮眼"……在山西人的口语中，其实是不使用"青年"这个词的，这不是吕梁山和贾家庄的词，它来自北京、来自普遍性的现代汉语书面语，从梁思成的父亲梁启超的"少年"，到李大钊的"青春"，到陈独秀的"新青年"，青年是决绝地向未来、向现代而去，是血气、激情和梦想，是断裂然后创造，是旧邦的新命。必须是"青年"，不能是"一伙年轻人正在锄地，一个个汗流浃背"，"年轻人们纷纷报名"，"歌声继续着，年轻人们在未打通的那段崖上和塌下来的巨石上打着炮眼"，其中隐含着一种老年视角，"年轻人"终将被收回自然的生命周期、周而复始的日子，而"青年"，这个使山西人、使贾家庄人感到陌生的、不自然的词，以它超出日常经验的光芒和生硬，拒绝被注视、拒绝被收回，它喻指着它本身就是宏大的历史主体，将这个村庄向着未来和现代打开。

——忽然想起，我其实是很近地见过马烽的。1990年底，我从被停刊的《小说选刊》调到《人民文学》，去八里庄鲁迅文学院的招待所和《人民文学》的主编程树榛见面。老程和马烽都是从京外调来，暂住招待所。马烽苍老，就是一个饱经风霜的老农，他和夫人正围着一个电炉子下面，山西人啊，想必是自己擀的面，像招呼一个年轻人一样，他说："来一碗？"

我很后悔没有吃一碗马烽的面。

归去来兮，调到北京的马烽大部分时间仍在山西，过了几年终于彻底回去。这不是他第一次回去，中华人民共和国成立初期，他就在中国作家协会工作，1956年终于在34岁时回山西，挂职汾阳县委副书记，从此，他在贾家庄有了家。这里不是他的家乡，他的家乡在吕梁地区的孝义，但汾阳、贾家庄离吕梁山更近。在一张1980年的照片上，我看见马烽走在贾家庄的乡亲们中间，整个人明朗舒展，是走在他的风光、他的山川里。

天亮了，一群人去看马烽当年所居的小院。进得门来，迎面是马烽的坐像，他端坐在椅子上，依然老年形象。我忽然想，这是不对的，马烽是青年是新青年啊，他属于在20世纪塑造中国的青春洪流。22岁的马烽和比他小半岁的西戎写出了《吕梁英雄传》，来此之前我专门找了一本带上，这是一本多么粗糙的书，但正是这种粗糙令人震撼折服，事件与行动、抉择与战斗，密如疾风猛雨，作者和读者都不能停留、无暇沉吟，必须奔跑，在混乱的战场上拼死和求生，没时间也不应该把这一切编织成严密周详熟练得包了浆的故事，战争和危机中的书写不是绣花，是立即开枪。

但在这一切的底部，有一个根本逻辑：生命、时间、历史的循环必须打破，为了使世界获得前行的动力，必须张扬身体的澎湃"血气"，老成持重、深思熟虑是怯懦的，糊涂和忍让是可耻的，悬崖之上，只有搏斗，再无苟活。吕梁英雄们秉青春之血气，雷石柱、康明理、孟二愣，这些康家寨的年轻人，说服、带动、反抗他们的长辈，义无反顾地把这个村庄推入了滚滚向前的历史。当青年们和强行入侵的日本鬼子干起来的时候，他们也就把康家寨打开了，从此这个村庄进入现代历史、奔向一个现代世界。直到《我们村里的年轻人》，决心创造新生活的高占武依然不得不与长须白发的高忠爷争辩，在后者看来，年轻人畅想的未来不过是少不更事、痴人说梦。而在影片上映的1959年，黄河那一边的柳青正在对《创业史》第一部做最后的修改。年轻的梁生宝力图打破祖祖辈辈的命运循环，在此地，走异路，变成别样的人们，但他的身上却不仅是血气，而更多是俄罗斯式的沉思、忧郁，甚至是马烽暮年的苍老……

现在，贾樟柯走进马烽的小院，马烽会对他说什么？以我的直觉，垂暮之年的马烽不是一个喜欢教导别人的人，很可能，他只是从大碗上抬起眼，说一句：来一碗？但是，如果是写《吕梁英雄传》的22岁的马烽、写《我们村里的年轻人》的34岁的马烽，贾樟柯碰见他、我碰见他，我们又会说什么？2019年，我55岁，贾樟柯49岁，我们已是比马烽更老的老人。

谁知道呢？贾樟柯的电影，终究也是关于"我们村里""我们县里"的年轻人，马烽在片名中使用"年轻人"或许是对口语、对日常经验、对恒常土地和岁月的妥协，而在贾樟柯这里，"年轻人"似乎正在从"青年"中离散出去，变成加速器中向着四面八方漫射的原子。

但谁知道呢？也许有些事仍然在，马烽把康家寨、把贾家庄置入了广大的空间、广大的世界，历史不再是时间问题，不再是仅由时间标定的价值，他和柳青，他们把时间空间化，向着远方和远景、向可能和不可能敞开和扩展。当马烽遇见贾樟柯，他会发现，空间仍在，但那已不是隐喻和转喻，那就是必须使用交通工具去跨越和抵达、去置身其中的地理空间，这不再是《伊利亚特》，这是《奥德赛》，奥德修斯们是否记得回家的路，还是，他们的家在路上？

在贾家庄，我待了两夜。第一夜，是《打金枝》。第二夜，是音乐会。

暮霭沉沉，钢琴声在流淌、弹跳、飞翔。这不是音乐厅，这是幽蓝的天之下，这是群山之间。乐声透明、饱满，似乎上空膨起一个巨大的玻璃的气泡，收拢着珍惜着所有的声音，让所有的声音闪闪发亮。

我忽然想到，此行竟不曾看见吕梁山。我想起上一次也是第一次来到吕梁，那是二十多年以前，大概是1994年，由太原奔孝义，在孝义大醉，上车一路西行，醒来时，下车，唯见荒烟蔓草。余醉未消，我问：吕梁山何在？

我记得，同行者笑道：醉了醉了，脚下便是吕梁山。

选自《十月》2022年第2期

彩陶表里

祝勇

作家、纪录片导演，艺术学博士。祖籍山东菏泽，1968年出生于沈阳，现任故宫博物院研究馆员、故宫文化传播研究所所长。著有数十部著作。"祝勇故宫系列"由人民文学出版社出版。获金鹰奖、星光奖等多种影视奖项。

掬水月在手

当我决定顺着故宫收藏的古代文物的指引，去回溯我们民族的艺术历程的时候，我会感到一种巨大的陌生。

这陌生是由时间带来的。比如那件彩陶几何纹钵，诞生于公元前四千八百年至前三千九百年，与我们的时间距离约六七千年。假如说一个人可以活到70岁，那么他需要活一百次，才能从时光的此岸，走到时光的彼岸。七千年的时光，我们的目光穿透不了，我们的记忆抵达不了，我们的文字记录不了。我们把自己的生命放到这样一个巨大的尺度上，就像一滴水，投入了江河，融入了大海。

我们就从一滴水开始吧。

生命是从水开始的。即使七八千年以前"早期中国"的人们，也意识到了这一点。经过了原始农业养育的他们，对水的作用心知肚明。一如后来的《管子》所说："水者，何也？万物之本原也，诸生之宗室也。"亦如《老子》所说："上善若水，水善利万物而不争。"没有水，大地上将百物不生，世界将陷入沉寂荒芜。农业给他们带来了稳定的食物和相对固定的定居生活，才有了日常生活，也有了日常所需的瓶瓶罐罐，诸如盛水器、炊器、食器等。黄河之水天上来，在黄河两岸（尤其是中游地区），浇灌出大片的农业区，进而发展出形态各异的文化区。

掬水月在手，那浑圆的陶器，就像是掬水的手掌。人们不仅用烧制的陶器盛水，而且在陶器的表面画水——在那件彩陶几何纹盆的口沿上，绘制着涓涓细流。这些水波纹，以四个圆点定位，彼此对称，极具概括性，像儿童的简笔画，生动，简练，天真。后来到了仰韶文化、马家窑文化，水纹图案就一点点变得复杂起来，比如故宫博物院收藏的马家窑文化马家窑类型的彩陶水波纹钵，简洁的三条线，旋转出流动的水波，而在马家窑文化马家窑类型的另一件彩陶水波纹钵上，线条就变得粗犷起来，有了粗细线条的对比，有了不同图案的组合。在马家窑文化马家窑类型的彩陶水波纹壶、彩陶旋涡纹瓶、彩陶旋涡纹壶上，水纹又有了更丰富的变化，有了体积感，有了奔腾的气势，有了质朴的韵律感，仿佛黄河之水，不舍昼夜，奔涌向前。

在故宫博物院藏马家窑文化半山类型的彩陶上，这种组合的图案变得更加放纵和大胆。像彩陶旋涡菱形几何纹双系罐、彩陶葫芦网格纹双系壶、彩陶旋涡菱形几何纹双系壶、彩陶瓮，大落差的水流中间夹杂着菱形几何纹；彩陶连弧纹双系罐，两条粗线横贯罐腹，将陶罐一分为二，下部是平行的水波纹，上部是 V 字形的水波纹，像水面上的涟漪，一轮一轮地荡开；彩陶网格水波纹双耳壶、彩陶水波网格纹单柄壶、彩陶壶，将水波纹与网格纹结合在一起，形成了综合性的视觉效果，但同样是彩陶壶，这件双耳壶与单柄壶又不相雷同，变化无尽。

前面提到的马家窑类型彩陶水波纹钵、彩陶水波纹壶、彩陶旋涡菱形几何纹双系罐，以及半山类型的彩陶折线三角纹双系罐等，都是这种情况。但有些彩陶，尤其是开放型的钵、盆等，它的内部也是有纹饰的，甚至内部的纹饰与外身上的纹饰刻意形成一种视觉上的反差。比如马家窑类型的一件彩陶弧线纹勺，素洁的外身上，只有几条简练的水纹，内部却有大面积的涂黑，形成视觉上的巨大张力，也把陶器的"敞开美学"发挥到了极致。

那件马家窑类型的彩陶水波纹钵，在口沿和外身上以黑彩描绘了纹饰，它内部的纹饰，却是以底心为中心的旋涡纹。陈列在博物院里的这件彩陶波浪纹钵虽然是空的，但我们应该想象它盛满水的样子。当这只钵盛满了水，水在陶钵中晃动，它内壁上的波浪纹就跟着运动起来，起伏荡漾，绚丽迷幻。那些固定的纹饰，也因此有了"动画"的效果。假若我们将钵体轻轻旋转，它内部的花纹也会转动起来，手绘的水波就成了真正意义上的旋涡，像万花筒一样旋转无尽。

植物的繁殖过程

"掬水月在手"，下一句就是"弄花香满衣"。只是溢满了八千年前花香的衣衫，我们看不见了。我们能够看见的，唯有彩陶上的花朵，在跨越了八千年至四千年的时光之后，依然芳香如初，只是这"衣"，不是人之衣，而是陶之衣，在这些红泥陶土烧制的彩陶上，妖娆繁密，婀娜多姿，生机盎然。

常见的花朵和植物纹样有花瓣纹、花叶纹、豆荚纹、叶形纹、叶茎纹、勾叶纹等。花纹，其实就是花之纹，后来才泛指所有的纹饰与图案。在故宫博物院，我们可以看见许多有"花纹"绽放的彩陶，其中有：仰韶文化庙底沟类型彩陶旋花纹钵、彩陶旋花纹曲腹钵、青莲岗文化彩陶花瓣纹钵……

有学者认为，这些花朵、植物纹饰，是对雌性植物生殖器的描摹。花朵图案有些像生殖器的变形，而且，植物的"生殖器"就藏在花蕊中。但有学者认为，其他植物纹饰也与生殖有关，尤其是"叶形纹"，就是对生殖器的直观再现。比如仰韶文化马家窑类型的"变体叶形纹"、庙底沟类型的"叶形圆点纹"、大墩子彩陶的"花卉纹"、河姆渡彩陶的"叶形刻画纹"等，都是雌性植物生殖器（或女性生殖器）的表象形式，而"叶形网纹"，也是从上述植物纹饰中延伸出来，构成多个女性生殖器的对称组合图案，甚至椭圆形圈网格纹，也是对雌性植物生殖器（或女性生殖器）的抽象与变形。

在上述文字里，雌性植物生殖器与女性生殖器被相提并论，原因是在上古先民眼里，还没有把人类同动物、植物区分开，雌性植物生殖器、动物生殖器和女性生殖器都是一回事，因此，我们把那些花卉纹、叶纹、网纹看作雌性植物生殖器、动物生殖器和女性生殖器都是正确的。"当我们说起彩陶纹饰表现了植物生殖器官时,实际上也是在说它表现了人、动物或大地母亲的生殖器官。"

将这些花卉纹、叶纹、网纹等植物纹饰看作生殖器的赋形,可以从其他原始艺术中找到佐证。比如阴山岩画中,就以椭圆形纹样表现女性生殖器。关于以树叶代表女阴,也有许多民俗为例,比如东北的满族,亦有以柳叶作为女阴的象征,将柳枝作为母神的标记的传统,陕甘地区的民间剪纸,也以花朵来象征女阴。

《诗经》里暗含着一个草木葱茏的植物世界,其中许多植物,都被用来指代女性,并且充满了性爱的暗示。这些植物有:桑(《鄘风·桑中》)、梅(《召南·摽有梅》)、花椒(《唐风·椒聊》)、芣苢(fúyǐ,一说为车前草)(《周南·芣苢》)、芍药(《郑风·溱洧》)……

德国艺术史家、社会学家,现代艺术社会学奠基人之一格罗塞(Ernst Grosse)认为:"从动物装潢变迁到植物装潢,实在是文化史上一种重要进步的象征——就是从狩猎变迁到农耕的象征。"

以植物纹饰承担生殖的主题,除了外形的相似度以外,还有一个原因,那就是植物世界的花花草草,看上去是弱不禁风的,却有着更加强悍的生殖繁衍能力。动物通过生儿育女来延续物种,植物则通过开花结果来繁衍后代。植物的繁殖主要分成有性繁殖、无性繁殖等方式。有性繁殖通过传授花粉来进行,

47

当微风吹过，人们看得见花瓣在风中飞舞，却看不见雄蕊的成熟花粉被风吹送了很远，或者粘在蜜蜂、蝴蝶、飞鸟的身体上，落在雌蕊的柱头或胚珠上,当其中一个精子和胚珠合在一起时，就形成了种子，结出新的果实，这种传粉方式，叫异花传粉。油菜、向日葵、苹果树等是异花传粉的植物。还有一种传粉方式叫自花传粉，就是植物将成熟的花粉粒传到同一朵花的柱头上，并能正常地受精、结实。水稻、小麦、棉花，都是自花传粉。无性繁殖则不涉及生殖细胞，不需要经过受精过程，直接由母体的一部分形成新个体。

与动物的繁殖过程相比，植物的繁殖过程更加隐秘，更加神奇，将大自然的伟力表露无遗。已经进入原始农业时代的初民们，尽管还没有掌握足够的植物学知识，但已然对植物世界有了初步的认识，植物、花瓣纹饰出现在彩陶上，不仅仅是出于美观的需要，更是寄寓了他们对于自身繁衍的渴望。

同样，我们可以理解，除了植物纹、花瓣纹，为什么鸟纹也变得发达起来。鸟纹较早出现在仰韶文化半坡类型彩陶上，现藏于西安半坡博物馆的绘鸟纹彩陶钵，描绘鸟侧身伫立的形象，圆头长喙，身如弯月，翅尾上举，静中有动，一副将落欲飞的模样。尤其是一些蜂鸟（Hummingbird），头部有长喙，在摄取花蜜时把花粉传开，也就是说，在植物（包括庄稼）繁育的过程中，鸟扮演着神奇的角色，仿佛在施展着某种巫术，在死亡与新生之间，建立起神秘的联系。众鸟的飞行轨迹里，竟然暗藏着植物生存的秘密。

有学者认为，彩陶上的飞鸟图案代表的是男根的形象，郭沫若先生相信它"是生殖器的象征，鸟直到现在都是（男性）生殖器的别名，卵是睾丸的别名"。但这推论过程过于简单，赵国华先生则做了更详细的论证："由于多次性结合女性也未必怀孕，由于从性结合到女性感知妊娠中间相隔很长时间，所以，远古人类起初不了解男性的生育作用，只知道女性具有繁殖功能。初民观察到鸟类的生育过程之后，发现鸟类不是直接生鸟，而是生卵，由卵再孵化出鸟，并且有一个时间过程。这使他们逐渐认识到，新生命是由卵发育而成的。于是，他们联想到男性生殖器也有两个'卵'，又联想到蛋白与精液的相似、女性与男性的结合以及分化的结果，从而认识了男根所特有的生殖机能，亦即悟到了'种'的作用。这是人类对自身生育功能和繁殖过程认识的又一次深化，是认识带有飞跃性质的一次深化。男性有两个'卵'，相比之下，鸟不仅生卵，而且数目更多。因之，远古先民遂将鸟作为男根的象征，实行崇拜，以祈求生殖繁盛。"

这是对于鸟与男根关系的一次系统的论述，在我看来，从郭沫若先生到赵国华先生，虽然言之凿凿，他们的判断却都更像是猜测。然而，鸟与植物授粉之间的关系，虽不是显而易见，至少是隐而可见的。至于为什么同样承担着花粉传授职责的蜜蜂、蝴蝶并没有成为彩陶上的图案，我想这或许是因为初民们对于植物授粉的认识有限，不可能一步到位，还有一个原因，就是鸟类通过孵蛋进行繁殖，除了它传递花粉的功能，它自身的繁育链条也是清晰可见的，因此，鸟在初民们眼中自然成为一种神物。

鸟纹在陶器上出现，还有一个原因，就是飞鸟（尤其是候鸟）的行踪，与季节的轮替有着鲜明的对应关系。上古先民们通过反复观察，发现了这一规律。古代文献中的记录，也证明了这一点。总结《礼记·月令》的记载，可知：

孟春之月：鸿雁来。

仲春之月：玄鸟至。

季春之月：田鼠化为鴽（rú，鹌鹑类小鸟）。

仲夏之月：䴗（jú，又名伯劳）始鸣。

季夏之月：鹰乃学习。

孟秋之月：鹰乃祭鸟。

仲秋之月：鸿雁来。玄鸟归。

季秋之月：鸿雁来宾。

孟冬之月：雉入大水为蜃。

仲冬之月：鹖旦不鸣。

季冬之月：雁北乡。鹊始巢。

鸟类的周期性活动，向人间准确地通报了时节的变换，使鸟类不仅成为可靠的季节预报员，甚至成为"先知"，来自山川、草木、虫鱼的各种消息，鸟没有不知道的。因此，除了日月之升降，飞鸟之去来也成为上古先民们计算时令，以安排农事和人间各种事项的依据。鸟的去来行踪，对人类生产生活有了重大指导意义。在上古先民们眼中，鸟虽然有着多重的功能，但都与繁衍、成长有关，人类生息、万物生长，都与天空中的飞鸟建立起关系，人类也把对谷物丰产、人丁兴旺的渴求，转嫁到鸟的身上。

许多民族的起源神话，都落实在鸟的形象上。比如，殷人的始祖契，他的母亲简狄，是帝喾的次妃。一天，简狄三姐妹同到河里洗澡，见玄鸟（燕子）降下一卵，简狄吞下去以后，怀孕生了契。契长大成人，帮助夏禹治水有功，被封于商，所以《诗经》里说："天命玄鸟，降而生商。"

秦人的始祖也大致相同，据司马迁《史记》记载，女修正在纺织时，玄鸟掉下一卵，女修吞下之后，生子大业，而大业，就是秦人的始祖。

在女真族的神话中，天上的三位仙女之一佛库伦，和她的两位姐姐——恩古伦和正古伦，在布库里山下的布勒瑚里池洗澡，神鸟把它衔着的朱果放到佛库伦的衣服上。佛库伦把那颗朱果含在嘴里，并且咽了下去。不久，她怀了孕，无法飞上天了。姐姐们说："你是天授妊娠，等你生产以后，身子轻了再飞回来也不晚。"她们飞走了，而佛库伦，在相别不久之后，生下一名男婴。那名男婴就是女真人的始祖——布库里雍顺。作为大自然的传人，他与神话里的各种始祖一样，有着超自然的力量。所以，在鄂多里城，终日厮杀的三姓部族，见到他，都不约而同地停止厮杀，顶礼膜拜。他娶了一个名叫百里的女子为妻，并在这里建立了自己的国家——满洲。

后来，布库里雍顺的子孙虐待国人，引起国人反叛，杀死国主家族，唯有幼儿范察逃脱。范察的后人孟特穆，用计策将先世仇人的后裔四十余人引诱到鄂多里城西方一千五百余里的赫图阿拉，斩杀一半，报了大仇，遂在这里定居。这位孟特穆，就是清朝的"肇祖原皇帝"。而赫图阿拉，就是后来努尔哈赤建立大金国（后金）的都城。清太宗皇太极即位后主持编纂女真族早期文献时，对这一起源神话予以浓墨重彩的表达，这表明了这一起源神话的重要性。

无论是殷人、秦人还是女真人，他们的起源神话居然存在着如此惊人的一致性。在资讯和交通都极不发达的远古社会，他们彼此抄袭的可能性几近为零，那么，这种神奇的巧合，将提醒我们关注远古先民们的思维共性，在这种思维中，鸟，成为一个可以彼此互通的公共性符号。

天空中的飞鸟，用翅膀划出了它与人类的界限。作为大地与天空的连接物，在人类的早期思维中，鸟成了超越现实的灵物，一种带有神异色彩的生命。对鸟的崇拜，在古代"九夷"中普遍存在。"九夷"的提法，见《后汉书·东夷传》，在此书中，东夷被分为九种："夷有九种，曰畎夷，于夷，方夷，黄夷，白夷，赤夷，玄夷，风夷，阳夷。"这种分法，在后世日渐流行。有学者认为，风，就是凤，风夷是以凤凰为图腾的部族，指天皋氏；赤夷是以丹凤为图腾的部族，指帝舜的部族；白夷是以鹄为图腾的部族，指帝喾的部族；黄夷是以黄莺为图腾的部族，指伯益的部族；玄夷是以玄鸟（即燕子）为图腾的部族，指商人……透过九夷的名字，我们几乎目睹了一幅完备的鸟类图谱。天空中姿态各异的飞鸟，成为我们区分不同部族的记号。而《左传·昭公十七年》却提到十种鸟，表明以鸟为图腾的部族，可能不止九种。商朝中后期，夷人第三次向南方迁徙，他们的图腾，也飞过渤海，在山东半岛栖落。我们至今都能够从战国时代的文物中，与山东沿海地区神仙方术中的"仙人"相遇，这些"仙人"，一律是身上有毛、翅膀、鸟喙的人形，显然，这是夷人图腾在经历了漫长的奔波劳顿之后的变异——即使那支在辽东半岛与山东半岛之间的漫长通道上流动的人群消失之后，两者在文化上的血缘联系，也是显而易见的。这种文化变形，在战国时代发展为齐国宗教文化的要素之一，并对燕齐区域的文化风格产生了重要的影响。

而沈阳新乐遗址出土的"木雕鸟"，可能是我们目前所能见到的最早的鸟形文物。这是一只长38.5厘米、宽48厘米、厚6厘米的大鸟，出土时已断成三截，专家考证它是新乐民族的图腾。几乎与此同时的河姆渡文化、仰韶半坡、良渚文化的陶器图案中，也出现大量的鸟的形象。但是，只有新乐遗址中的鸟，是以三维的形式出现的，这无疑是一只特异的鸟。现在，这只神秘的鸟被放大在沈阳的市政府广场上，成为这座城市人所共知的徽记。

如此，彩陶上出现鸟图案，也就不觉奇怪了。甚至到了青铜时代，许多青铜器上，如父丁方彝、父辛鼎、作父辛尊等，都铸有"四鸟"图案。鸟的图案由新石器时代的彩陶转向商周之际的青铜器，一直没有消泯，体现出华夏民族文化传统的源远流长、一脉相承。

节选自《湖南文学》2022年第4期

苏轼是如何渡海的

张瑞田

中国作家协会会员、中国书协书法评论与文化传播委员会秘书长。先后在《中国作家》《上海文学》《散文》《美文》《读书》《文汇报》等报刊发表散文、随笔二百余篇。出版散文、随笔集多种。

苏轼的手札百读不厌,《渡海帖》尤甚。"轼将渡海""梦得秘校阁下",两行沉甸甸的字,就像两个难解的谜语,结扎成两个奇形怪状的谜团,吸引着我,诱惑着我。

"轼将渡海",是文学的夸张修辞吗?如果不是,他为什么渡海,何时渡海,是真的渡海,还是假的渡海?毕竟是一千多年前的往事了,海,给人的感觉会比今天汹涌,也会比今天惊骇,苏轼,不怕吗?

反复阅读《渡海帖》,知道了苏轼渡海的经过。这通手札是元符三年(1100年)六月十三日,苏轼即将离开海南时写给梦得秘校的。梦得秘校,就是赵梦得,是苏轼1097年在海南澄迈见到的朋友,那一年苏轼60岁了,自惠州贬至海南儋州。苏轼屡屡被贬,只是往昔的贬谪之路有土可依,尽管路遥坑深,走在上面,心要踏实许多。往儋州,只能渡海,此前,苏轼没有渡海的经历,还历之年渡海,是一次什么样的挑战,不言自明。

写完《渡海帖》的苏轼,将要第二次渡海。有意思的是,他在海南澄迈登岸,见到了赵梦得,离开海南,在与赵梦得相见的地方留下了深情款款的《渡海帖》。我无数次凝望《渡海帖》,读文看字,心旷神怡,于是浮想联翩,苏轼是如何渡海的。一次是60岁渡海,一次是63岁渡海,两次渡海,给他留下了什么样的人生感受。

苏轼晚境堪忧,他成了朝廷与奸臣撒气的棋子,随便、随时流放到任何地方,似乎其中有许多乐趣。1094年,他被贬至惠州。三年后，他又被贬至儋州。苏轼有了不祥之兆。作为朝廷命官，他别无选择，只能听凭命运的摆布。绍圣四年（1097年）四月十九日，苏轼离开惠州，第一站到广州，又从广州乘船到了梧州，然后再向南行，来到雷州半岛。在雷州，他见到被贬至雷州的苏辙，兄弟相见，百感交集，对世事多有忧虑。苏辙陪哥哥来到雷州徐闻递角场，准备渡海。眼下已经被海堤围拢起来、拥挤着红树林的徐闻递角场，在北宋年间是有名的交通要塞。南宋周去非在《岭外代答·边帅门》中讲道："汉武帝斩南越，遣使自徐闻渡海略地，置珠崖、儋耳二郡。今雷州徐闻县递角场，直对琼管，一帆济海，半日可到，即其所由之道也。元帝时以海道闭绝，弃之。梁复置崖州。"南宋人赵汝适在《诸蕃志》也有相同的记载："徐闻有递角场，与琼对峙，相去约三百六十余里，顺风半日可济。"尽管对这样的记载有疑问，毕竟是渡海，一定是惊心动魄的。

"一帆济海，半日可到"，周去非说得轻松；赵汝适更是轻描淡写，"相去约三百六十余里，顺风半日可济"，然而，渡海怎么会一帆风顺呢。面对"半日可到"的航程，苏轼忧心忡忡。从惠州到广州，见到了从刑部尚书任上被弹劾下来、时任广州太守的王敏仲，离开广州之前，他在给王敏仲的手札中悲凉地写道："某垂老投荒，无复生还之望，昨与长子迈诀，已处置后事矣。今到海南，首当作棺，次便作墓，仍留手疏与诸子，死则葬于海外，庶几延陵季子嬴博之义，父既可施之子，子独不可施之父乎？生不挈家，死不扶柩。……"此去海南儋州，苏轼没有打算活着回来。

徐闻县，由广东省湛江市管辖，已经是一座现代化的小城市了。宋代，徐闻盐业发达，经济繁荣，自然需要一个往来便捷的递角场，徐闻递角场就成了中国南部重要的交通要塞，许许多多的盐产品从这里走向全国、走向世界。徐闻与海南岛隔海相望，也是去往海南岛的必经之地。苏轼到达徐闻，苏辙为伴，兄弟之间依然会臧否时局，想当年，两兄弟在开封科考，成绩突出，宋仁宗看到他们所写的策论，颇为自豪地说："朕为子孙得两宰相矣。"颇具讽刺意味的是，兄弟暮年，一个贬谪儋州，一个贬谪雷州。其实，个人的命运也是国家的命运，当年羽扇纶巾的栋梁之材，成为随意驱使的家丁，也预示了朝廷的没落。苏轼与苏辙的满腹箴言，不知对谁言说，他们只能在寂寥的海边洒泪哀叹，等待分别之日的到来。绍圣四年（1097年）六月十一日，苏轼与苏辙在徐闻递角场辞别，他在儿子苏过的搀扶下，登上了一条木船。苏轼名闻天下，有面子，雷州、徐闻等地的地方官多有关照。在徐闻，时光难挨，那段复杂的情感经历，苏轼在他的《和陶〈止酒〉并引》一诗里记载下来了：

丁丑岁，予谪海南，子由亦贬雷州。五月十一日，相遇于藤，同行至雷。六月十一日，相别，渡海。余时病痔呻吟，子由亦终夕不寐，因诵渊明诗劝余止酒。乃和原韵，因以赠别，庶几真止矣。

时来与物逝,路穷非我止。与子各意行,同落百蛮里。萧然两别驾,各携一稚子。子室有孟光,我室惟法喜。相逢山谷间,一月同卧起。茫茫海南北,粗亦足生理。劝我师渊明,力薄且为己。微疴坐杯酌,止酒则瘳矣。望道虽未济,隐约见津涘。从今东坡室,不立杜康祀。

读了这首诗,仿佛一千多年前的一幅生活场景浮现在眼前,湿热的海风吹着,四野漆黑一片,苏轼、苏辙夜不能寐,而天亮时分又是兄弟分别的时刻,他们心如刀割,尝尽了人生的凄苦。

苏轼搭乘的客船驶离了徐闻递角场,向对岸驶去。这一段生活,苏轼刻骨铭心,写下了许多情深义重的诗文。一篇篇、一首首读下去,想象苏轼在海上的航程,不断地自问,他搭乘什么样的客船,能够"一帆济海,半日可到"。

应该说,宋朝的海上交通有了一条清晰的线路,贸易需要,造船业和航海业得以发展,造船、航海技术也有了大幅度提升。自宋朝开始,中国海船异军突起,频繁穿梭在中国到印度的航线上。中国的海船宽大、稳定,设备优良,指南针的应用,保证了航船的安全,因此得到外国商人的青睐。北宋元丰元年(1078年),宋神宗派遣两位大学士出使高丽,命令明州招宝山船场建造两艘"神舟",一艘名为"凌虚致远安济神舟",另一艘名为"灵飞顺济神舟",排水量达到500吨。宣和四年(1122年),苏轼辞世后的21年,宋徽宗派遣徐兢出使高丽,宋徽宗命令明州招宝山船场建造"循流安逸通济神舟""鼎新利涉怀远康济神舟",每艘船舱分为三层,水手180人。徐兢与一班人马乘"神舟"到达高丽,引起高丽朝野震惊。在船上,徐兢有了切身的体验,他把自己看到的情景记录下来:"洋中不可住,惟观星斗前迈。若晦暝,则用指浮针以揆南北。"也就是说,船员夜观星象,阴天依靠指南针指引航行的方向。宋朝造船业和航海技术,由此可见一斑。

苏轼是被朝廷贬谪的"五品琼州别驾",是个虚职,哪有资格乘"神舟"出行呢。不过,从北宋的造船技术与工艺水平来看,在大宋海上航行的船只还是有一些名堂的。也就是说,苏轼渡海,会有航海设备与航行技术保障。但毕竟是第一次渡海,内心肯定焦虑,望海而叹。这种感觉,既来自大自然不可预知的神秘,更多的是来自政治的淫雨腥风。远在开封的政敌欲置苏轼于死地,他们不顾苏轼年迈体衰,决然把他贬谪海外,苏轼当然懂。

我们不知道苏轼乘什么样的船渡海,与他同行的亲友除了苏过还有谁?他在船上的生活怎么样?读苏轼的《伏波将军庙碑》,看到了一点蛛丝马迹。这篇碑记中的一段陈述了苏轼渡海的所见所感:"自徐闻渡海,适朱崖,南望连山,若有若无,杳杳一发耳。舣舟将济,眩栗丧魄。"苏轼渡海,有可能"一帆济海，半日可到"，但是，在大海上漂泊，他眼中的桅杆与风帆，一定是奇形怪状的，因此才有"舣舟将济，眩栗丧魄"之叹。的确，苏轼深陷精神困境，他到儋州后给宋哲宗写的《到昌化军谢表》有所表露："……并鬼门而东鹜，浮瘴海以南迁。生无还期，死有余责。臣轼（中谢）。伏念臣顷缘际会，偶窃宠荣。曾无毫发之能，而有丘山之罪。宜三黜而未已，跨万里以独来。恩重命轻，咎深责浅。此盖伏遇皇帝陛下，尧文炳焕，汤德宽仁。赫日月之照临，廓天地之覆育。譬之蠕动，稍赐矜怜；俾就穷途，以安余命。而臣孤老无托，瘴疠交攻。子孙恸哭于江边，已为死别；魑魅逢迎于海外，宁许生还。念报德之何时，悼此心之永已。俯伏流涕，不知所云。臣无任。"苏轼的贬谪之路可谓波谲云诡。

苏轼一行在绍圣四年（1097年）六月十一日夜抵达海南岛澄迈县，在通潮驿住一晚，便去琼州府城报到，履行相关手续，又回到澄迈，住在赵梦得宅院。从此，与赵梦得结下深厚的友谊。苏轼在儋州期间，赵梦得曾往开封、成都、许州等地，去看望苏轼的家人，带去苏轼的问候。对于赵梦得的真情，苏轼记在心里了。他书"赵"字榜书赠送，又为澄迈赵家大院的一个亭子题写了"清斯"，另一个亭子题写了"舞琴"。同时，还将自己书录陶渊明、杜甫诗的书法和自己的诗稿相送。苏轼在儋州的生活日趋稳定，心情开朗起来，他与赵梦得手札，邀请他一同饮茶："旧藏龙焙，请来共尝，盖饮非其人茶有语，闭门独啜心有愧。"赵梦得在苏轼心中的分量，于此可以掂量出来。

正如苏轼自己所说"宜三黜而未已，跨万里以独来"，他经历过无数风雨，他在荒凉的海岛克服内心的焦虑，抗争悲惨的命运，努力打开心扉，让光芒照射进来，他对未来还有憧憬。元符三年（1100年）四月底，宋徽宗下诏书，苏轼以琼州别驾的官职移廉州安置，他长长喘了一口气。这一年宋哲宗驾崩，赵佶继位，是为徽宗。宰相，也就是苏轼政敌章惇大权旁落。接到诏书，苏轼整理行囊，六月十日离开儋州，在澄迈落脚。来时澄迈，去时澄迈，苏轼神伤，看到澄迈的一景一物，尤其是刚到海南所住过的通潮驿，给了他无尽的想象，遂吟诵《澄迈驿通潮阁二首》，其一："倦客愁闻归路遥，眼明飞阁俯长桥。贪看白鹭横秋浦，不觉青林没晚潮。"其二："余生欲老海南村，帝遣巫阳招我魂。杳杳天低鹘没处，青山一发是中原。"

即将离开海南岛，与友人一一辞别。他当然想与老友赵梦得见上一面，约定下一次的见面时间，可惜，赵梦得不在澄迈，他提笔给他写了一通手札："轼将渡海，宿澄迈，承令子见访，知从者未归。又云，恐已到桂府。若果尔，庶几得于海康相遇；不尔，则未知后会之期也。区区无他祷，惟晚景宜倍万自爱耳。匆匆留此纸令子处，更不重封，不罪不罪。轼顿首，梦得秘校阁下。六月十三日。"

"轼将渡海"，此札被称为《渡海帖》，语言素朴、沉郁，字迹"囊括万殊，裁成一相"，是中国书法史上一道耀眼的光芒。

写完这通手札后的第七天,苏轼再一次渡海,他从澄迈上船,在徐闻递角场登陆,结束了平生最后一次贬谪。徐闻递角场,也是苏轼刻骨铭心的地方,一来一往,他就来了诗性,于是我们读到了他的七律《六月二十日夜渡海》:"参横斗转欲三更,苦雨终风也解晴。云散月明谁点缀?天容海色本澄清。空余鲁叟乘桴意,粗识轩辕奏乐声。九死南荒吾不恨,兹游奇绝冠平生。"

两次渡海,增添了新的人生体验。对于文人来讲,这是磨难,也是成长,但更多的还是磨难。苏轼到廉州,依惯例,给宋徽宗写了《移廉州谢上表》,不久,继续北返,建中靖国元年(1101年)六月至常州,在这里仅仅生活了48天就离开了人世。他的在天之灵会听到海鸥的鸣叫,海浪的咆哮。

选自《光明日报》2022年5月6日第16版,《新华文摘》2022年第14期转载

魏晋风度及避祸与贵人及虱子之关系

夏坚勇

江苏海安人,现居江阴。作品有小说、散文、话剧等多种,近期作品有宋史三部曲(《绍兴十二年》《庆历四年秋》《承天门之灾》)等。曾获首届鲁迅文学奖。

1

早年读鲁迅杂文,有两篇印象最深,原因大抵是标题怪怪的,有意思,又特别长。一篇是《由中国女人的脚,推定中国人之非中庸,又由此推定孔夫子有胃病》,标题几乎就是一篇内容提要,足下如果没有点嘴上功夫,很难一口气读完。文中说孔夫子晚年周游列国,吃了多含灰沙的土磨麦粉,乘着马车在七高八低的泥路上颠颠簸簸,结果颠出胃病来了。大师手笔,令人叹服,那辆在北方的黄尘中踽踽独行的双辕马车,此后就一直颠簸在我早年的文学记忆中,历历难忘。

还有一篇是《魏晋风度及文章与药及酒之关系》。

2

这是鲁迅的一篇演讲,副题是"九月间在广州夏期学术演讲会讲",但文后的编者注释中却说"九月间"有误,据《鲁迅日记》应为七月。这中间的问题是,该演讲的书面文本发表于同年十一月的《北新》半月刊,也就是演讲后大约四个月。把四个月前的事说成两个月前的"九月间",鲁迅的记忆为什么会发生如此不合情理的误差呢?这就要联系当时的政治气候来考虑了。那么,鲁迅发表这篇演讲时的政治气候有什么特征呢?

答案是:杀人。

杀人是人类最古老的游戏，而当时的政治则是给杀人冠以堂皇的理由。三个月前的上海"四一二"反革命政变和几天前的武汉"七一五"反革命政变，把1927年夏天的中国裹挟在腥风血雨之中。广州的国民党当局也在大肆屠杀，街头上每天都有新上墙的杀人告示，那些打着红钩钩的名字中，也有鲁迅的学生。为了表示抗议，鲁迅坚决辞去中山大学的一切教职。可以想见，先生当时的处境已相当危险，根据林语堂的说法，当局请鲁迅在夏期学术活动上演讲，也有窥测他态度的用意。鲁迅是真的猛士，他当然敢于正视淋漓的鲜血，"忍看朋辈成新鬼，怒向刀丛觅小诗"。他不怕。但他又懂得韧性的战斗、反对像许褚那样赤膊上阵。在当时的政治气候下，他既要发出自己的声音，又不宜金刚怒目地呐喊，因此，以学术演讲的名义，含沙射影地揭露和批判当局的暴政，是最恰当的方式。而在演讲的文本发表时，作者又把时间"误记"为"九月间"，离那几个血腥政变的时间节点稍远一些，其中有没有避祸的用意呢？我觉得是有的，这不是胆怯，而恰恰是一种斗争艺术，因为，屠夫已经杀红了眼，岂能再授其刀柄？

夏期学术演讲，可讲的题目当然很多，为什么要讲魏晋风度呢？

答案还是那两个字：杀人。

魏晋是一个血腥的乱世，魏晋风度即文人知识分子在屠刀下的众生相。对文人知识分子大开杀戒，似乎应该始自秦始皇。

但老实说，嬴政杀的那些个书生，谁能说出其中某个人的生平、事迹、建树、声誉？肯定说不出。他们只有一个共同的名称：儒；或者说他们只是一桩重大历史事件——焚书坑儒——中的道具。到了东汉末年，情况就不同了，魏晋乱世，所谓兵燹所及，玉石皆焚，死的固然大多是无名无姓的草民（士兵其实也是草民），但奉旨杀人，定点清除，死的却大多是不仅有名有姓而且有头有脸的知识分子。为什么要杀知识分子呢？距当时一千四百多年的王夫之说得很清楚："孔融死而士气灰，嵇康死而清议绝。"他认为曹操杀孔融和司马昭杀嵇康是为自己的儿子篡位杀鸡儆猴，"鸡"和"猴"都是知识分子，"士气"和"清议"则是知识分子的声音。杀他们是因为强权者不放心，怕他们与自己离心离德，尤其怕他们抱团鼓噪。中国历来有"文人相轻"的说法，其实不对，东汉末年的知识分子就不"相轻"，他们在反对宦祸的斗争中何等同仇敌忾，在近现代政治史上影响巨大的"同志"一词，就是那时候出现的，"所与交友，必也同志"（《后汉书·刘陶传》）。"同志"，这是多么亲切而庄严的称呼，一声"同志"，不仅春风满怀，而且热血沸腾，即使赴汤蹈火也在所不辞。魏晋时期的"同志"，不论是建安七子、正始名士，还是竹林七贤，都是一嘟噜一嘟噜地抱团登场的，这当然又是权势者最忌讳的。而且文人还有个致命的毛病：多嘴、卖弄聪明。你再聪明，还会比人主聪明吗？如果你认为自己的脑袋比人主更聪明，那对不起，人主就会砍掉你的脑袋，以求得平等。建安七子中的领袖人物孔融就是死于多嘴，正始之音中的两根弦——何晏和夏侯玄——则是死于太聪明。杀人毕竟还是管用的，一时屠刀喋血，书生授首；杀气弥天，文士噤声。于是到了竹林七贤的时候，为了避祸，大家喝酒的喝酒，吃药的吃药，或者语不涉时事而专研玄学，谓之清谈。

喝酒者佯醉，吃药者佯狂，清谈者佯作高深，实际上就是逃避当下的政治追问。佯者，装也，一个时代的知识分子集体伪装，而且装得如此风流蕴藉风度翩翩，这是专制制度下一幕周期性的奇观。

3

且说佯醉。

阮籍，文二代，他父亲阮瑀是建安七子之一，他自己是竹林七贤之一。从建安到竹林，历史在改朝换代的震荡中血流漂杵，文人名士成批登台又成批被杀。"步兵白眼向人斜"，对，阮籍就是那个白眼看人的阮步兵。他当然自视甚高，不然也不会在楚汉争霸的古战场发出"时无英雄，使竖子成名"的叹息。英雄者谁？竖子者谁？刘项乎？抑或魏晋人乎？后人众说纷纭，但阮籍不管，叹息过了，他又面对旷野尽情一啸，胸中块垒喷薄而出，古今多少事，尽付长啸中，酣畅淋漓地体验了一回生命的大放达和大自由。他在古战场上的这一声浩叹和长啸，亦被载入史册。

浩叹和长啸固然酣畅淋漓，但那是在空寂无人的山巅或旷野。现实的烟火红尘中，他是一个朝廷命官，品级还不低（正四品）。官场的游戏规则是如此丑陋而黑暗，特别是在一个强权霸凌、铁血政治的敏感时期，那就更加凶险了。四面八方都有阴冷的目光盯着你，跋前疐后，动辄得咎；而且一旦得咎，就要人头落地。他想躲开官场的纠缠，但又不敢公开拒绝，事到临头，只能喝酒，佯醉，装糊涂。司马昭曾想和他攀亲家，对阮家来说，这是高攀了，但阮籍不愿意。不愿意又不能拒绝，他就以醉拒婚。每次有人来作伐，他都喝得烂醉。阮步兵烂醉如泥，偶尔朝媒人翻一个白眼。此一醉竟酩酊昏睡六十天，让媒人始终无法开口，硬是把亲事拖黄了。这件事他玩得蛮漂亮。

但这种以佯醉行苟且的立身方式其实是一种无奈，阮籍本人也并不自以为是。在那篇著名的《大人先生传》中，他借大人先生之口，把那些在强权下怯懦偷生的文人学士狠狠地刻薄了一番："汝独不见夫虱之处于裈中，逃乎深缝，匿乎坏絮，自以为吉宅也。行不敢离缝际，动不敢出裈裆，自以为得绳墨也。饥则啮人，自以为无穷食也……汝君子之处区内，亦何异乎虱之处裈中乎？"

这段话我就不翻译了，因为内容有点不雅，大体意思就是把那些苟且偷生的文人比作寄生在人们裤裆里的虱子。唯一需要解释的是这个"裈"字：有裆的裤子。裤子因为有裆而封闭，则虱子生焉。

景元四年（263年），曹魏的傀儡皇帝曹奂进封司马昭为晋公，加九锡。这个九锡的名头很大，但兆头不好，以前王莽和曹操都接受过，似乎成了篡逆的代名词。"司马昭之心，路人皆知"这句话是上一任皇帝曹髦说的，曹髦在皇位上战战兢兢地坐了八年，别无建树，只给后世留下了这句歇后语。而他本人却因为这句不当言论丢了性命。现在，上上下下都看得出司马昭的心思，但戏还是要演的，血色下的篡位闹剧偏要铺陈一道温情脉脉的柔光。司马昭照例装模作样地谦让，然后由公卿大臣集体"劝进"，阮籍很不幸地受命撰写《劝进笺》。他又想用喝酒来拖延，但这件事太敏感，他不能翻白眼了。等到使者来催稿时，他只好一边喝酒一边拟稿塞责。他这次玩得不漂亮，连佯醉也不敢过分。《劝进笺》语意依违，自己既很纠结，对方也不会满意。一两个月后，他就死了。史书上没有说他被杀，他应该是病死的。但这种胆战心惊、避祸自保的日子太伤人了，他应该是被吓死的。

不知他最后注视这个世界时，青眼乎？白眼乎？

4

再说佯狂。

司马昭想和阮籍攀亲家，自然是因为阮氏子弟颜值高，学问好,遗传基因出类拔萃。阮籍确是公认的美男子,《晋书》中曾为此不吝笔墨。一般来说,正史是不屑于关注这些花边新闻的,由此亦可见阮籍之男神风采不同"一般"。而同样在《晋书》中,对嵇康的形象推介又更甚于阮籍,诸如"龙章凤姿"之类的赞语虽然让人不得要领,却肯定是极高的评价。关于嵇康的容貌最富于文学意义的描写还是来自他的一位朋友:

嵇叔夜之为人也,岩岩若孤松之独立;其醉也,傀俄若玉山之将崩。

仅凭这两句话想象一个人的容貌,仍然是不得要领,但至少可以认定该男子之高大魁伟,且气质超好。

这位朋友叫山涛。

山涛也是竹林七贤之一。七贤之中,阮籍、嵇康、山涛私交最好。作为乱世名流,三人各具性情,立身处世亦各有风范。阮籍喝酒、佯醉,和官场若即若离。他平日里懒懒散散,白眼看人;但偶尔也会现身官衙露一手,把政务处理得干净利落。他其实是和当局虚与周旋的意思。山涛是忠厚长者,又是官场中人,而且官还做得不小——尚书吏部郎——一看这名字就知道和"中组部"有关,对,这是"中组部"主管官吏选任、考察及调动的官员,周围巴结的人不会少。他倒不是那种一阔脸就变的人,相反,他对朋友很关顾。温和、大气、懂进退,而且才华很好，并不平庸，这就是山涛。

嵇康走的是极端路线，他是曹操的孙女婿，在司马氏眼里，大抵属于前朝余孽。既然如此，他索性就彻底地弃绝官场仕途，彻底地不合作。当时的文人有很多是吃药的，那是一种时髦。吃了药不能休息，要"散发"，一般是走路。他们穿着宽大的衣服，趿着木屐，走得风生水起。而且兴奋，举止言谈皆放浪形骸，全不顾纲常名教，这就是佯狂了。嵇康也吃药，但他不走路，他打铁。他原先住在山阳，后来迁到洛阳来了。洛阳是京师，出将入相，冠盖云集。他就在这些大官的眼皮底下开了家铁匠铺。他身材高大，体格健壮，吃了"五石散"后精神焕发，就用打铁排解多余的精力。叮当叮当，打铁声坚定而沉着，一个不世出的大学者在洛阳东郊打铁，中国的冶金史应该记上一笔吧。

他为什么要打铁呢？是不是为了测试自己生命的强度？这是一个铁与火的世界，铁锤砸在铁砧上，实打实，硬碰硬，谁也不怕谁。抡锤人当然不能宽袍大袖，只能短打，甚至赤膊。炉火映照着他健壮的身躯，此刻若用玉树临风或者清新俊逸之类的形容词肯定太轻佻了。锤起锤落，火星四迸，汉子鼓突的腹肌、胸肌、肱二头肌次第发力，联袂炫示，勃发着阳刚的气息。这是真正的秀肌肉，也是他生命中真正的高光时刻。我说不清这种演出指向他性格中的何种诉求，但我至少知道，如果他干别的——例如做豆腐——那就肯定不是嵇康了。

叮当叮当，打铁声坚定而沉着，不屈不挠地传进京师的宫阙。有人想：这家伙哪儿不能打铁，为什么非要从山阳跑到洛阳来打？而且给人打铁还不收钱，这是图什么呢？或者说这是在向谁示威呢？

嵇康一边打铁，一边读书写诗做学问，有时还要给朋友写信，他那封青史流芳的长信——《与山巨源绝交书》——就是放下铁锤写的。

山巨源就是山涛，嵇康为什么要和他绝交呢？

山涛要升官了，由尚书吏部郎升任散骑常侍。顾名思义，"常侍"就是皇帝的贴身秘书，从职级上讲，这是进入了高级官员的行列。需要指出的是，司马氏暂时还不是皇帝，现在坐在皇位上的人还姓曹,但官员的任免大权都在"大将军"（司马昭）手里。因此，这时候任命的散骑常侍，实际上就是司马氏派过去监视傀儡皇帝的特务。看来司马昭对山涛相当信任，不仅派他去"常侍"皇帝，还让他推荐一位吏部的继任者。山涛推荐了嵇康，他可能觉得自己这么优秀的一个朋友，老是在郊外打铁算什么呢？长此以往，连养家糊口都成问题。而且他还有一种不祥的预感：这铁再打下去，恐有……杀身之祸。

一个正五品的、负责朝廷人事调配的、周围有很多人巴结的尚书吏部郎虚位以待，只要嵇康愿意。

弹冠相庆吧。

但嵇康不愿意，于是便有了这封《与山巨源绝交书》。

虽说是绝交，语调却并不激烈。嵇康貌似自嘲地列举了自己不适合当官的诸多原因，计有"不堪者七""不可者二"，"非常7+2"，一共九条。"不堪者"就是不能忍受的；"不可者"就是坚决不做的。这九条理由表面上是说自己的个性特征和生活旨趣，实际上是抨击官场的丑陋和黑暗。且看"不堪者"其中的一条："危坐一时，痹不得摇，性复多虱，把搔无已。而当裹以章服，揖拜上官，三不堪也。"

他说，做了官，就要端端正正地坐着办公，腿脚麻木也不能自由活动。而且自己身上虱子很多，一直要去搔痒，这时候如果穿着官服去迎拜上司，如何是好？

古代由于书写工具的限制，写文章崇尚简洁，写信更是如此。但嵇康的这封绝交书很长，从开头的"康白"到最后的"嵇康白"，调侃挖苦，洋洋洒洒，计一千八百多字。那时候纸的产量很少，还没有完全取代竹简，所谓"洛阳纸贵"恐怕不光是说文章漂亮，纸的价钱也确实贵。想象一下，这封绝交书要用多少竹简！再对比一下，博大精深的《道德经》和《孙子兵法》只不过五六千字，一千八百多字的信，可谓长篇大论矣。

但仔细体味这封绝交书，我还是有点疑惑，我总觉得作者有点举轻若重，似乎有意要张扬什么。如果仅仅是绝交，其实三言两语即可，甚至不予理会即可，根本用不着这样耗费竹简，长篇大论往往有弦外之音。见多了那些分手的恋人，凡咬牙切齿或絮絮叨叨地诅咒不休的，往往是心有不甘藕断丝连。真的绝情，只要一声"再见"或一个手势就了结得干干净净。

那么嵇康有什么弦外之音呢？

这封绝交书一写，嵇康必死无疑，因为他实际上是宣告与司马氏的彻底不合作。嵇康是认定了要当烈士的，但他要保护山涛。因此，他才借此机会当着全世界的面羞辱山涛，这是做给司马氏看的。嵇康这一点很了不起，他自己义无反顾，但他决不让朋友垫背。任何一个时代，义无反顾的烈士总是少数，大多数都是山涛这样的识时务者。嵇康尊重山涛的选择，他在信中对山涛的评价是："足下傍通，多可而少怪。"意思是你遇事善于应变，对别人总是称赞多而批评少。这话说得多好啊，精准、通透，放之古今而皆准。确实，这样的人在任何时代都会活得滋润些，我们没有理由指责他们，若排除告密和倾陷，"世故"其实并不是贬义词。山涛后来尽心尽意地把嵇康的子女抚养成人，并因此留下了"嵇绍不孤"的成语（嵇绍是嵇康的儿子），也留下了关于政治、关于气节、关于友谊的更多面的阐释。

景元三年（262年）夏天，在刑场上三千多名太学士的抗议中，一颗绝世才华加绝世容颜的脑袋滚落尘埃。太学士们本想提请杀人者珍惜嵇康的身份和名望：当代最具影响力的思想家、文学家和音乐家。但他们不会想到，在这几个闪光的大词中，杀人者根本不在乎思想、文学或者音乐，他们只在乎"家"——家天下的"家"，而那恰恰是需要用杀人来维持的。

5

阮籍和嵇康语境中的虱子只是一种修辞或假托，当不得真，但现实世界中洛阳的虱子肯定不少。那么一个世道，脏乱差再加贫穷，到处都是虱子麇集的乐土。"国家不幸孤家幸"。登基的虱王在"裈中"扬扬自得地发布宣言，老卵得很。那么就说国家吧，司马氏黄袍加身后并没有安稳多少日子，就发生了八王之乱。我们不管是看《三国演义》还是《三国志》，那里面的司马懿和司马昭是何等老谋深算甚至雄才大略。但先人太雄才大略也不是好事，三代以后，到了晋惠帝的时候，却连正常的事理也弄不清了。八王之乱后，晋室在洛阳待不下去，只得收拾细软往江南跑，此即所谓"衣冠南渡"。"衣冠"者，皇缙绅、士大夫等也。值得一提的是，寄生在"衣冠"里的虱子也随之翠华摇摇地徙居江左。"江南佳丽地，金陵帝王州"，当然那时候还不叫"金陵"，叫"建康"。但"佳丽地"和"帝王州"都说得不错。江南真的是好，不仅达官贵人又找回了繁华旧梦，连寄生的虱子也顺势上位以至于登堂入室了。

说虱子登堂入室可不是信口开河，因为有"词"为证——晋室南迁后，在衣冠士族中悄悄地出现了一个时髦的新词：扪虱而谈。

扪虱而谈的典故出自东晋名士王猛。王猛这个人据说少有大志，桓温入关时，他穿着粗布衣服前来拜访，大庭广众之下，他"扪虱而言,旁若无人",纵论天下大势,一屋子的人听得一愣一愣的。他虽然拒绝了桓温的征聘,却因此扬名,后来成为苻坚的辅臣,亦官至宰相。

类似的情节还出现在名士顾和身上。大致情节是:扬州从事顾和去进见王导,因府门未开,就坐在门前专心致志地捉虱子。武城侯周顗来进见长官,见顾和独自觅虱,夷然不动,和他搭话时亦"搏虱如故",遂大为叹赏,对王导说"卿州吏中有一令仆才"。

我实在很难理解周顗对顾和的夸奖,尚书令和仆射都是相当于宰相的大官,只凭一个人捉虱子捉得认真,就认定他有"令仆才"了?如果这样,未庄的阿Q和王胡也应该是够格的吧。

这实在是一种很有意思的现象,当初的名士们托言扪虱不过是佯狂避祸,那是血腥的高压政治下的"不得已"(鲁迅语),因此,那种玩世不恭放浪形骸也可以说是一种血染的风采。南渡以后,改朝换代的风雨已然远去,文人学士们开始走出为政治站队而担惊受怕的心狱,沉潜在他们心底的家国之痛亦逐渐消融在偏安江左的放诞风流之中。佯醉佯狂自然是用不着了,但佯作高深的清谈却变本加厉。这样一来,就连那不登大雅之堂的虱子亦与有荣焉。长此以往,扪虱而谈竟然成了一种"雅人高致",甚至是一枚时髦的徽章,那种谈吐从容无所畏忌的"扪虱风度"受到广泛追捧,一时间,好像文士们若不能一边高谈阔论一边随手从身上捉出几只虱子来就不配称为文人高士、更不配经邦济国似的。而"扪虱""烘虱"之类的意象后来也堂而皇之地出现在诗人的歌咏中，成为实验性诗歌的某种尝试。

当然，那已经是到了说话著文不怎么顾忌的北宋。

宋代中期的某个时期，位于开封东厢新城区的春明坊几乎成了京师的文化中心，重量级的文人士大夫一时趋之若鹜。原因很简单：这里居住着著名学者和藏书家宋敏求。宋敏求不仅藏书宏富、质量优良，而且为人慷慨、乐于分享，凡有借阅者皆毫无保留。私人藏书楼变成了公益图书馆，流风所及，文人学士皆争相求为比邻，弄得春明坊的房价比内城的繁华地段还高。这是关于宋代文化风习的一个生动镜像，也是历史上最早关于"学区房"的记载，值得注意。

春明坊的住户中，有大名鼎鼎的王安石和司马光，后人只知道这两位因政见之争而势同水火，以致老死不相往来，但那是神宗熙丰以后的事，现在才是仁宗嘉祐年间，他们同在三司为官，惺惺相惜，经常互为唱和。唱和诗中亦有以"烘虱"为题的，颇引人注目。北宋中期是中国封建社会少有的繁华盛世，官员生活之优裕是不用多说的。因此，这些人的"烘虱"诗篇只是以戏谑为诗的某种尝试，并不是真的身上有虱子。作为文人，隐身于唐朝巨大的背影下实在是一种不幸，唐诗太巍峨壮丽了，他们既无法与唐人比肩，又不甘匍匐于唐人脚下，便试图在游戏的状态中探索诗歌写作的各种可能性，也就是说，宋人的"烘虱"纯粹是一种文学现象，既非矫情，亦与现实无涉。

但如果说宋代官员的身上绝对不会有虱子，那也不尽然。

王安石后来位极人臣，但此公生性邋遢，从不把洗澡和换衣放在心上，以致后来苏洵在《辨奸论》中攻击他"衣臣虏之衣……囚首丧面"。作为宰相，这就关乎朝廷体面了。同事们只得定期架着他去一趟浴室，称之为"拆洗王介甫"。然而尽管定期"拆洗"，虱子还是在他身上安营扎寨了。一次御前奏事，正值一只虱子在他鬓角上"巡视"。神宗见了，忍不住发笑。退朝后，他问副宰相王珪，皇上为什么笑，王珪告诉他原因后，他连忙叫侍从来捉掉。王珪说："未可轻去，辄献一言，以颂虱之功。"接着，一本正经地吟诵道："屡游相须，曾经御览。"王安石听罢也忍不住大笑一回。

王珪是词臣出身，文思敏捷且辞采赡丽。他有个孙女婿也是名人，叫秦桧。

宋代的虱子其实早已跌下神坛，扪虱也不再是身份高雅的徽章。像王荆公的这种遭遇，并不能怪虱子大胆"僭越"，只能怪他自己失去了身份定位。一个当朝宰相，怎么能一点不顾体面，以致让虱子蹬鼻子上脸呢？真是的。

虱子在贵人的鬓角上巡视，因为被皇帝看到了，所以能够传世。如果虱子在相对私密的场合侵扰贵人，曝光的概率就微乎其微了，除非当事人自己"著之竹帛"。

清同治八年（1869年）四月初七，曾国藩视察永定河水利，回程途中下榻于安肃县，当天日记中有这样的记载——二更三点睡，为臭虫所啮，不能成寐，因改白香山诗作二句云："独有臭虫忘势利，贵人头上不曾饶。"

曾国藩当时的身份是武英殿大学士、直隶总督。因直隶拱卫京畿，故直督号称疆臣之首。按理说，他这个身份的官员是不应该遭遇虱子的。但实际情况是，他下榻在安肃县。直隶总督驻节保定，安肃是距保定五十里的小县城，那里最好的招待所也不能保证没有虱子。也就是说，在这里，曾国藩的身份与环境之间发生了错位。安肃县的旅馆亏待了总督大人，但总督大人大概是不会怪罪地方官的，他只能一边扪虱东床一边戏改唐人的诗句以排解长夜。

唐人的诗，原句为"公道世间唯白发，贵人头上不曾饶"。世间所有的人，无论贵贱，在生老病死的自然规律面前都是平等的。而改诗的意思是，世间所有的人，无论贵贱，在臭虫面前都是平等的。所谓"独有臭虫忘势利"，为什么"独有"？因为现实世界中的人太势利了。这一句看似调侃，其实有痛切的人生感喟在焉。一个老官僚幽微的心迹，在这种私人化的日记中得以真情流转，况味怆然。

当天夜里，总督大人和虱子周旋时，有没有想到那曾让魏晋时代的文士们心驰神往的扪虱风度呢？日记里没有说。也罢。

文章最后，有一点还是要说一下，曾国藩所改的那两句唐诗并非出自白居易，而是出自杜牧，他记错了。记错了也不要紧。曾文正公是凭借再造玄黄的巨大功业而腾达官场的，不像有的官员是靠章句小楷考出来的。他当初虽也有科举功名,但名次相当靠后,令他一辈子羞于提及。清代殿试按名次分为三等,一甲赐进士及第,二甲赐进士出身,三甲赐同进士出身。他是三甲第四十二名,赐同进士出身。"同"就是相当于,用现在的话说,他"相当于"本科毕业,而且,还是三本。

  选自《芙蓉》2022年第5期

书生戒

王跃文

作家,湖南省作家协会主席,中国作家协会主席团委员。出版长篇小说、中短篇小说集、散文随笔集等20多部,有作品被译成日、英文出版。中宣部文化名家暨"四个一批"人才。曾获鲁迅文学奖等多种奖项。

所谓"学成文武艺，货于帝王家"，这自古是读书人的本分。倘学问之上，添些媚骨，藏些机巧，混得会更好。然而，人生是本大账，最终是要结算的。且说说康熙皇帝身边两位读书人的故事。

康熙皇帝八岁登基，亲政时也才十四岁。冲龄践祚的皇帝，学问见识尚在稚浅，必定拜服有学问的大臣，此亦人之常情。康熙六年六月，时任内弘文院侍读的熊赐履上奏说："如今百姓负担重，原因在于私派倍于官征，杂项浮于正额，朝廷减免的钱粮都被官员侵占而百姓空负其名，赈济钱粮也被官员吞没而百姓贫困加重。所以，要派清廉官员为督抚，贪污不肖者立予罢斥。"

因为有着道学家的名望，熊赐履奏事皇帝更能听得进去。于是，这位侍读官又指出朝廷急需解决的四大问题，都是基于弘扬道学的："政事纷更而法制未定，职业隳废而士气日靡，学校废弛而文教日衰，风俗僭侈而礼制日废。又请选耆儒硕德、天下英俊于皇帝左右，讲论道理，以备顾问。"康熙皇帝后来坚持几十年的经筵日讲，同熊赐履此番倡言大有关系。这是后话。此时正是鳌拜专权，他自己对号入座，硬说熊赐履这些话，实是参他这位辅政大臣尸位素餐，请皇帝将熊先生以妄言罪论处，并从此禁止言官上书陈奏。康熙皇帝不许，对鳌拜说："彼言国家大事，同你何干？"从此，熊赐履更深得皇帝宠信。

虽熊赐履在皇帝面前偶尔会说几句貌似不恭的直话，但很能讨皇帝信任。康熙十一年四月初九日，熊赐履奏曰："昨年皇上谒陵，大典也。今年同太皇太后幸赤城汤泉，至孝也。但海内未必知之，皆云万乘之尊，不居法宫，常常游幸关外，道路喧传，甚为不便。嗣后请皇上节巡游，慎起居，以塞天下之望。"康熙皇帝听了这番道学之言，颇有些愧疚，说："朕知外面定有此议论。"想必皇帝会暗自欣喜，遇上难得的直谏大臣。其实，这是熊赐履的机巧。

康熙十一年十月十六日，帝召熊赐履问道："近来朝政何如？"但凡官场老手都明白，皇帝这么问话，多是想听好消息。熊赐履却不仰体圣意，奏曰："盖奢侈僭越至今日极矣！官贪吏酷，财尽民穷，种种弊蠹，皆由于此。"康熙皇帝听了，并不言语，又问道："如今外面盗贼稍息否？"听皇帝这般口气，明摆着是想听几句好话了。熊赐履颇有些逆龙鳞之意，回奏道："臣阅报，见盗案颇多，实有其故。朝廷设兵以防盗，而兵即为盗；设官以弭盗，而官即讳盗。官之讳盗，由于处分之太严；兵之为盗，由于月饷之多尅。"熊赐履低头言毕，知道皇帝可能不高兴了，又说："今日弭盗之法，在足民，亦在足兵；在察吏，亦在察将。少宽缉盗之罚，重悬捕盗之赏。"皇帝明显脸面上有些下不来，但到底体谅熊赐履孤忠可悯，勉强说了两个字："诚然。"

同年十二月十七日，康熙皇帝又同熊赐履讨论治国之道，说："从来与民休息，道在不扰，与其多一事，不如省一事。朕观前代君臣，每多好大喜功，劳民伤财，紊乱旧章，虚耗元气，上下讧嚣，民生日蹙，深为可鉴。"康熙皇帝已经把道理讲得很明白了，熊赐履却还要阐发几句，颇有些指点皇帝的意思："但欲省事，必先省心；欲省心，必先正心。自强不息，方能无为而成；明作有功，方能垂拱而治。"这一年，康熙皇帝十八岁，熊赐履三十七岁。听了这位比自己大十九岁的道学家大学士的话，康熙皇帝只好说："居敬行简，方为帝王中正之道。尔言朕知之也。"康熙皇帝倒也从善如流，一副深受教益的样子，换成现代汉语，便是"您讲的道理朕懂了"；或可换作通俗台词："先生所言极是，朕受教了。"但是，第二年吴三桂就反了，"三藩之乱"骤然爆发。于是，康熙皇帝从十九岁开始，宵衣旰食，朝乾夕惕，备尝艰辛，直到半个世纪后驾崩，哪里是熊赐履说的"无为而成""垂拱而治"那么轻巧！

大凡皇帝赏识的道学家，一旦人当差出了毛病，其学问也都不对了。康熙十五年七月，熊赐履票签出了错误，却又诿过于人，被革职。票签出错本已致罪，诿过于人则是品行有亏。诿过是自古帝王常犯之病，康熙皇帝却最恨诿过于人，曾说："朕观前史，如汉朝有灾异见，即重处一宰相，此大谬矣。夫宰相者，佐君理事之人，倘有失误，君臣共之，竟诿之宰相，可乎？或有为君者凡事俱托付宰相，此乃其君之过，不得独咎宰相也。康熙十八年地震，魏象枢云有密本，因独留面奏，言：'此非常之变，惟重处索额图、明珠，可以弭此灾矣。'朕谓此皆朕身之过，与伊等何预？朕断不以己之过移之他人也。魏象枢惶遽不能对。吴三桂叛时，索额图奏云：'始言迁徙吴三桂之人，可斩也。'朕谓欲迁徙者，朕之意也，与他人何涉？索额图悚惧不能对。朕之一生岂有一事推诿臣下者乎？"由是观之，熊赐履被革职，深层原因可能是他诿过于人，此行为同道学家相悖。康熙皇帝多年后旧事重提，说："熊赐履著《道统》一书，过当之处甚多。"

君王好谀，自古而然。康熙皇帝却是个例外，不太听得进拍马屁的话，曾说过："人间誉言，如服补药，无益身心。"

康熙二十年，"三藩之乱"平定，朝廷要祭告天地、社稷、祖宗，并诏告天下。大臣们起草文告，说平乱摧枯拉朽，全赖皇帝一人之功德。康熙皇帝看了，立马指出：此非朕一人能成之功德，亦非容易成功之事，文告重新起草！

康熙皇帝不邀功、不喜谀的事，可见于史料者极多。康熙二十六年六月初七日，皇帝为教育太子之事，晓谕大学士们："朕观古昔贤君，训储不得其道，以致颠覆，往往有之，能保其身者甚少。""尔等宜体朕意，但毋使皇太子为不孝之子，朕为不慈之父，即朕之大幸矣！"

汤斌也是道学家，时任工部尚书，又在詹事府当差。他听了皇上谕示，立马奏对："皇上豫教元良，旷古所无，即尧舜莫之及。"詹事府，即培养皇储的机构；元良，指的是皇太子。

康熙皇帝听了汤斌这话，很是生气，斥责道："大凡奏对贵乎诚实,尔此言皆谀谄面谀之语。今实非尧舜之世,朕亦非尧舜之君,尔遂云远过尧舜,其果中心之诚然耶?"又说:"大凡人之言行,务期表里合一,若内外不符,实非人类。"

康熙皇帝并不认为自己治理出了尧舜盛世。且说一件后来发生的事情。康熙四十三年十一月,皇帝为着修明史的事作文晓谕诸臣,说道:"朕四十余年,孜孜求治,凡一事不妥,即归罪于朕,未曾一时不自责也。清夜自问,移风易俗,未能也;躬行实践,未能也;知人安民,未能也;家给人足,未能也;柔远能迩,未能也;治臻上理,未能也;言行相顾,未能也。"但凭公论之,康熙皇帝治国是很有成就的,唯其虔敬谦恭而已。往日的少年天子,此时亲理朝政已整整四十年,其间平定"三藩之乱"花了八年,收复台湾花了两年,征剿噶尔丹花了九年,而四十年间都在治理黄河。正是这一年,河工告竣,黄患暂息,黎民称颂。

康熙朝,当面谀今,会被治罪。汤斌面谀皇帝没多久,詹事尹泰入奏:"汤斌学问平常,年又衰迈,恐不堪此任。"皇帝说:"俟再过数日裁之。"没多久,康熙皇帝就把汤斌打发回老家了。事隔多年,康熙皇帝说起汤斌,颇为讥诮:"昔江苏巡抚汤斌,好辑书刊刻,其书朕俱见之。当其任巡抚时,未尝能行一事,止奏毁五圣祠,乃彼风采耳。此外,竟不能践其书中之言也。"

历史的真相是唯一的,但历史的演绎则是万花筒。时人眼里，汤斌颇多堂皇之言，俨然狷介之士；又经后人重重描画，汤斌雍正朝入贤良祠，道光朝从祀孔子庙。到了近代，刘师培说汤斌"觍颜仕虏，官至一品，贻儒学之羞"，邹容则责其为"驯静奴隶"。

选自《中国艺术报》2022年7月11日第8版

她们都不爱贾宝玉

潘向黎

小说家,文学博士。上海作家协会副主席。出版长篇小说《穿心莲》、小说集《白水青菜》等,随笔集《梅边消息:潘向黎读古诗》《古典的春水:潘向黎古诗词十二讲》等,共三十余种。获第四届鲁迅文学奖等奖项。

作为类型的"贾宝玉",包含的意思很多,但一定有"多情地喜欢很多女性、也被很多女性所喜欢"这一层,也有在家族里"三千宠爱在一身"这一层吧。

若说《红楼梦》里,也有女子不喜欢宝玉,你会想起谁呢?

一定有人会想起龄官。第三十回,宝玉遇见龄官在蔷薇花下用簪子在地上划"蔷"字,写了一个又一个,写了几千个,她早已经痴了,宝玉不觉也看痴了,所以这半回叫"龄官划蔷痴及局外"。这时候,宝玉还不知道这个女孩子是谁、在做什么,更不知道"蔷"的含义,但是他很快就"识分定情悟梨香院"。他并没有去打听那个女孩子是谁,而是上天安排这个女孩子给他上了一课。这一天,他"因各处游得烦腻,便想起《牡丹亭》曲来。自己看了两遍,犹不惬怀,因闻得梨香院的十二个女孩子中有小旦龄官最是唱得好,因着意出角门来找时……",谁知龄官不但对他十分冷淡,而且以"嗓子哑了"为由拒绝他赔笑央求的点唱,随后,他认出眼前的龄官就是那天在蔷薇花下痴痴地划"蔷"的女孩子,宝玉"从来未经过这番被人厌弃",偏偏接着贾蔷一来,两个人就把宝玉当成透明的,当着他的面把儿女私情的症候暴露无遗,"宝玉见了这般景况,不觉痴了,这才领会了划'蔷'的深意"。这一课上完,宝玉受到了教育:

那宝玉一心裁夺盘算,痴痴地回至怡红院中,正值林黛玉和袭人坐着说话儿呢。宝玉一进来,就和袭人长叹,说道:"我昨晚上的话竟说错了,怪道老爷说我是'管窥蠡测'。昨夜说你们的眼泪单葬我,这就错了。我竟不能全得了。从此后只是各人各得眼泪罢了。"……宝玉……自此深悟人生情缘,各有分定……

"各人各得眼泪"是《红楼梦》里极深刻的一句话,因为这是人生最确凿的真相之一。而给宝玉如此强烈刺激和清明启迪的,是一个身份低微的小人物,他们家买来的小戏子——龄官。为什么龄官能给宝玉上"人生情缘,各有分定"这么珍贵的一课?或者说,为什么是她而不是别人能够成为宝玉的老师?因为她丝毫不爱宝玉,也不喜欢宝玉,所以对宝玉高傲地保持距离,还有点厌烦他。而对贾蔷,她立即袒露内心,包括内心的委屈和痛苦。龄官在贾蔷面前的表现,有点儿类似黛玉在宝玉面前完全不讲道理,甚至是一副不打算讲道理的样子,是有恃无恐、恃爱而骄,但其实也将自己对对方的在意和内心的脆弱暴露无遗,是恋爱中的女子典型的样子。爱情这东西,就是专门和理性、道理作对的。当一个女子在一个男子面前始终讲道理、守礼数、有分寸,她肯定不爱他。

在龄官面前,无论宝玉的身份,还是宝玉的地位(他们其实是松散的主仆关系),抑或是宝玉的个人魅力,一概失去效用。所以,不爱宝玉的女性,龄官肯定算一个。

其他的,可能有人会想到鸳鸯,应该也算一个。有人猜测鸳鸯可能暗暗喜欢贾琏，这个还真不好说，但她应该是不爱宝玉的。

不过，要说不爱宝玉的人，我会第一个想到他的母亲王夫人。

第三十三回，宝玉挨打，贾政父子、贾政和王夫人、贾母和贾政母子的剧烈冲突，情节如疾风暴雨，以至于里面王夫人有几句话，初读往往不那么引人注意。

王夫人看到宝玉被打得很惨，忍不住失声大哭："苦命的儿啊！"一说"苦命儿"，突然想起了另一个苦命儿，就是她早夭的长子贾珠，于是她叫着贾珠的名字，哭道："若有你活着，便死一百个我也不管了。"有人认为此处"慈母如画"，我却大吃一惊，觉得这个母亲怎么冷血到这个地步？她不担心宝玉已经被打得半死，听了这句话，一口气上不来就直接死了吗？

这是急痛攻心一时失言吗？不是。后来贾母来救下了宝玉，抬到自己房中，王夫人怎么样呢？只见她"儿"一声，"肉"一声，"你替珠儿早死了，留着珠儿，免你父亲生气，我也不白操这半世的心了。这会子你倘或有个好歹，丢下我，叫我靠那一个！"

即使是气话，也非常奇怪，与诅咒也就一步之遥了。这种话出自母亲之口，实在够无情的。宝玉当时想必已经半昏迷了，没有听见母亲这样的话，所以后来没有伤心，甚至没有一句埋怨和悲叹。

千真万确，王夫人是爱儿子的。但是她爱的是儿子，而不是宝玉。她的人生不可缺少的，是一个可以让她在大家族里地位稳固、母以子贵、一辈子依靠的儿子，这个儿子是不是宝玉"这一个"，她并不在意。甚至，她生命中必不可少的儿子偏偏是宝玉"这一个"，她还很不满意，成了她烦恼的主要根源。她在乎、紧张宝玉，主要是因为她只剩这一个儿子了，贾珠已经死了，而她已经快五十岁了，早就不可能再生另一个儿子了。王夫人的母爱，本来自私的占比就非常大，这时候又气又急，一时昏乱就说了出来，这种"呐喊"，自我暴露得很彻底。

可以比较一下贾母，她是尽人皆知偏疼宝玉的，但她的疼爱里面，自私的占比就比王夫人小多了。即使贾珠早夭，宝玉仍不是她唯一的孙子，贾母是有得选的，这一点和王夫人的"没得选"不一样。贾母明显偏爱宝玉，其中有他长得像老太太的国公爷丈夫的原因，但不是主要的。在第五十六回中，贾母在江南甄家的客人面前明确说了疼爱宝玉的理由："生的得人意"（肯定其外貌），"见人礼数竟比大人行出来的不错，使人见了可爱可怜"——在家淘气任性，但在外人面前还是有教养、懂礼数、守规矩的（肯定其素质），另外，贾母也夸过宝玉有孝心（肯定其为人），她也认为宝玉聪慧灵透、知情识趣——这个没明说，但贾母不喜欢木头木脑的人，喜欢宝玉的性格，则是无疑的。这样看似平常的"老祖母的溺爱"里面，其实包含了对"这一个"宝玉其人的认可和欣赏，比例还不小。贾母做人有格局，眼光不俗，常常重视具体的人多过人的身份，比如她不怎么重视孙子贾琏，却很欣赏贾琏的妻子、她的孙媳妇凤姐。

宝玉挨打，王夫人急痛攻心当然是真的，她唯一的儿子不但被打个半死，而且这样的一个儿子眼看不成器，无法让她安心地依靠、体面地老去，这种痛苦和忧虑是强烈的。无情的人只是对别人无情，他们还是爱自己的，因此也会痛苦，尤其当他们的算计落空或者眼看要落空的时候。

王夫人哭喊贾珠，李纨禁不住也放声哭了。李纨是应该哭的，若不是怕最后一个儿子也失去，痛感已经失去了另一个"备份"，婆婆平时并没有那么思念亲生儿子贾珠，在贾府里，李纨的待遇虽然很好，但长子贾珠并没有经常被提起、被追忆，倒似乎被淡忘了。其实，对于逝者，亲人朋友经常的追忆是最好的供奉，被淡忘就是真的死了。

王夫人不懂宝玉，也不想懂。即使真的懂了，她也不会欣赏这样一个人。所以，她不爱宝玉。只不过读者经常会被她"爱儿子"的表象哄骗过去。她是被命运安排和这样一个灵气与邪气集于一身的儿子相遇，对于一个只想在常规的道路上安稳前行的人而言，这并不是一个好的安排。

亲情看似与生俱来、无条件，爱的能量级也似乎最大（很多为人父母者，不顾事实，认为自己的孩子是全天下最好看、最聪明、最可爱的），其实并非如此。在王夫人和宝玉这种模式中，那被宠爱的孩子早晚会明白（至少隐隐约约感觉到）：这份感情，是冲着独子、独女这个身份而来的，和自己这个人关系不一定很大。原本亲情里面就包含了功利性的和非功利性的两部分，前者往往比外人的功利性更伤人，后者又令人无法获得对自己独有价值的肯定（儿女也知道父母之爱的盲目），所以，非理性的亲情之爱是不能真正肯定被爱者的，功利性太强的亲情又往往有明显或潜在的目的，这是否定被爱者价值的，会给被爱者的内心造成一个缺口。这个缺口需要真正的爱情来补足。人之所以会有动力脱离原生家庭，去和一个陌生人建立亲密关系，其中有一个很大的原因就是：爱情给人的肯定，是亲情给不了的。

黛玉对宝玉的爱，和王夫人正相反，黛玉爱的是宝玉这个人，不是荣国府贵公子。她爱宝玉，与宝玉是不是荣国府最受宠爱的官四代、是不是皇妃的弟弟无关，她就是爱"这一个"宝玉。而且，除了要求他专一爱她，她对他别无要求，她不想改变他，她支持他做所有真心想做的事，她爱他本来的样子。

另一个不爱宝玉的女人，就在他身边，而且和他关系非常亲密——袭人。这个名字一出，有些人会不同意，因为觉得她是爱宝玉的。

袭人在《红楼梦》里的重要性常常被低估。仔细想一想，《红楼梦》里明显脱胎于《风月宝鉴》的那部分，都在主要人物搬进大观园之前结束了：癞蛤蟆想吃天鹅肉的贾瑞，被凤姐收拾得卧病在床，然后"正照风月鉴"而死。秦可卿不明不白地病了，又突然死了，死后其公公贾珍的悲痛和其丈夫贾蓉的无所谓都超出常理，这个成了疑案，但总之，年轻貌美的秦可卿很突然就去世了。秦可卿的弟弟秦钟因为和小尼姑智能儿的恋爱，生理和精神双重失调，也一病而亡。贾瑞、秦可卿、秦钟，这三个人，在很短的时间里相继死亡，而且都死于大观园时代之前，他们都没有踏进大观园一步。这三个人都是好年华，而且秦可卿、秦钟姐弟都容貌出众，但他们都是欲望的化身，曹公不许他们进大观园。尤其秦可卿不是普通人，她是金陵十二钗正册上的人物，但也许是她太过沉溺于"孽海情天"了，所以也失去了出入大观园的资格。大观园是美、爱与自由的乐园，它芬芳洁净，是精神性（灵）远远高于物质性（肉）的所在，所以，世俗的身体的欲望被挡在大观园的门外。

但大观园里除了清白洁净的女孩儿们，还有一个男子——宝玉。宝玉身边有许多服侍他的丫鬟，这些人中明确和他有云雨之事的，只有一个人。谁？是袭人。袭人什么时候和宝玉发生肉体关系的呢？第六回。大观园什么时候建成的呢？第十七回。宝玉、黛玉、宝钗等人何时搬进大观园的呢？第二十三回。袭人是宝玉身边"欲望"的化身，这个欲望的化身，早就非常确凿地存在，而且好好地活到了大观园时代，进了大观园，在本来刻意摒弃情欲的大观园里春风得意，还活出了人生巅峰。

许多人对袭人之于宝玉的意义，理解得太简单、太浅显了，认为她就是一个尽心尽责、对主人百依百顺、提供全方位二十四小时服务的大丫头兼身份没有挑明的妾。其实，袭人虽然是奴婢且不貌美，为人并不有趣灵透，也和风雅不沾边，但宝玉对她是有感情的。这对一些女读者可能构成某种伤害——那样的宝玉，居然对这样的袭人有感情。

虽然不是爱情，但宝玉对袭人，确实既依恋又依赖。而袭人呢，无微不至的照顾和低眉顺眼的谦卑都不成问题，内心却并不爱宝玉。这和她梦寐以求要成为宝玉的姨娘，并没有任何矛盾。

袭人第一次亮相，曹公这样写道：

原来这袭人亦是贾母之婢，本名珍珠。贾母因溺爱宝玉，生恐宝玉之婢无竭力尽忠之人，素喜袭人心地纯良，克尽职任，遂与了宝玉。宝玉因知他本姓花，又曾见旧人诗句上有"花气袭人"之句，遂回明贾母，更名袭人。这袭人亦有些痴处：服侍贾母时，心中眼中只有一个贾母；如今服侍宝玉，心中眼中又只有一个宝玉。只因宝玉性情乖僻，每每规谏，宝玉不听，心中着实忧郁。

袭人的"痴处"实在是一个理想的下人的莫大优点，但是这一点往往让人忽略了她不爱宝玉的事实，在她眼里，宝玉"性情乖僻"——三观有问题，性格不好，甚至有心理疾病，需要她"每每规谏"，而且看来效果不佳，因此她"心中着实忧郁"。

这里面透露出来好几层信息，既有将自己的终身与宝玉相联系的意识，又有对宝玉进行规劝和约束的选择（晴雯就没有选这条路），还有对宝玉进行坚韧不拔的调教、从而实现自己人生理想的心思。

这几年看到很多人在说袭人是最称职的大丫鬟，甚至认为她是富有职业道德的职业白领、职场楷模，正如认为晴雯是分不清职场和家庭的失败的典型一样。其实，作为一个下人，袭人一上来就是自我定位与自身位置不符的，她的那几层心思，哪一层不是僭越？管教宝玉，难道宝玉在家没有父母、没有其他长辈、没有皇妃姐姐、没有兄弟姐妹，在外没有老师、没有朋友吗？怎么轮得到他身边的大丫鬟来调教呢？这种僭越，表明袭人选中了宝玉来进行人生最大的押宝。这种押宝，与她对宝玉是否欣赏、是否尊敬、是否爱慕，都不相关。

"情切切良宵花解语"，根本是袭人耍心眼，整整半回，完全是一个大丫鬟企图控制主人的心机攻略。明明在自己家说"权当我死了，再不必起赎我的念头"和"哭闹了一阵"，断了母亲和哥哥赎自己的念头，回到怡红院却骗宝玉说自己要回去了，好对他提要求。

袭人自幼见宝玉性格异常，其淘气憨顽自是出于众小儿之外，更有几件千奇百怪口不能言的毛病儿。近来仗着祖母溺爱，父母亦不能十分严紧拘管，更觉放荡弛纵，任性恣情，最不喜务正。每欲劝时,料不能听,今日可巧有赎身之论,故先用骗词,以探其情,以压其气,然后好下箴规。

看看对宝玉的这评价,是好评价吗?再看看这心眼,不可谓不冷静不狠辣,不是朝夕相处的人,还想不出来呢。

宝玉如何反应?宝玉忙笑道:"你说,那几件?我都依你。好姐姐,好亲姐姐,别说两三件,就是两三百件,我也依。"宝玉不能想象失去这位又依赖又依恋的人。对于袭人是不是爱自己,宝玉大概率认定是爱的,也可能没有想清楚过。于是袭人大大规劝了一番,宝玉满口答应"都改,都改"。大概这样的心理战实在太劳神了,第二天袭人就病了,医生说是偶感风寒,其实应该是劳神太过,再加上同自己家人和宝玉两头作战之后,放松下来的疲倦吧。

"情切切良宵花解语"这一节,初读便觉恶心,后来觉得可厌,再读渐渐觉得可怕,温柔细致其表,步步算计其里,一本正经的功架端得很好,满口大道理,"嘴上全是主义,心里全是生意",其实全是控制人的企图,这样的人全天候贴身照顾,难道不是全天候贴身控制吗?真可怕。

对终身事业,袭人真是执着。才过了几天,便又"贤袭人娇嗔箴宝玉",因为宝玉一早就到黛玉和湘云那里去,并且在那里梳洗好了才回来,袭人很不高兴,还对来到怡红院的宝钗说:"姊妹们和气,也有个分寸礼节,也没个黑家白日闹的!凭人怎么劝,都是耳旁风。"对外人抱怨主人,而且上纲上线,还隐隐牵扯到两个姑娘,这就是贾母所信任的"竭力尽忠"吗?这真的是模范下人应有的态度吗?这里面真的没有占有欲和控制欲吗?

有时候,袭人颇像一个为应试教育而"鸡娃"的小妈妈,以"为你好"为理由,一直操心,一直引导,一直管束,一直鞭策,一直期待。

但袭人当然不是母亲。母亲对孩子再失望也不会舍弃或无法舍弃,母子之间是命运的永恒联结,而袭人,在宝玉身上做的,是一场类似于赌博的人生选择。她非常清楚自己要什么,以及如何获取。既然是选择,那她就可以选择留在宝玉身边,也可以选择断然离开。

宝玉挨打之后,袭人孤注一掷地决定投靠王夫人(请注意,她本来是贾母的人,就连她和宝玉偷试云雨情的理由都是贾母曾将她给了宝玉),她去王夫人那里,可谓找准角度一击而中,得到了王夫人"我就把他交给你了""我自然不辜负你"的口头承诺,随后还得到从王夫人分例上匀出的每月二两银子一吊钱和与赵姨娘、周姨娘平齐的姨娘待遇。袭人的这番升职,女眷中人人皆知,凤姐、薛姨妈当场就表示赞同,宝钗特地到怡红院向袭人报喜,黛玉和湘云也一起来向袭人道喜,宝玉反倒是到了这天夜深人静,才由袭人悄悄告诉他的。

宝玉喜不自禁,又向她笑道:"我可看你回家去不去了!那一回往家里走了一趟，回来就说你哥哥要赎你，又说在这里没着落，终久算什么，说了那么些无情无义的生分话唬我。从今以后，我可看谁来敢叫你去。"袭人听了，便冷笑道："你倒别这么说。从此以后我是太太的人了，我要走连你也不必告诉，只回了太太就走。"宝玉笑道："就便算我不好，你回了太太竟去了，叫别人听见说我不好，你去了你也没意思。"袭人笑道："有什么没意思，难道作了强盗贼，我也跟着罢。再不然，还有一个死呢。人活百岁，横竖要死，这一口气不在，听不见看不见就罢了。"

难道你做了强盗、贼，我还要跟着吗？袭人这样反问。袭人的答案是：当然不，而且应该不。男人做了强盗、做了贼，这假设仍然占据着价值观高地，如果这样问袭人：假如府里败落，宝玉又不能科举成功，成了穷人、成了乞丐，你还跟着吗？不知道她会如何作答。无论她嘴上如何作答，心里的答案肯定与众人眼中她"服侍谁心里就只有谁"的"痴"，以及平时顾全大局、默默付出的"贤"颇有距离。

第一百二十回写袭人离开贾府，嫁了蒋玉函，"从此又是一番天地"。这个应该是符合曹公原意的。外面的情势在变，而袭人内在的人生逻辑没有变过：抓住一切机会去获取更高、更稳定的地位，出人头地，争荣夸耀。她是这样的人，现实之中现实的人，这样的人不值得赞美，但不难理解，也很难去苛责。非日常的、自由的、诗性的、审美的世界在遥远的对岸，袭人属于此岸，这样一点儿不优美，但这不是她的错。曹公对袭人是真的体谅，所以在"千红一哭""万艳同悲"之际，依然给了她一个不错的归宿。

在《红楼梦》中，袭人始终是一个欲望的化身，起初是情欲，后来更多的是世俗欲望——阶层突破、荣华富贵。目标明确，动力强劲，头脑清楚，善于审时度势，豁得出去，耐得住等待，这样"现实主义"的人在现实世界中最可能成功，所以袭人在大观园中如鱼得水，在贾家败落之后，还能笑到最后。

只是，如果说袭人爱宝玉，肯定有误解。不是对袭人有误解，就是对爱情有误解。

那些喜欢袭人、认为袭人是完美妻子的男士，我起初非常不理解，甚至有些成见，后来似乎理解了——对他们来说，女性的爱就是柔顺恭谨、体贴入微加仰望自己，长得不美、没文化、无趣，等于安全、不复杂、不烦人、不费力。如果有人对他们力证这不是爱，我猜他们会说：我感觉好就行，爱不爱的，不重要。对这样的男士而言，自己放手之后，对方立即转向他人，不但没问题，也许还更好。所以钗黛之争还没争明白，袭人已经暗暗夺走了不少赞成票。

这就说到了宝钗，宝钗爱宝玉吗？这也是一个公案。宝钗这个人不容易说清楚，她爱不爱宝玉，是一个闺秀的内心隐秘，更不容易说清楚。

若说她不喜欢宝玉，那她为什么对暗示金玉良缘的"沉甸甸的"金锁那么重视,"天天戴着"?为什么将元春赏的、和宝玉一样的红麝串子马上戴在腕上?她为什么总往怡红院去?为什么宝玉挨打她会失态?为什么端方矜持的宝姑娘会在宝玉睡着的时候一不留心就坐在他身旁为他绣起了兜肚?……

她对宝玉,大概有丝丝缕缕的喜欢吧。一方面是豆蔻年华青春情愫的自然萌动——即使吃冷香丸也不能完全压制,宝姑娘毕竟也是人;另一方面是她遇到了一个珍稀的机缘:和一个年貌相当的异性长时间地相处和相对自由地来往。这样的男子,对她来说,应该并没有第二个。而且,她和他还共处于一个养尊处优、远离尘嚣、诗情画意的环境里,这样的环境,实在是适合少男少女想点儿心事的。

但,喜欢不是爱。看看两人的三观差异、性格差异就知道了。宝玉接受不了宝钗的主流和正经,宝钗更接受不了宝玉的非主流和不正经。爱情发生必不可少的欣赏、敬意,爱的过程中的相投、默契,对他们来说都是很难发生的事情。

宝钗理性,经历的事情也多,在很多方面都比宝玉成熟。如果说袭人有点像宝玉的小保姆,无所不知、进退有度的宝钗则更像他的家庭教师——虽然高贵冷艳,常常激发起他对异性的兴趣,但却是他的家庭教师。记得在哪里读过一句话:宝钗根本看不上宝玉。想一想,应该是。宝钗有如此资质,多半会觉得宝玉太不争气。看她对宝玉的苦口婆心,这位家庭教师要不是自己没有机会,早就冲出去自己参加科考,蟾宫折桂,光宗耀祖，世事洞明，人情练达，一切做得行云流水功德圆满。她也隐隐明白宝玉劝不醒，所以她劝宝玉，说不定只有几分是不忍其荒废，另有几分是闲着也是闲着，随便聊聊天而已。但宝姑娘聊天也必须在规矩方圆之内，偏宝玉对这些特别过敏，所以就显得宝钗也经常在劝宝玉、约束宝玉。其实可能就是聊天罢了。若把这些当成未来二奶奶的算计，则未免把宝钗想得太锋利、太局促也太实用了。宝钗不至于那么土。

宝姑娘的痛苦，应该并不在于宝玉不爱她，而在于她没得选——她的终身大事，不由她自己决定，她有头脑、有眼光，却没有机会去鉴别和选择；如果要找一个人寄托一下隐秘的青春情愫，除了宝玉根本没有第二个人选。

不说容貌与家庭出身，宝钗是这样一种人，她是一整套规范的优等生：她平和娴雅、随和周全的做派，滴水不漏，毫不费力，可以打满分；她的文化修养、世俗经营和生存头脑，也是所有人里的冠军；她对人性的洞察、她处理事情的张弛有度和对人的绵里藏针，一旦作为当家少奶奶，也会身手不凡，把一切打理得井井有条，而且她肯定不会像凤姐那样因为待下人苛刻而落人话柄、遭人诟病。这样的一个宝姑娘，在一定层次之上，可嫁的范围之内，她无论嫁给谁都会是一个好妻子。倒是黛玉，除了嫁给宝玉，嫁给谁都是一场灾难。黛玉成为好妻子的可能，只有一个，就是嫁给宝玉。她不可能嫁给宝玉以外的任何一个人而不给自己和对方带来灾难。而宝钗，有很多其他可能性，对她来说，有的可能性应该比嫁给宝玉好。同样是不爱，但她说不定能找到一个让她心悦诚服或至少尊敬得起来的丈夫，这一点对其实也心高气傲的宝姑娘来说应该是重要的吧。

但无论如何，宝钗最后应该是成了宝玉的妻子。在他们成婚之后，袭人的姨娘身份也应该会"过了明路"。所以在曹公原来的后四十回或者他的构想中，宝玉应该是有过一段世俗的"幸福时光"的：宝钗为妻，袭人为妾。多么圆满的幸福，多么可笑的圆满。

宝玉不是世俗中人，这样的时光留他不住，所以他还是悬崖撒手了。

这时候，大观园已经荒废，满眼的繁花已经谢了，连叶子也飘零净尽，大雪已经在路上。这位见证了繁华、温柔、痴情和幻灭的人，终于向空无走去。他一举步，大雪就飘下来了。世界渐渐成了一片空无，而他走着，走着，和空无混为一体。爱过，没爱过，在一片白茫茫中，了无痕迹。

选自《雨花》2022年第9期

十二匹老虎在耳语

冯杰

诗人，作家，文人画家。有诗集《一窗晚雪》《乡土和孩子》、散文集《非尔雅》《鲤鱼拐弯儿》、书画集《野狐禅》《画句子》等。曾获台湾《联合报》散文奖，《中国时报》散文奖，梁实秋散文奖。

老虎也有细嗅蔷薇的时候

——
题记

A　北中原姥姥的老虎

老虎。最早是一匹走动在留香寨月夜和传说里的老虎。

在摇晃的蒲扇里，听姥姥讲老虎报恩的故事。一行医人暮晚路上行走，一老虎挡住去路，张着血盆大嘴。人问：要吃我吗？老虎摇摇头。那人要走，老虎不放。人就仔细看，原来虎口里卡着一支银簪，那医人从虎嘴里把银簪掏出来，老虎咆哮而去。这人回到家中，夜半，忽听院外虎啸，又听扑通一声，归于宁静。第二天看，院里丢下一头肥猪。

故事还没结束，我就自作聪明地喊道："猪是老虎衔来的。"

姥姥赞扬："真能。"

多年后我在古人笔记里找到几种源头，都属老虎报恩的同类项，只是所衔的食材不同，虎送鹿肉不是猪肉。北中原不产鹿只养猪，姥姥把动物本土化了，越发亲切，这是民间文学家的技巧。

春节前，我围着姥爷看他写春联。其中一副是："虎行雪地梅花五，鹤立霜田竹叶三。"姥爷说："虎义，狼贪，豹廉。"长大后知道乡村有对动物判断的民间立场。

自从有了簪子的馈报，我也想在乡村路上遇见一匹嘴里含簪的老虎，那样春节前姥爷就不用到高平集上买肉了。半个世纪过去，除了路上遇到队长搜身查看偷玉米否，一直没遇到含簪的老虎。后来，见到更多穿品牌戴面具的老虎。

北中原老虎云集。庙会上，有卖虎中堂的民间画家，麻绳上悬挂着许多张老虎，垂吊的老虎在寒风里几乎冻死。画家告诉我，属虎者家里一定要挂上山虎，辟邪，不要挂下山虎，吃人。凡下山虎都是肚饿的缘故。

留香寨村有位画家叫孙九皋，平常喜欢抄手在村里走动，看谁家墙上适合，马上开画，有点儿行为艺术，像五代时期杨凝式喜欢见壁题字一样，都属艺术家的一种毛病。一天，他相中我家青墙，即兴用白石灰画一只白老虎，从东到西，占满一墙。青墙白虎，分外显眼，"怎当他临去秋波那一转"。村里每天收工，人和疲惫的牲口蹒跚归来，远远会看到那匹老虎，人畜为之精神一振。

乡村夜晚，白虎在月光里走动，我看到斑驳虎影，立志长大要当画家，卖钱或镇邪。

我走到社会上，知道画虎最著名的不是集会上外村的画虎艺人，也不是我村的孙九皋，而是一个远在天边的张善孖，画家张大千他哥,号"虎痴",为画虎专养一匹老虎,走到哪儿牵到哪儿,赴宴时有老虎蹲旁边,宴上客人一边和他喝酒,一边要看老虎表情,手抖往往忘记叼菜。

有一年村里媒人要给我说个媳妇,一问属相,对方属虎。村中宰相孙半仙对我姥姥说龙虎相斗,八字不合。后来看那属虎姑娘好看,还长一对小虎牙。我姥姥说,这不算啥大事,东庄庙上肯定会有破法。哪知人家虎妞看到我家迷信,经济条件不好且还瞎讲究,虎牙一收,姻缘告吹。我一直怀念那一对小虎牙。

眼看我年龄要"过岗"有打光棍的危险,媒人又说一位姑娘属小龙,庙上师傅又说"一床上不卧二龙"。我姥姥马上纠正,说小龙不是龙,是蛇,是长虫。

古人立下规矩,十二生肖不能一锅里吃大杂烩,譬如"老虎一声吼,兔子抖三抖",譬如"自古白马犯青牛",譬如"猪猴不到头",都是主张家庭阶级斗争的。我的百科常识来源于庙会上老虎的耳语,包括虎须功能。孙半仙还说,虎须可治牙疼,趁热插在牙齿间即愈。我听起来像说他自己冬天喝粥。

我父亲职业是乡村会计,为全家生计一辈子谨小慎微,唯恐错账,他对我说过:"玩钱如玩虎。"老虎成了另一种生活隐喻。

B 虎史档案抄

我逐渐长成为雄性动物,31岁前没见过老虎。我爸当年告诉我，画画只管"比猫画虎"。我最早临摹刘奎龄、刘继卣父子的老虎。我最早听到老师竟讲"老虎属猫科"时，我第一次为老虎笑了。

翻看老虎年度报告如下：

现代虎祖先是一种叫"中国古猫"的小型食肉类，大约在距今300万年的更新世后在地球上出现，与人类出现时间接近，有可能与人类祖先蓝田人一起生活过，古猫看到过蓝田人烤肉。由于气候变迁，虎从发源地向亚洲各地扩散，向西经中亚抵伊朗、高加索，没过阿拉伯沙漠进入非洲，没越高加索山脉进入欧洲。一支又分两个分支，一支进入朝鲜半岛，受阻海峡，未能踏上日本列岛；另一支通过华北华中华南，进入中南半岛。这一支又分成两股，一股通过缅甸、孟加拉国，直抵印度半岛；另一股沿马来西亚半岛，携妇将子，渡过马六甲海峡，登上印度尼西亚苏门答腊、爪哇岛，但老虎始终没有游过台湾海峡。俗老虎走进同仁堂虎骨膏药里，消化在人间百味；雅老虎走向国家的国徽上、旗帜上，不再下来。

1975年我11岁，在北中原濮阳发掘出一匹蚌壳塑就的"中华第一虎"，蚌壳老虎距今有六七千年历史。老虎曾在北中原大地行走，我小时虽没见虎，却一直穿虎头鞋，戴虎头帽，系虎兜肚。

猫在放大镜下放大一百倍是虎。虎体态雄伟，强壮高大，毛色绮丽，呈黄到红色渐变，有深色条纹。老虎头圆，吻宽，眼大，嘴边长着白色间有黑色长而硬的硬须，颈部粗而短，与肩部同宽，四肢强健，犬齿和爪锋利，腹面及四肢内侧为白色，背面有双行的黑色纵纹，尾上约有10个黑环，眼上方有一个白色禁区，故有"吊睛白额虎"之称，当年武松打死的就是这种，老虎前额黑纹让王羲之写下一个"王"字，正是有这"王"字，才能被誉为"山中之王""兽中之王"。旗帜象征性多重要啊，战场上也多以斩旗为胜。

老虎一直所向无敌，连村里哄孩子大人都牵出老虎来欺骗童真。"再哭，老麻虎要来。"孩子马上止哭。老虎也有短板。段成式在《酉阳杂俎》里透露出："猬见虎，则跳入虎耳。"老虎怕刺猬。兽王有漏洞，我没机会验证，只是看后质疑：虎耳朵有那么辽阔吗？能像一泊"虎湖"。

C 施耐庵的本土虎知识

我没当上画家，先当了作家。两者其实都属于手艺人。知道中国作家里要数施耐庵迷恋老虎。

他文字娴熟，指导着武松如何躲避，如何挥拳，如何布置月色，如何打虎。施耐庵避免了武松被大虫吃掉，不是哨棒和拳头。

施作家一直有老虎情结，除了让武松、李逵打虎，又轰赶出来方圆百里区域内老虎纷纷走动，108将里12人冠以虎名，占百分之十还多——打虎将李忠、笑面虎朱富、青眼虎李云、插翅虎雷横、锦毛虎燕顺、矮脚虎王英、跳涧虎陈达、花项虎龚旺、中箭虎丁得孙、金眼彪施恩、病大虫薛永、母大虫顾大嫂。男虎女虎皆有,其中"彪""大虫"都是虎的笔名。

那位横行京城的泼皮牛二也是"没毛大虫"。

乡谚说"三斑出一鹞,三虎出一彪",鹞是雀鹰的俗称,小时候见过鹞抓小鸡,鹞子借窝孵化,出来后把小鸠吃掉,近似"鸠占鹊巢"。《癸辛杂识》载:"虎生三子,必有一彪。""彪最犷恶,能食虎子也。""彪"排在虎豹之间,列强顺序为"龙虎彪豹"。俗话还说"九狗一獒,三虎一彪",一窝狗中最凶的为獒,虎崽中最凶悍的一只虎是"彪",是"老虎中的老虎"。

一般人看不到彪。清朝六品武官服上有一"彪"形动物,可推测到彪不生活在山野,多游走于仕途官场,属于不存在的虚构老虎。

D 博尔赫斯在建筑一匹空虚的老虎

虎不同于人,没有国界之分,它不办出境证也可自由穿越国境。它没有前科,留下虎蹄不留档案。

美洲不产老虎,它当年没游过白令海峡,造成博尔赫斯最后到失明也没见过老虎,他经常把美洲豹当作老虎使用,一生误读老虎。博尔赫斯坐在图书馆里,镜子相互折射老虎,他用自己的文字在梳理别人的虎皮。

譬如"我看见了无穷无尽的过程,我由于领悟了一切,也领悟了老虎身上的文字。"譬如"虎是为了爱而存在的。"

譬如"我既有无限的力量,便可以造出一只老虎。"

譬如"我们要寻找第三只老虎。这一只像别的一样会成为我梦幻的一个形式,人类词语的一种组合。"譬如"我脱下外衣,躺在床上,重新做老虎的梦。"

他知道作家和老虎的距离。他说:"'庄子梦虎,梦中他成了一头老虎',这样的比喻就没有什么寓意可言了。蝴蝶有种优雅、稍纵即逝的特质。如果人生真的是一场梦,那么用来暗示的最佳比喻就是蝴蝶。"

人生一如梦中蝴蝶般虚幻。

博尔赫斯自己终于成了一只语言斑斓的老虎,实现了他童年的老虎梦。这一只"老虎中的老虎"最后变成"作家中的作家"。晚年失明,眼里只剩下唯一的金色。掀开虎皮,我看到博尔赫斯就是文学里的那一只"彪"。

E 高丽老虎的肉醉

我跟随一位朝鲜族姑娘到过边城集安,去高句丽遗址拜谒好大王石碑,这是世上极具书法价值的一块石碑,细雨里买一张不知真假的"好大王碑"局部拓片。拓片在收藏界有"黑老虎"之称，在高句丽遗址壁画上偏偏有一只白虎对应。田野里玉米碧绿在拔节受孕。白虎涉水，铁网阻拦。从遗址看对岸猛于虎。

老虎是朝鲜人崇拜的神，我童年在北中原乡下看电影《奇袭白虎团》，里面缴获一面白虎图案的团旗。第一次知道世上还有白老虎。白虎掺和到黄虎颜色里，基因突变，造成乱色。其实朝鲜虎和中国东北虎同源，当年首尔奥运会，吉祥物选为虎。朝鲜神话中虎想化为人，太阳神为考验，让它在洞穴过100天，只允许吃大蒜。老虎等不及100天，未能实现心愿。可见大蒜对老虎的重要性。老虎并不想满嘴死蒜气。长白山东北人祀山神，多杀猪备酒，焚香上供，却不知老虎更喜欢吃牛肉、吃羊肉，它并不适合狗肉，吃狗必醉，故有"狗是老虎的酒"一说，猪肉也不对老虎口味，吃猪必瘫。因为猪肉、狗肉太香太腻的缘故，我有春节吃红烧肉出现"肉醉"之感，这曾是童年的簪子理想。

天下事物不可太奢，要少吃猪肉和狗肉。

东北人的猎虎经是："若见虎卧，勿动，即告众。若见虎奔，则勿停，追而射之。"近似游击战"十六字方针"。现在打虎则判重刑。老虎来到当下河南，大家开始纸上打虎，把老虎用四尺三裁的形式瓜分卖掉。我去过庄子的故乡河南民权县，画虎村把画虎当成产业，批发零售，贩卖虎肉。我看到有人专画老虎屁股，有人专画老虎腰，有人专画老虎头，有人专画老虎尾巴，甚至专画胡子或斑纹。流水作业，迅速准确，手机录像，最后组成一匹完整老虎。全村形成画虎产业链，远销海内外，老虎供不应求，可见社会上老虎需求量大。村长对我说，全村出现50位画虎画家，5位"画虎王"。实为画坛所未闻也。

这是庄子当年没有想到的，他只梦蝶没梦虎。庄子为了配合博尔赫斯。

F 岭南老虎·古典的警世

我少年时还临过"岭南派"高剑父、高奇峰画的虎样。岭南派多留白，老虎毛皮有质感，身上带着月色和星光。

辛丑金秋，我和晓林从中原来到岭南，在广东佛山联办画展，清远朋友相邀去吃著名的清远鸡。上鸡前，看到一则虎事和佛山与清远都有关联，觉得有趣，出自"我佛山人"吴趼人写故乡遗事的《趼廛笔记》。

他说清远一老翁，带儿子到佛山兜售一副完整虎骨，"既得售主，交易毕，翁抚所获金而悲"。别人问何事所悲？他潸然曰："此虎已伤吾家三口，几灭门，幸而有今日，是以悲耳！"老人两个儿子，"长子死于虎，长子妇馌于田（给种田的人送饭），亦死于虎"，老伴有一天进山打柴不归，邻居在山脚发现她的衣服，"血犹泞泞也"，也被老虎吃掉。当天晚上，老翁小儿梦见母亲传话，告诉他："某山某树下，有窨金，掘而取之,一生吃着不尽矣!"醒后小儿告诉父亲,老翁说是妖怪托梦。谁知第二天小儿又梦到母亲说:"母命也,而以为妖耶?且吾亦何必诓汝!"让他傍晚前到藏金点,"吾阴魂当佐汝也"!小儿依照母亲吩咐,准备纸钱上山,"将祭山神及其母,而后取之"。

哪知故事峰回路转。快到藏金点的时候,路边忽然走出一老者,说天色渐晚,"山行多虎狼,子何冒昧也"。小伙子怪他多事,继续前行。老者拉住他,"必不可往,往则祸作"!小伙子说:奉母命前往,哪会有祸?老者说:你母亲不是葬身虎口吗?小伙子惊讶,老者不是本村人,怎知母死?老者说:我不仅知道,还知你想去取窖金,只怕有去无回。小伙子大惊:怎么连这都知道?老者指着旁边一棵古树说:你上去等一会儿,就全知道了。

小伙子攀到树上,"俯视老者,已失所在,四顾瞭望,都无踪迹。日既暝,忽闻虎啸声,木叶簌簌下"。小伙子"大惧,藏叶浓深处,窃窥之,见其母引虎至彼树下,彷徨四望,如有所觅,引虎与语,语未竟,虎咆哮怒吼,母抚虎项,若慰藉之者。虎少驯,母复徘徊瞻眺,啾啾作鬼声,虎又咆哮,如是竟夕"。一直等到村中鸡鸣,其母才带虎离去。小伙子下树战栗不能动弹,"疑老者为山神而感之也,焚所携楮帛以谢之",逃回家跟父亲说,俩人"相戒不复入山"。当夜老虎进村直扑其家,父子大惧,计无所逃,院里有两口水缸,藏在里面。"俄而虎竟毁门人,鬼声啾啾,若为之导",没有找到人而去。天亮后村民慰问,父子俩从缸里爬出,说明事因。村民设下陷阱,老虎又袭村时,铳弩齐发而毙。老翁在佛山所售之虎骨,由来即此。

故乡虎事被作家布置得斑斓魔幻,如一把戒尺晾晒敲打一张虎皮。

吴趼人时代,当列强瓜分中国时,可知作家借虎发言:"吾独怪夫今之伥而人者,引虎入境,脔割其膏腴,吮食其血肉,恬不为怪,且欣欣然自以为得计者。"吴趼人的老虎别有用意。

此刻,著名的清远鸡端上来,我对佛山朋友说:"你们若也出窖金,下次我办画虎展。"

G 当代打虎者

写虎、画虎和打虎都算娴熟为上的技术活。"打虎者"属于冷兵器时代的产物,现代若对老虎开枪打炮、背上放炸药包都不算打虎英雄。"打老虎"成政治符号。

河南方言还有一词,叫"邪乎"。不是写虎。

我上小学时,有篇课外读物,讲一位抓虎擒豹的"当代武松"。打虎者叫何广位,当代奇人,善于活捉猛兽。安徽人流浪到河南孟州,施耐庵也曾把武松发配孟州。奇人必有奇招,其食量奇大,9岁那年家乡遭蝗灾断粮,父亲向大户借3斤麦种,父母忙着耕作,让他负责看好麦种,免得老鼠偷吃,结果等劳作回来，3斤麦种一粒不剩，全被他一人吃光。

父亲不信一个9岁娃能吃3斤麦种，逼问麦种哪去了，何广位哭着说被他吃了，父亲不信，去邻居家借10个菜团，让何广位吃，结果一口接一口，他把10个菜团全吃光。母亲大哭担忧，大肚儿怎养得起？后来为吃饭他只好外出流浪，选择打兽换食的生计，最后落脚河南。他饭量大，创下一次喝酒17斤的纪录，当年河南济源县因他捉豹有功，政府决定好好管他一顿饱饭，又称菜肴不好报销，馒头尽管享用。他连咸菜都没有，竟连吞62个馒头。

酒桌上我听书法家周俊杰先生讲过何广位一事，何后来成政协委员，集体就餐时却端坐不动筷，说自己饭量大，怕吃完被人笑话。会上负责膳食的人员为表达对"当代武松"的敬意，特加了一桌十人的饭菜让他独享，他一人吃完，且吃鱼吃鸡不吐骨头。

何广位说捉虎猎豹秘招是出拳快、准、狠。首拳一定要击中虎豹鼻子，致其晕厥，然后补拳让其一时难苏醒，用绳索绑其四肢装进特制大袋，以最快速度背虎豹下山。当年各大动物园里，几乎都有何氏捕猎的豹子。

何广位活了95岁，2004年在河南去世。一生活捉老虎7只、金钱豹230只，打狼800只。后来倡导保护动物，他的事迹从课外读物里去掉了。不能再打虎拿豹了，晚年的何广位在河南孟州开始造药酒，有朋友给我捎来两瓶"何广位家酒"，让品尝，我在草药味里，第一盅就喝出来了一匹老虎。

H　虎的末日

话语和文字即使吹嘘得一地斑斓，末日老虎，也终将不再。

世上最后一张虎皮要剥掉，老虎谢幕退场，包括液体老虎、气体老虎、固体老虎。一天，"打虎者"独向虎皮，对属虎的情人说，看，这是一辆蜜制的坦克。

附：老虎十二图说

一月，关于虎威

今日老虎说：虎年来临，要虎虎生威。

古典老虎说：何谓虎威？张岱《夜航船》辑：虎有骨如乙字，长寸许，在胁两旁皮内，尾端亦有之，名"虎威"，配之临官，则能威众。

属虎者说：就是一根虎骨。同仁堂肯定喜欢，如今一吨药丸里也找不到一根虎须，膏药油里能映出一只虎影。

二月，肚里有货

今日老虎说：站在台上看起来庞大，不知肚里装的都是糠麸。

古典老虎说：只有段成式见到"虎魄"——虎夜视，一目放光，一目看物。猎人候而射之，光坠入地成白石，主小儿惊。

属虎者说："虎魄"属稳定剂，忌讳冰箱，只能在李时珍药厨储存。今人误为"琥珀"，挂在脖上，愈加焦躁。

三月，虚惊一场

今日老虎说：鞭炮忽然一响，吓了老子一跳。脸都变色啦，差点成为绿老虎。

捕虎者说：捉虎工具有虎枪、虎叉、陷阱。尽量避免对虎皮伤害。还有一种"槛"。一天雨后，猎人看到"槛"里坐一人，大吃一惊，那人说：我是县令，昨晚下雨误入槛里，赶快放我出来。猎人问：有证件吗？有。放出后，县令马上变作一匹老虎，咆哮而去。

属虎者说：历史上有过多次"变虎"事件，你说的这是哪一次？

四月，一家人

今日老虎说：如今武松被国际虎协高价聘请，正在门口给我们看院子。

古典老虎说：另一种虎叫"伥"，被老虎吃掉后而产生出的一种新型老虎。镜中之相。属镜中之镜，属老虎中的老虎。《太平广记》说伥的职业是负责老虎行动前的开道探路，"为虎前呵道耳"。《广异记》说伥形象"无衣轻行，通身碧色"，有时在老虎吃人时一边帮忙剥衣服，免得簪子玉镯信用卡之类卡住虎喉。《夜航船》为一地狼藉作以证明:"凡死于虎者,衣服巾履皆卸于地,非虎之威能使自卸,实鬼为之也。"

属虎者说:伊皆穿衣,或名牌,或朴素,亦非前朝,不好辨认。

五月,纸老虎标准

今日老虎说:伟人有语录——一切反动派都是纸老虎。

古典老虎说:纸老虎、布老虎、皮老虎、石老虎、泥老虎、大老虎、小老虎都是老虎。包括一切反动派。

属虎者说:当下标准早已更改,是不是纸老虎,要看固定产业、固定存款、房产证这些硬件,单凭嘴说不算。

六月,红老虎

今日老虎说:黄虎、黑虎、白虎,都不如红虎。出身好。

外国老虎说:博尔赫斯从来不相信世上有老虎,他说"老虎这个形象,许多世纪以来,一直存在于人们的想象之中"。所以他能看到在离恒河很远的一个村子里,有蓝老虎。他还梦到蓝老虎行走,在沙地上投下长长的影子。

属虎者说:虎再大,也属于猫科动物。

七月,老虎的自信

今日老虎说:野生的老虎,武松可以打光打净。人生的老虎,武松永远打不净。

古典老虎说:虎过去共有9个亚种,华南虎、西伯利亚虎、孟加拉虎、印支虎、马来虎、苏门答腊虎、巴厘虎、爪哇虎、里海虎。到如今,爪哇虎、里海虎、巴厘虎已灭绝。

属虎者说:永远灭绝不了,12个中国人里就有一个属老虎。

八月,流行拼爹

今日老虎说:我爸是动物园看守大门者。我爸是动物园常务售票员。我爸是动物园常务副科长。

古典老虎说:"虎生三子,必有一彪。"《癸辛杂识》载:"彪最犷恶,能食虎子也","彪"排行在虎豹之间,所谓"龙虎彪豹"。彪为何物?清朝六品武官服有一"彪"动物图案可参考,"彪"肯定比虎厉害,因为字面上还多三撇,像三个爪子。

属虎者说:我们村里有两个叫"卫彪",邻村有四个"卫彪"。三里五村,当年都要保护一只远方的老虎。

九月,别想吃虎鞭

今日老虎说:别想吃虎鞭,轻者挨抽,重者判刑。

古典老虎说:李时珍载虎肉微热,无毒,味道酸,可益力气,止多唾,治恶心。吃不了虎肉,可用黄精代替,黄精有"老虎姜"之称,又叫"神仙余粮。"

属虎者说:广东餐馆里一道象征菜,叫"龙虎斗"。凑合着先吃。

十月,拉大旗的方式

今日老虎说:拉大旗的方式很多,不一定都使用虎皮。

古典老虎说:据旧县府志载,开元中有崔生应举过寺,适天暮,因投宿焉。见一虎入寺脱皮,变一美妇人,来就崔,自称居山下，愿侍枕席，崔因眠之。既数日，潜窥其皮，则在井边，遂投之井中。妇人觅皮不得，因随崔至京。授县尉，历县尹，凡在官六年，生两子。后还官，复过前寺，崔意妇人相随日久，无他虞，告之故。妇欣然，令取皮，皮故无恙。因披之，仍成一虎，大吼，回顾二子而去。后人题其井为虎皮井。

属虎者说：信不信由你，俺小时候用那井里的水吃过捞面条。至今还卖一种"虎面"，十块钱一碗。

十一月，叫板

今日老虎说：武二郎，有种你出来，敢再打我一次？

古典老虎说：据《述异记》载，汉代一市委书记，叫封邵，官称封使君。一天，封书记忽然变成一只老虎，在城市里乱跑，饿了便吃城里的黎民百姓，百姓见到，认得是他，连忙高呼"封使君，封使君"。于是，那只老虎掉头出城，不再回首。诗人作诗："无作封使君，生不治民死食民。"

属虎者说："封使君"学术上已成老虎别名，查一下，谁写的反诗！

十二月，虎头猫尾

今日老虎说：老虎跟猫学艺，学会了，要吃猫，猫立马上树，老虎在下面没一点办法。这老虎太没耐心了。

古典老虎说：陆游《剑南诗稿》有"俗言猫为虎舅，教虎百为，惟不教上树"。

属虎者说：现在退化为猫虎一体。小时候我姥姥也说过，猫是老虎的舅舅。我舅舅毫不保留,教我上树,还偷摘邻居家的果子吃。

2021.11 客郑

选自《花城》2022年第2期

薄如蝉翼

朱以撒

现为福建师范大学美术学院教授、博士生导师,福建省书法家协会副主席,福建省文史研究馆馆员,中国文艺评论家协会顾问,中国作家协会会员,曾任中国书法家协会学术委员会副主任。出版书法著作和散文集多部。

一年来，阿黄送了我不少东洋纸，丰富了我藏纸的种类。她自己不谙八法，却对纸有一种过人的嗜好，即便价格不菲也解囊收入。有时人的爱好就是如此，收藏了欣赏或赠送朋友，自己是不使用的，由于不谙八法，一下笔就可惜了。那只能是把玩一张纸的色泽、纹路，还有从中沁出来的幽幽香味——纸香在众香中是十分独特的，和书香相比，它没有油墨于其中，就更淡逸和细微。有时一个长卷打开了，发出与众不同的声响，绸缎般地舒展开来，像时日那么悠长。一个人喜好藏纸，藏而不用，让人想到不少藏家的身后——后来者对藏品毫无兴致，连打开来欣赏也不愿意。人的趣好相差太远了，一代代人的繁衍可以接续，延伸到久远，使子孙万代串联起来。彼此虽不曾谋面，但持同样一个姓，说话都会多上几分亲切。兴趣则异于繁衍，如口之于味，不能强求。上一辈的兴趣之物堆了一屋子，到了下一辈则想着如何清空，给自己感兴趣的另一些品类腾出地方。好在阿黄在这方面及时地出现了接班人，她的女儿考上了大学的书法专业，这些纸才有了使用者。

物尽其用——我常怀这样的想法，能在有生之年将自己使用的一些消耗品用罄，或者所剩不多，最好，也遂了作为物的愿望。如果是尤物就更不一般了，通常有灵性于其中，应对同样有灵性的这个人或者那个人，就像神骏，不是任何一个骑手就可以翻身上去，它一定在等待那个人的出现。如果有幸，那个人出现了，这匹骏马的价值才上升到顶峰，否则，一辈子晾在马槽上。好纸可以当摆设，像神那般地供着，说是唐伯虎那个时代的，或者康熙年间监制，让来者看一眼。如此，还是浅薄。晋时阮孚说，"一生当着几两屐"，可见人生苦短，不可矜于物，如果不能放胆用屐，而让自己赤着脚走路，那屐的作用真是抓瞎了。人常有悯物之心，舍不得用，小心翼翼地用，悯物过头就不能充分地显示出自己对物的尊重。

赠人以纸，说起来是很风雅的。当年王逸少一次就给了谢安石几万张纸，传为美谈，这比送脂粉、五石散有着更多的文气，让人联想到澄澈、玄远，也联想到一个人的笔墨情怀如此偲傥。一张纸比人情单薄得多，但几万张纸，这个人情就不是俗常之谓了，是精神方面的必须。送纸是危险的，敢于送纸也说明了对对方的一种识见的无误，双方由于这一张张单薄的纸而相互欣赏。赠送者认为送对了，被赠送者也认为太合心意了。那么，接下来的畅谈，完全可以从纸开始说起。风雅不及实在，俗常日子是实在过去的，真能如王逸少、谢安石这般锦衣玉食，送纸才能成为后世谈资，真是俗常人家，他们的需要则如亦舒在《喜宝》中说过的："如果有人用钞票扔你，跪下来，一张张拾起，不要紧，与你温饱有关的时候，一点点自尊不算什么。"亦舒此说还是很诚恳的，在生活的现状里，对这么一张张纸所持有的态度，不必以嘲笑的态度待之。

对于文士而言，能用上与自己情性相契的纸自然快慰之至。笔墨生涯，越往后对于纸的选择就越讲究，讲究的尽头就是挑剔，面对一张纸的态度说一些别人认为是玄虚的感觉。即便要定制，也难以表达清楚，便难以与人说，觉得说了也不知所云——真能说清楚就不是感觉了。难言之隐——往往是隐于感觉之内，不能量化，说出来不能达意，也就欲说还休。四宝堂里总是陈列无可计数的宣纸，供喜爱者挑选。有人进来，挑贵的买，作为礼品，物贵则宜。有的则认品牌，以为品牌为立身之本，必然不会离本太远。我则靠手抚，在纸面做一个轻轻推送的动作——即便同一批次的宣纸，手抚起来也未必同一种回应。毕竟，作坊里那么多人，重复那么些动作，不是每个人的心绪都能深婉不迫。有时我也把纸摊开，像《风声》中的听风者听听抖动中的声响。清脆的、挺刮的声响肯定不宜于我。一个人在道行渐深的往后，心思越发细密如牛毛，有了挑剔的资本，什么都要求合乎自己的情性，就像善于品尝的口舌，绝没有饥不择食的迁就。这个要求不能说高贵，只是自适而已。文士雅集的机会总是有，总是要墨戏一番。轮到了，站起来，把主人准备的宣纸摸遍了，觉得都不适手，更不适心，便不写，转回来坐着，继续喝茶。主人见状，便过来劝他随意一点，逢场作戏嘛——如果早二十年他一定不扫主人的兴致，但此时，他摆了摆手，决不将就一张纸。一张纸不将就，俗常日子里的不少方面也都不将就。将就了别人会高兴一些，但自己会不高兴，他不愿意自己不高兴——记得苏东坡也是如此说，自个儿也是很需要开心的啊。后来在场面上就很少看到他了。他的书写总在自己的书房里，面对自己稔熟的亲爱的宣纸们，觉得此时甚好。

南方的潮润使不少宣纸都起了霉点，失去往日脸面上的洁净。笔在纸上行如在黄昏里。有的人便拿到装裱店去美容，使其恢复到如新状态。有时为了怀旧，打开自己三十年前写的作品，都是满目昏黄。潮气无声潜入，不分昼夜，没有什么可以抵挡，放在箱子里的，搁在橱子里的，外边还做了包裹，无一幸免。时日在上边留下的痕迹，或深或浅，或多或少。南方生活的细腻清新，即便有机会去北方长居，而不愿动身。却不知在听着苦雨芭蕉的滴沥，看着桨声灯影中的涟漪，卷轴正悄然侵入了润泽。水如此之多，灵气是从来不缺乏的，以至于南方多名士，玉树临风，新桐初引，端的倜傥自任，有一些小小的傲气，施于纸上，都是未干墨迹的诗草。寻常人对日渐长出霉斑的一张纸真是束手无策，只能交由资深的装裱师傅，请他抹掉这些时间之痕。这比装裱一幅新作费时费力多了。装裱师傅喜欢和旧日纸张打交道，虽然要拿出全身本事应对，毕竟所收费用不菲，同时成就感也大大增加。取件的时日到了，这是装裱师傅最得意的时刻——卷轴徐徐打开，如同徐徐打开一个新的世界。主人脸上抑制不住的欣喜，好像不认识这件自家的宝贝了。装裱师傅知道成功了，人们识见了他精湛的功夫，还有细密的心机。过了几年，又过了几年，这些作品又敌不过梅雨潮气，霉点又一次上脸，他又开始了一轮又一轮的劳作。忽一日照镜子，看到白头发多起来了，皱纹叠着皱纹，还有一些如同宣纸上的黄斑了。想着自己有能力几次把纸上的时光痕迹抹去，使旧作宛如新制，而对于自己日渐苍老的容颜，却无能为力。他只能无奈地笑笑，冲着镜子，做个鬼脸。

俞先生去世前给了我一叠花笺。他收藏它们已经有一些时间了。在他众多的学生里，把花笺送给我最为合适——礼物送人也是需要考虑与之相适应的对象，使礼物倍显珍贵。花笺是宣纸中的娇女，和六尺、八尺宣相比，它是那么小巧雅致。淡淡的底色，使它生出几分阴柔，捧在手上没有感觉似的，生怕突然有一阵风来吹落。藏的时间久了，火气尽消，如同俞先生和我说话时温婉平和的神情。一个人老了，还是会想到如何处理自己的藏品，尤其是纸、纸本，那么脆弱，怕水怕火，就是一个雨点儿也可以洞穿。那么，一定要托付给适宜的人，那个人眉目清秀，举止舒缓，斯文中透着清高。那么，他一定会妥善应和这样的纸品的。我想俞先生把花笺赠予我，肯定也把其他类型的藏品赠予师兄弟们了。品性不同，受物不同，人与人的交往深度，可由此见出。几年过去，我把俞先生送的花笺都写光了。之所以写了几年，是因为我用小楷，抄些古诗词，也自己撰文，很细腻地写，在好心情的时候。如果在大宣纸上写，我会任性一些，写坏了就揉了，并不可惜。可是于花笺，我有一种怜惜，觉得不斯文以待，就愧对时时萌生的怀旧幽思。有人说这些花笺有不少年头了，你不留着，反而把它们都写光了，真不知作如何想。我是不想把它们再送下一个人了，许多纸在我这里就不再传送，戛然而止，消失在我的笔下。如果都不使用，作为礼品承传，又如何知道其中滋味。我于细小之物特别倾心，它们是不震撼的、不大气的，如花笺，如此之小，三行两行，长句短句，以无多为旨，便清旷疏朗，有如私语窃窃。想想古文士如此喜好花笺，在上边写个不停，许多隐微的心曲都在上面。倘不居庙堂之高，不处江湖之远，一个与世无争的文士，在小小的花笺上写写自己小小的悲伤，小小的爱慕，使如此单薄的花笺沉着起来。

少年时常听说善笔墨者长寿，还可以列出一大串人名来。就像文徵明，他同时代的文人都不在了，甚至连他的学生也有人不在了，他还精神地活着，又写又画，真是艺坛上的老祖父了。据说去世前他还在为人写字、和纸亲近，这是一个最热爱纸、在纸上不懈驰骋笔墨的文士，作为盟主当然无可非议。这也就使人多有联想，觉得纸上太极足以使人长寿，足以抵挡个人生命的消耗。事实是，一些人远未及老就谢世了，究其原因，实则无多少时日于书斋静坐修身，好好写字，多半在场面上，接迹有如市人。守不住对一张纸的敬畏，笔起处尽是躁动之气。一个人没有安和心境去敬惜一张纸，也就称不上在纸上有何托寄。一张纸的寿命比一个人要长久多了，把它铺张开来时，看到了它的清畅大方，卷起来时又如此敛约和婉转，皆韧在其中。如果一个人善待一张纸，看到一张纸的前世今生，眼神也会更谨重一些。那种胡乱下笔，对一张纸带有亵玩倾向的做法，我向来鄙夷———一张纸落在这样的人手里，只能说运气糟透了。现在到处都可以看到《兰亭序》，一张纸承受了如此的美妙，是王羲之写的，还是谁作伪的？好事者还在争辩无休，但从纸上的笔迹看，都会让人想到书写者的教养———一个人的字和一张纸如此协调地结合在一起，此纸长寿，此人当年也应当长寿。

一张纸无足，却可以走遍天下。有的从北方来到南方，有的从南方去了北方。或者从国内去了国外,再从国外回流国内,出现在各种拍卖场合上。拍卖前总是要举办一个展览，让人心中有点儿分寸。许多人在一张张纸跟前走过，大放厥词，说纸上的墨迹是真的，或者是伪的，谈论纸的年头是不是到了，或者根本与那个年头不符，由此判断可靠的程度。有时，打假的人来了，整个场面有些失控，那幅被指责的纸安然不动。人的眼光相差太多了，看不透一张纸的承受之重，只能指指点点，大声小声。一张纸再贵也不会天价，可是某个大师在上面写点儿画点儿，一张纸的身价就如日之升，接下来就有人使心计、运手法作伪了。如果一张纸有灵，它会知道在上边写写画画的人是不是伪造者。但作为纸，它从来是缄默无声的。《吕氏春秋》说出了人生在世的一个大苦恼："使人之大迷惑者，必物之相似者也。"纸上墨迹就是如此，真耶伪耶，众说纷纭。科学的昌明，一架仪器可以测量厚重地底的蕴藏，却没有一架仪器可识辨纸上真伪，只能靠人的眼力。眼万千殊异，除了看到一张纸，还要看到纸背后的世道、人情。淮南王刘安说："天下是非无所定。"对一张纸，也可做如是说。许多带有墨迹的纸在拍卖场上被人吆喝着——主人不需要它了，它被新主人接受了，交易的背后是银两。新主人也不想久藏，待到行情看涨时，又毫不犹豫地把它推出去，换更多的银两回来。让人兴奋的是一张纸在家里酣睡，上边的尺寸不长一分不短一厘，文字不多一个不少一个，门外的世界却在变化着。行藏由时，主人的薄情寡义，使它不停地辗转着，不知下一次沦落谁家——除非，它们有《平复帖》的命，张伯驹把它捐给了国家，如今它躺在那个极为严密的空间里，不见天日，它的漂泊生涯才算终结。

　　一些纸留存到现在，为我们有幸见到。更多的纸灰飞烟灭，无从找寻。人、物有命，何况一张薄纸。要穿过久远的烟水来到我们的面前，如同骆驼穿过针眼，只能说幸甚幸甚。那时节的人每日都执毛笔书写，可以想见写尽多少纸。纸不怕多，传下来就是宝贝。苏老泉曾说自己把往日写的几百篇文章都放火烧掉了——他觉得和圣人、贤人的文章相比，自己的纸上文字只配付之于火，便采取了极端的做法。其实，烧它作甚，烧了之后就能写到圣人、贤人的份儿上？人生每个阶段都有自己的表达，不必傍圣人、贤人，只要真实地待了一张纸即可。一些文士，名字留下来了，却无一丁半点儿纸片，这就使后人在言说时枯索得很，无从援据。像李太白写了那么多，只有《上阳台帖》留下来了，虽仅二十五个字，却让人欢呼雀跃，以为不特李太白一人之私幸，也是后人之大幸。当然，纸上的书写也有它的危险性，白纸黑字，让人难以申辩。苏东坡总是爱在纸上写，把情绪都写进去了，把危险都招来了。写了又给人看，推到更广大的空间，结果自己遭殃，又连累朋友、兄弟。平息后他还是爱写———一个文士是不能舍弃纸的，宦海浮沉，世道艰辛，也只有在纸上写，会带来一点点宽慰。李渔和苏东坡相同之处也在于写，他说从小到大，从大到老都是不快乐的，还好老天眷顾，他喜欢上填词、制曲，便一一写去，以为富贵荣华也不过如此。我能理解枕腕而书这个动作，这个动作足以使人眉目舒展，不知今夕何夕。写有两个目标：一个是给很多的人看，如柳词，虽草野闾巷亦能歌咏；一个则是相反，给极少数的人看，甚至就给一个人看，诡秘得很。看过的人记熟，顺手就着煤油灯让它化为一片乌云；或者咽入口中，让它烂在自己的肚肠里。许多的谍战片都有如此雷同的设计，不厌其烦地显示一张纸与死生的关联。想想也是，不知有多少人命丧于纸上。

每日，我都花了时间来消费这些好纸。书写使人开心起来，是良好的物质材料优化了人的心境。想想从五六岁始习书，到现在有多少纸在指腕间流过。此时窗外青山妩媚，白云游逸，笔下更是明快。若到夕阳昏黄，风起于芦苇之梢，满山迷蒙，纸上就有了更多的信手和慵懒气味。如果一位书法家在他的终了，能够把贮存的好宣纸都挥洒得差不多，那真是一件幸事。

人将了，物亦将了。

  一张张薄如蝉翼的纸在时日的过往中渐渐堆叠起来，走向厚重，我想，这就是此生了。

选自《满族文学》2022年第2期

云南笔记

王剑冰

中国散文学会副会长,享受国务院政府特殊津贴,在《人民文学》《当代》《收获》《十月》《中国作家》等发表数百万字作品,出版著作《绝版的周庄》等47部。有多篇散文被刻碑于背景地,如《绝版的周庄》被刻碑于江苏周庄。

尚火

纯粹的哀牢山深处，车子几多盘旋。

路上不停地有人紧急下车，可怜的胃囊都要交给野草山溪。我从来没有遇到过如此多的经受不住大山的人。或还是因为哀牢山。

多少次来哀牢山，却是每一次都让人有一种恍惚，总觉得不是。

那些花腰傣，那些哈尼歌舞，那些世界上最绝妙的梯田，那些至今仍然居住在山顶、睡在干草中、一辈子不愿下山的苦聪人，还有二十年前我曾经参与过的一夜狂欢的彝族火把节，都是在这片大山中吗？

那么，我要醒一醒了，重新理清我的思绪，我先要辨别我的位置，我所要去的方向。

终于渐渐弄明白，我上边所说的，都是在这方圆百里的大山中。而我前前后后用了二十年的时间，不断地来，不断地走，一个地方一个地方地探寻，却还是没有真正摸清楚哀牢山的模样。

哀牢山，太深厚，太崇高，太神秘，太艰难。包括生活在其中的人们，有着多种崇尚的人们。

其中就有尚火的彝人，说到火就可以想见这个民族的古老，他们对火的崇拜、喜好，是直接与生活有关的。所以我们艰难地进入哀牢山腹地楚雄州双柏县，来寻找显示着原始元素的符号。

在这片土地上走，光深吸气就够了，不久就会感觉呼出来的气息已经带有了那种爽爽的湿润。

一大片的茶园，浓浓的，泛着绿色的光。大山深处的茶是被云雾雨露滋润的茶，端起茶园主人的美意，还没入口，就有一种清新入心了。而后在茶园中转，抚摸着或者说是呵护着从林间打来的阳光，那阳光疏疏离离地散在翠叶上。有人采了一芽，直接就放在了嘴里，而后一声赞叹出嗓。

茶园是序曲，延展部在后边。那么就再次上车，再次盘旋在大山中。

上到一个高处，车子不再前行，终于到达了法脿镇小麦地冲村，下车一步步爬上一个高处，上面竟然是平坦的，新采的松针铺了一地，散发出清新的味道。这是山寨举行祭祀节会的场地，我们在这里要看傩舞表演。

傩，这个汉字中最神秘的字，表示着神秘而古老的原始祭礼。走这么远，这么艰难，就是冲着这傩舞而来。世界上任何一个民族，都经历过原始社会阶段，有过信仰原始宗教的历史，并产生了本民族的宗教职业者——巫师，巫师为驱鬼敬神、逐疫去邪所进行的宗教祭祀活动，便称为傩或傩祭、傩仪。傩师所跳的舞便是傩舞。

尚火的古村点起了熊熊篝火。有了火就有了一种热烈，一种神秘，一种期待。这是一个"倮倮"支系的彝人，我们要看的，是他们的"老虎笙"，一种围着篝火的关于虎的傩舞。

据记载，早在六千五百年前，也就是传说中的伏羲时代，居住于青藏高原和西北一带的氐羌人创造了一种文明，它的象征就是虎。之后，伏羲的后代逐步向西南迁徙，隐入云贵高原和四川南部，演化成今天的彝族等民族。云南少数民族的图腾崇拜中，崇拜虎的最多，白族、哈尼族、彝族、拉祜族以及滇西北永宁摩梭人等，都以虎作为自己的图腾崇拜。其中彝族的虎文化历史悠久，彝族崇虎敬虎，以虎为其祖先，认为天地万物都是老虎创造，觉得自己是老虎的后代，自称"倮倮"，也就是"虎族"。虽然同样以十二生肖纪年纪日，但是为首的不是鼠而是虎。彝族尚黑虎，举行祭祖大典时，大门上悬挂一个葫芦瓢，凸面涂红色，上绘黑虎头，以示家人是虎的子孙。

双柏的小麦地冲村这个彝族支系称老虎为"倮马"，传说早年当地的彝族头人都要披虎皮，死后以虎皮裹尸进行火葬，表示生为虎子，死后化虎。每年农历正月初八至十五，是这个彝族"倮倮"支系一年一度的"虎节"，虎节要跳"老虎笙"。

鼓声再次响起的时候，一群汉子跳了出来，他们的脸上、手上、脚上分别用黑、红、紫、白等颜料画着虎纹，身上披着用灰黑色的毡子捆扎成的有虎耳、虎尾的虎皮。火势越发猛烈起来，发出噼噼啪啪的声响，红色的火舌蹿向了天空。这群"老虎"开始围着火堆起舞。

老虎笙的舞者从全村成年男性中选出，由十八人组成。这十八个人扮演的角色各有不同，一个人扮演"老虎头"，八个人扮演"老虎"，两个人扮演"猫"（一只公猫和一只母猫），两个人扮演"山神"，还有四个鼓手一个敲锣人。老虎笙是彝族虎图腾的"活史料"，它既是祭祀性舞蹈，自娱性也很强。由于彝人常年生活在大山中，刀耕火种，也就保留了古老的传统和生活方式。所以傩舞既古朴又原始。

头人在解说着他们的傩舞，在他们的意识里，世间的万物都是虎死后化成，虎头化天头，虎尾化地尾，虎皮化地皮，虎血化奔腾的江河，左眼化太阳，右眼化月亮，硬毛化森林，软毛化青草，肌肉化肥沃的土地，骨头化连绵起伏的山梁。"虎节"的傩舞就是接虎祖的魂回来和彝人一起过年。

老虎笙由接虎神、跳虎舞、虎驱鬼扫邪和送虎四部分组成。其中有表现老虎生活习性的虎舞——"老虎开门""老虎出山""老虎招伴""老虎捉食""老虎搭桥""老虎接亲""老虎交尾（性交）"；还有老虎模仿人生产生活的舞蹈，含有"虎即是人"的文化意蕴，"老虎驯牛耕地""老虎耙田""老虎播种""老虎栽秧""老虎收割"。那些夸张的动作，显示着原始的野性，使人从中深刻感受到舞蹈的快乐。有些动作由慢到快，力度由弱到强，直至高潮。

他们不时还会发出阵阵吼叫。现场显得纷攘而凌乱，而这纷攘中有一种气势，凌乱中有一种俊美。铓锣和羊皮扁鼓紧凑地敲，使得那种野性更加张狂。

火与虎，成为走进哀牢山的人心中深切的记忆。

火，仍然是火。

犁铧在火中渐渐烧红，有人用火钳取出，高高举起，猛然掼在地上，地上的绿草即刻冒出了青烟，接触松树的青针，立时燃烧起来。离得近的人感到了那种灼热。而巫者却光着两脚，用脚去亲密。人的脚踩上那滚烫的铁物，竟然没有听到皮肉的烧焦声。

怎么，还要用舌头去舔？眼见得巫者伸出了舌头！闭上眼睛吧。

过后问仔细，舌尖和脚上都没有涂抹任何物质，他们十分认真地保证，说完全是巫术。我还是搞不明白。

合个影吧，真正的大山深处的彝人。

看到一个气度不凡的人，着黑衣，戴宽大的帽子，帽子上遍插鹰羽，两只山鹰的硬爪顺着耳朵垂下来，爪上尖甲凛凛如生。这是山村的头领。头上所戴，是老辈头人传下来的，已经传了好几代人。可以想见，多少年前的那只雄鹰有多大。

我们围住头人，好好聊一聊，关于火，关于虎，关于鹰，还有彝人的生活以及哀牢山的广大。

山寨在满是松针的竹篷里摆起长街宴，都是山里的特产。

敬酒的歌儿唱起来，一波波地起高潮，热情张扬，气氛浓烈，不想喝也不行。

周围满是金黄的苞谷,一串串高高地挂着,挂成了景象。不远处还有灰灰的草垛,粉白相间的房屋在山坡上,彩纹雕饰,鲜花满墙,显现着彝人的新生活。

大大小小的水塘在周围亮闪,整个天空都映了进去。

这是哀牢山深处的世外桃源。

不能在这里久留,久留会舍不得离去。

色彩

我是在一个早晨来到马洒村的,我不知道为什么它会叫这样一个名字,这个名字充满了诗性色彩,让人发些无名由的联想。

早晨的阳光正洒在马洒的上方。转过那个山弯的时候,是一片起伏的梯田,黄色和绿色相间的色块闪亮了我的眼睛。我要求下车拍照,陪我来的熊廷韦说,你到马洒再看吧,有你照的。廷韦的话,加重了我的兴奋。

从山坡转过来的时候,马洒像一幅画展现在我的面前。

这是一幅油画,鳞次栉比的房子,房上的瓦是灰白相间的,中间蓝,四边白,远远看去,一个一个这样的房瓦构成了大面积的色块,这就是马洒的色块。

不,马洒的色块还有小村边上的稻田,一大片一大片地闪耀在晨阳里。还有田边的小河,弯弯的流水绕过村子,绕过稻田，一直流向远方。水上一架水车，悠悠地转动着时光。一两个农人，几头黢黑的水牛。这些都构成了马洒的色彩。

我为这色彩惊喜得就差欢呼了。我顺着一条阳光照耀的村边小道跑去，我的镜头里出现了白围脖样的炊烟，烟被微风撩拨着，时而浓，时而淡；时而歪向这边，时而歪向那边。村子是沿坡而建的，这炊烟或从高处覆下来，或从低处缭上去。

这么拍着的时候，就见白色的烟障里出现一个肩背竹篓的妇人，篓子里是满满的衣裳，她完全被透视在了光线里。

我正惊奇着，那女子就在崎岖的石阶上消失了，消失在黄色的稻田里。只留了一个大大的竹篓一晃一晃。

稻田的那边，是暗蓝色调的、弯弯的小溪。

正看着，又出现了一条小狗，小狗的后边跟着一个小人，蹦蹦跳跳地向上攀去。我也跟着向上攀去。

石阶高高低低凸凹不平，但都磨得光滑，不知经过了多少时光。还有石阶两旁的老屋，都是石砌的，比起石阶更显出年月，有些老屋已经颓毁了，有些在那里露出破败的光，但还住着人家。

人家必是经过几代的坚守。而这坚守中看出了自足自乐。我这时就闻出了饭菜的香甜。由于天远地偏，这里从没有遭受过外力的破坏。这就使得马洒带有了原始的味道。

哪里有了音声，是那种古旧的曲调。廷韦笑着不答，只是随着我走。这个马关的宣传部部长，总是一次次带着人来马洒，这里似乎是马关的一张名片。不过，我着实从这张名片上读出了不同凡响。廷韦外表是一个秀柔的壮家女子，内里却是慧智多能。她总是想把马关的特色宣扬出去。

走着的时候，看到几个妇女从一个桶里舀黑黑的浆一般的东西。上前问了，说是靛，染布用的颜料。一个女子指着她房后生长着的一种绿色植物告诉我，就是用这些叶子蒸煮捣碎后做成的。我注意到女子身上黑白相间的彩色服装。马洒人还保持着古旧的织染方式。

人流汇聚处，是一处空场，像是多年间小村里聚会的地方。不大的台子上，已经聚起了一拨男女老幼，台下也是一拨男女老幼，台上的是村里的，台下的是外来的。

随着一位长者的一声唤，乐声猛起，浑然四合，将不大的一个小院灌得满满的，又从上方飞出去，扑啦啦一只鸟弹向了高处。

乐器是那种大胡丝竹，还有阮、琴和敲打器。曲子却是没有听过的老调。沉沉郁郁，沧沧桑桑，让人立时沉静下来，一直沉静到岁月的深处去，沉到内心的深处去。现场的静，越发衬出了乐曲的清，甚至一声弦子的拨动，一声马尾的断裂。那老者的胡须似也抖动出了音声。老者还在说着什么，我还是听不懂，我又似乎明白了这曲调的意思，这是马洒的意思，是马洒世代传播的意思。

那一声声敲打，一声声曲调，一声声唱和，感动了台下那么多外乡人。外乡人听出来了，这里边有生命，是丰收的快乐、妻儿绕床的快乐，是年关时的快乐，还是说不清道不明的那种自在呢？反正他们就这样唱着，吹着，打着，弹着，拉着。他们摇动着身子，摆弄着头颅，微闭着眼睛，享受着从瓦上滚落的阳光，和从田野里吹来的风。那个老汉述说着什么，我没有听懂，随着他的话音，一声月琴的柔从弹拨的女孩的指尖流出，我感觉那是从女孩的心内流出来的。那里边有爱的冀盼吗？

一群小人儿挤在人群中，这是马洒的孩子，他们眨着好奇的大眼睛，盯着外边来的人。我发现这些孩子一个个长得是那么水灵，眼睛都是那么有神，这是马洒的又一代。我要给他们照相的时候，他们欢笑一声跑走了。随着他们出了院子，他们并没有跑远，在小路边张望着等我，我再拍的时候，他们就不再躲藏，一个个把小脑袋挤进镜头。他们的身后，就是那片层层叠叠的彩色田园。

又听一声唤，小人儿又跑走了。他们跑去的地方是两个树干搭成的压压板。廷韦拉我过去，她说她小时候就这样玩过。压压板转起来的时候，我几乎叫起来，而壮家女子却在那头狠狠地笑。

马洒，在这里我感到了安详，感到了清净，感到了快活。由此我也知道了马洒人为什么生活得那么自在了。

选自《湖南文学》2022年第3期，有删节

旧文献里的种子,以及优质土壤

穆涛

《美文》杂志常务副主编。西北大学教授、博士研究生导师。中国散文学会副会长，中国作家协会散文专委会委员。享受国务院特殊津贴专家。著有《先前的风气》等多部作品。获第六届鲁迅文学奖、第十九届百花文学奖。

言者无罪：中国早期的民意调查

周代的采诗官，是中国最早的职业民调人员。春天到了，农耕在望，百事待兴，又一个轮回的忙忙碌碌即将启动。在这个节骨眼儿上，各诸侯国的采诗官们开始了他们的工作，这些人"衣官衣"，手持木铎，铎是古代政府发布号令的响器，分为两种，"以木为舌则曰木铎，以金为舌则曰金铎"。宣布政令以木铎，发布军令以金铎，"文事奋木铎，武事奋金铎"，"天下之无道也久矣，天将以夫子（孔子）为木铎"。深入民间，沿途征集抒写民情民愿的诗，之后由专门的音律官员整理，配上音乐，由诗而歌，晋京唱给周天子，中国人称诗为"诗歌"由此开始。唱给周天子的诗有一个标准，"采诗，采取怨刺之诗也"，怨刺诗，即以民怨、民伤、刺政为主要内容。这样的诗中，可能有过头的话，却是真实的心底声音，周代的政治高层据此洞察民心动向。国家如没有重大的政德和军功事件发生，泛泛的歌功颂德作品被视为"下作"，不在征集采撷之列。古代的中国人，判断一件事情的是非曲直，首先考察"初心"，即做事情的动机。无端或没来由的恭维奉承他人，被认为是动机不纯。孔子编选《诗经》的时候，在艺术标准之外，还有一个道德人心标准，"诗三百，一言以蔽之，思无邪"，《诗经》三百零五首诗，用一句话概括，写作的初心都在人间正道上，不旁逸邪出，不走小道，也不抄近路。这也是周代初年实行的"采诗制度"的基本原则。周代的老政府，重视倾听民间的真实声音，不禁言，这是特别了不起的。采诗，后人衍为采风，取义《诗经》中的"国风"，指意更加具体明确，是关注民情，采集人间疾苦。《汉书·食货志》对采风制度的记载是，"孟春三月，群居者将散"，（周代的历法，以冬至所在月份为一年的岁首正月，即今天的农历十一月。孟春三月，是今天历法的农历正月）。冬天的闲聚生活即将结束，人们要各自忙碌去了。"行人（采诗官）振木铎徇于路以采诗，献之大师（音律官员），比其音律，以闻于天子，故曰王者不窥牖户而知天下"，这个制度的核心是最后一句话，"故曰王者不窥牖户而知天下"，周天子不用出宫廷而悉知天下事态。采诗官由年长者担任，中央及地方均有此职位，"男年六十，女年五十无子者官衣食之"，官衣，指着政府官员制服。食之，是享受官员待遇，但不是正式官员，用今天的话讲，是比照公务员待遇。"使之民间求诗，乡移于邑，邑移于国（诸侯国），国以闻于天子"。采诗官由无子者担任，是防范民调人员的挟私之心。古人重男轻女，有女儿也视为无子。大时代是由大人物开创的，并由一系列不平凡的制度构成的。在国家制度上有突破、有建立，是大时代的标识。孔子终生念念不忘的"克己复礼"，"礼"就是指规矩和制度，旨在重返西周的制度时代。孟子在《离娄》中对采诗制度的兴衰做了总结，并透彻地指出了孔子超凡超常的智慧所在。"王者之迹熄而诗亡，诗亡然后《春秋》作"。诸侯国（地方势力）做大做强之后，周天子对国家局面失去控制（指东周之后），支流漫过主流，采诗制度就终结了，之后《春秋》问世。孔子在写作《春秋》的同时，从三千多首采诗作品中，十中取一，精选出一部《诗经》，初名为《诗》，汉代之后称《诗经》。思想家的孔子，做了一回编辑家，应该理解为是圣人对采诗制度的致敬和缅怀。司马迁在《史记》中对此也做了记载，"古者诗三千余篇，及至孔子，去其重，取可施于礼义……三百五篇孔子皆弦歌之，以求合韶、武、雅、颂之音，礼乐自此可得而述"。《诗经》在秦始皇时期，经历过"焚书"浩劫，《焚书令》规定："天下敢有藏诗书（《诗经》《尚书》），百家语者（诸子百家著作），悉诣守尉杂烧之。敢有偶语（私下谈论）诗书者，弃市（斩首示众）。"到了汉代，《诗经》成为治世之书，位列"五经"之首，并且开创了一个官员选拔制度（察举制），饱读"五经"的人才可以做官，这个制度到后来完善为科举制。秦始皇焚书，《诗经》和《尚书》列为首禁之书，是禁思想。而汉代奉立"五经"，使之作为治国之书，也在于其中的思想之重，这是汉代之所以成为大时代的一个重要根基所在。白居易在唐代对采诗制度曾发出遥远的感慨，"采诗官，采诗听歌导人言。言者无罪闻者诫，下流上通上下泰。周灭秦兴至隋氏，十代采诗官不置。……君不见厉王（周厉王）胡亥（秦二世）之末年，群臣有利君无利。君兮君兮愿听此，欲开壅蔽达人情，先向歌诗求讽刺。"天下有道中的道，与克己复礼的礼，在内涵上是一致的。

《诗经》里的风声

《诗经》位在"五经"之首，这是司马迁的排序，《诗经》《尚书》《礼记》《易经》《春秋》。一本诗集能够承受如此之重，在于孔子编选《诗经》的眼光和出发点，既存文心，但更多的是史家态度。《诗经》的要义在世道人心，在醒时醒世。"以言时政之得失""以知其国之兴衰"。采诗制度是自周成王开始的文化政策，是当时的一项重要国策。采集民间创作的诗歌，旨在民意调查，"命大师陈诗，以观民风"。因为《诗经》中有"国风"，后世改"采诗"为"采风"。今天也讲采风，着力点不再是民意和民情的采撷。

南宋时的学人杨甲绘有一幅《十五国风之地理图》，这张地图融地理、文学及文化于一炉，开启了"文化地理学"的先河。十五国风的区域，在地图中是一目了然的，基本覆盖了当时的国家文化大体，沿黄河流域，自甘肃、陕西、山西、河南、河北，至山东。长江流域在孔子时代是文化僻壤，"楚吴诸国无诗"。十五国风存诗一百六十篇，《周南》《召南》《豳风》，是西周时期的诗作，止于周幽王，其余的十二国风，均为周平王东迁洛阳之后，属东周，具体说是春秋时期。

《周南》诗十一篇，《召南》诗十四篇，排序在《国风》之首，不称国名，而以周公旦召公奭冠之，是对周召二公执政力的敬仰，"得二公之德教，风化尤最纯絜，故独取其诗"。南，意为教化之地。"不直称周召,而连言南者,欲见行教化之地。""文王之化,被于南国,而北鄙杀伐之声,文王不能化也。"

《豳风》七篇,排在《国风》最后,唱着压场的大戏。豳国在陕西的旬邑、彬县一带,是周人的发祥地,是周代立国的本源。这样的编辑次序,是孔子的特别用心。《豳风》中的七首诗,有六首与周公直接相关,《鸱鸮》是周公所作,《东山》《破斧》《伐柯》《九罭》《狼跋》写周公当年平复东部叛乱的功绩,以及东部人民对周公的敬仰。周公姬旦先被封周地,后再封鲁国,史称鲁国公。周武王去世之后,殷商旧贵族发动叛乱,东部一些诸侯国群起响应。周公坐镇鲁国,力克叛乱。周公是孔子心目中最高大上的人物,《豳风》中的《七月》,虽与周公无具体联系,但是写周氏部族祖脉生活方式的。这样的排序,且以《豳风》为题,既是表达对周公的敬爱,也是强调鲁国是周人发源地的直接传承者。孔子是鲁国人,他用这样的方式,把周与鲁密切地联系在一起。

《邶风》《鄘风》《卫风》共三十九篇,邶国、鄘国、卫国,是殷商旧地,在河南安阳、新乡一线。在周公摄政时,由于发生"三监之乱",迁邶鄘的国民至洛邑(洛阳),其封地合于卫。孔子编选《诗经》时,这两个诸侯国早已经不存在了。清代学问家顾炎武先生认为,此为汉儒重新整理《诗经》时有意为之。"分而为三者,汉儒之误。"秦朝"焚书",在全国范围内搞"书禁",重点禁毁《诗经》和《尚书》,这两本书在民间几乎是绝迹了的。汉代立国后，不是口头上讲继承传统文化，而是具体去做，依靠文化老人的记忆才得以复原。仍以邯郸旧国之名冠之，意图是拓延历史的沧桑空间。

《王风》十篇，采于东都洛阳一带。"惟周王抚万邦，巡侯甸"，"其采于东都者，则系之王"。

《郑风》二十一篇，《齐风》十篇。郑国最初封于陕西的凤翔，后东迁华县，周平王东迁洛邑之后再迁至河南的新郑一带。《齐风》在山东北部与河北西南，东连海，北界燕，西接赵。《郑风》《齐风》多录男女之情事，后人诟病"不当录于圣人之经""郑音好滥淫志，齐音敖辟乔（矫）志"，被顾炎武讥为"不得诗人之趣"。

《魏风》八篇，魏国都邑原在山西夏县，后迁至河南开封。《唐风》十二篇，录自唐尧旧都临汾一带。《秦风》十篇，源自甘肃天水，沿诸渭河流域。《陈风》十篇，陈国辖域在河南周口左右，旧都淮阳。《曹风》四篇，曹国在山东西南，菏泽，曹县范围。

《周南》《召南》《豳风》，是《诗经》里的"正经"，是西周之诗。东周之后，"王者之迹熄而诗亡"，王室弱，诸侯兴，诗亡而史著，"诗亡然后《春秋》作"，进入这个节骨眼儿，不再以诗"言时政""知兴衰"，史书写作开始兴起，这一时期，诸侯国开始通行著国史，多以"春秋"做史书名称，"吾见百国春秋"（墨子）。其中晋国的史书叫《乘》，楚国的史书叫《梼杌》。

孔子在鲁史《春秋》的基础上，又兼容一百二十个诸侯国的史料，修撰而成大《春秋》。修撰《春秋》的同时，编辑出《诗经》，诗与史就是这么衔接而成的。后世通称史为"春秋"，而不称"乘"或"梼杌"，在于《春秋》笔法的大器，以及孔子卓越的历史判断眼光。

古代的中国，没有一部小说或散文能够呈现如此广大区域里人们的精神风貌，只有《诗经》做到了，而且是沿黄河流域，循当时国家精神的主线。《诗经》是文学作品集成，但内核是史心，孔子以史家的出发点编辑而成这部诗集。冷静醒世是《诗经》的核心内存，一个人冷静清醒地活着，不会做糊涂事。一个时代以清醒为基调，则是夯实了大时代的基础。

史和诗，被一双巨人之手掌握之后

从源头上讲，中国人文化观念中的"诗意"，是接地气的，既有社会观照，也包含着对社会趋势与民心民向的清醒认识力。孔子删定《诗经》的落脚点和出发点，在于西周初年的那个"民意调查"制度。"诗意"不是空穴来风，不是虚无缥缈的所谓"艺术境界"，更不是一轮闲月、两壶烧酒。孔子对诗的基本判断，是"不读诗，无以言"，不读《诗经》，不知道如何深入地表达自己。

我们中国人还有一句老话，"文史不分家"，指的也不是笔法，而是用心和立意。这样的认知由来已久，但经由孔子之后，才成为一脉相续的传统。

《尚书》和《诗经》，是《春秋》的副产品。孔子在修著《春秋》的同时，编辑了这两部书。

"昔孔子受端门之命，制《春秋》大义，使子夏等十四人求诸史记，得百二十国宝书，九月经立。"《春秋公羊传注疏》中的这个记载，讲了孔子著《春秋》的基本经过。这一段话，有三个要点：一、孔子以周王室之名修著《春秋》，不是私撰。二、以鲁国国史为线索，覆盖当时一百二十个诸侯国，不是诸侯国地方史，而是"天下史"。三、孔子用九个月时间著成《春秋》。

孔子以周王室之名，在鲁国国史的基础上修撰《春秋》，以鲁国十二位君主为线索，起于鲁隐公元年（公元前722年），止于鲁哀公十四年（公元前481年），计二百四十二年间历史。《春秋》涵及一百二十个诸侯国的历史，基本涵盖了当时的国家大体，因此孟子有言，"《春秋》，天下事也"。

《春秋》以鲁国十二位君主为全书的结构大线索，也是有特别用心的。鲁国是周公的封邑之地，史书称周公为"鲁周公"。鲁国国君均为周公之后，姬姓，是周王室的嫡正血脉。以鲁隐公元年为《春秋》纪事的起点，史家有两种看法：一是孔子掌握的鲁国国史资料即是如此；还有一种是推测，鲁隐公是鲁国第十四任君主，但不是严格意义上的一国之君，是摄政王。《史记·鲁周公世家》对此事是这样记载的:"四十六年(公元前 723 年),惠公卒,长庶子息摄当国,行君事,是为隐公","及惠公卒,为允少故,鲁人共令息摄政,不言即位"。鲁惠公在位四十六年,去世时,太子允(鲁恒公)年少,鲁国大臣公议,由长子息摄政。息虽是长子,却是庶出,谥号为"隐公",即含着无国君名分的意思。鲁隐公在位十一年,被大臣弑杀而亡。史家据此推测,孔子以鲁隐公元年为《春秋》编年起点,寓意春秋时代之乱的开始。

司马迁是这样解读《春秋》的:

拨乱世反之正,莫近于《春秋》。

夫《春秋》,上明三王之道,下辨人事之纪,别嫌疑,明是非,定犹豫,善善恶恶,贤贤贱不肖,存亡国,继绝世,补弊起废,王道之大者也。

《春秋》之中,弑君三十六,亡国五十二,诸侯奔走不得保其社稷者,不可胜数。

至于为《春秋》,笔则笔,削则削。

《春秋》采善贬恶,推三代之德,褒周室,非独讽刺而已也。

《春秋》是一部拨乱反正之书。

春秋时代,头小身子大。中央权力衰弱,地方势力做大做强，纲纪失调，国将不国。孔子于礼崩乐坏之中，思考重建西周的秩序时代。拨乱反正，是《春秋》的宏旨。

《春秋》着力构建大国之道的规范和标准。"别嫌疑，明是非，定犹豫，善善恶恶，贤贤贱不肖，存亡国，继绝世，补弊起废，王道之大者也。"

一部《春秋》之中，三十六位君主被弑杀，五十二个诸侯国灭亡，其中君不君与臣不臣的症结在哪里？一个好端端的国家，是怎样走下坡路，直至灭亡的？记写"衰人衰世"，是《春秋》的特别用力之处。孔子以史家的透彻眼光，警醒后世与后人，并以此成就了"不知来，视诸往"的中国史书写作原则。

"笔则笔，削则削"，是《春秋》笔法的闪光之处。孔子写历史，不粉饰太平，不把历史当化妆品，不做社会美容师。书写国家历史，于颂扬处颂扬，于抨击处抨击。

孔子著《春秋》，乱臣贼子惧。但孔子不做"意见领袖"，不自我标榜"高人姿态"，"非独刺讥而已也"，而是微言彰显大义，"推三代之德，褒周室"。孔子心心念念的是中国文化传统，与西周政治的大国之道，并以之为根本原则。

"五经"的排序，司马迁和班固有区别。

《史记》是《诗经》《尚书》《礼记》《易经》《春秋》，《汉书》是《易经》《尚书》《诗经》《礼记》《春秋》，两位史学大家，一位在西汉，一位在东汉，既代表个人的学术观，也昭示着不同朝代的文化认知。"五经"是汉代认定的五部经典著作，汉代设立的"五经博士"代表着当时的国家学术水平。这五部著作，既文法卓越，同时均以史学为根基。《尚书》《春秋》是史学范畴；《诗经》是文学，但内核是史存与史思；《礼记》是社会原则与行为规矩的研究著作，基础也是史学，是对历史细节进行梳理，并做出规范和鉴别；《易经》集哲学、天文学、社会学、文学之大成，同样是在历史记忆的土壤中长成的苍劲之树。中国人讲的"文史不分家"，即是源此而出。

经由孔子这双巨手编辑而成的《尚书》和《诗经》，把史和诗密切联系在了一起。我们中国人讲的"史诗"，与西方的认知不同，不是文体的概念，也不在"宏大叙事"那个层面，中国人的"史诗"，也不是"神话"，而是"人话"，是直指世道与人心的冷静意识与文化情怀。"五经"中所包含的东西，尤其是《尚书》和《诗经》，在秦始皇时代是砍头之书，而在汉代是治国之书。我们今天的文学和历史学，在这些领域的思考欠缺得太多。承续中国文化传统、汲取典籍中的智慧重要，认知典籍之所以成为典籍的方法，包括典籍所植根的历史土壤以及人文生态同样重要。

节选自《作家》2022 年第 9 期

一曲康桥便成永远

谢冕

曾用笔名谢鱼梁。北京作家协会副主席,中国当代文学研究会副会长,《诗探索》杂志主编。长期从事中国现当代文学研究以及诗歌理论批评。著有《湖岸诗评》《文学的绿色革命》等学术专著。

我参加过许许多多的诗歌朗诵会，每一次朗诵会必有李白的《将进酒》。与气势磅礴的"君不见，黄河之水天上来，奔流到海不复回"同台出现的，往往会是徐志摩《再别康桥》婉约温柔的"轻轻的我走了，正如我轻轻的来；我轻轻的招手，作别西天的云彩"。一首千年名篇与一首现代名篇互为掩映，构成一道令人难忘的美丽风景，诉说着古国伟大的诗歌传统。感谢徐志摩，感谢他为中国新诗赢得了殊荣。举世闻名的英国的剑桥，被他译为"康桥"。一别康桥，再别康桥，便这样地叫起来了。从此，剑桥是剑桥，到了他这里，便是习惯的、不再改动的"康桥"！这位诗人是命名大家，除了康桥，还有著名的"翡冷翠"，也是他美丽的创造。就这样，作为经典的《再别康桥》，便成了一般不会缺席的、朗诵会上的"传统节目"。

　　能与中国的诗仙李白千载呼应，这足以令写作新诗的人羡慕一生。大家都知道，新诗因为它先天的缺陷一般不宜于朗诵。能成为朗诵会上的传统节目，往往有它的特殊之处。徐志摩是新诗诞生之后锐意改革的先锋。他在白话自由诗中竭力维护并重建诗的音乐性，他的诗中保留了浓郁的韵律之美。重叠，复沓，回旋……如："我是在梦中，她的温存，我的迷醉；我是在梦中，甜美是梦里的光辉"，"但我不能放歌，悄悄是别离的笙箫；夏虫也为我沉默，沉默是今晚的康桥"。这足可说明，徐志摩的诗能在千年之后与诗仙"同台演出"，并非无因！

　　经典的形成绝非偶然。经典是在众多的平庸中因维护诗歌的品质脱颖而出者。许多新诗人不明白这一点，他们往往忘了这一点，他们成了白话甚至滥用口语的痴迷者。他们忘却的是诗歌最本质的音乐美、韵律美、节奏美，他们的诗很难进入大众欣赏的会场。当然，他们也无缘与李白等古典诗人在诗歌的天空相聚。

我认识并理解徐志摩有一个复杂的过程。在盛行文学和诗歌阶级性的年代，徐志摩被判定为资产阶级的甚至是反动的，他的诗是"反面教材"。记得那时，文艺理论老师讲文学的阶级性，举的就是徐志摩的《残诗》《我不知道风——》等例子。那时时兴的是断章摘句，无须也不引导读文本。风向早已定了，他怎么"不知"？他鼓吹并向往的不是"东风"，而是"西风"，他是可疑的！无辜的他，就这样和许多天才的、杰出的诗人消失于当年的诗歌史。时代在进步。人们开始用公平客观的艺术眼光审视作家和作品。人们为所有真诚的艺术创造者恢复了名誉，徐志摩是其中一位。

在我的诗歌研究中，我终于能够判定，他是一位富于创造性的、为中国新诗的创立和变革做出杰出贡献的先驱者。中国新诗一百年，能列名于前十名甚至前五名的有他，他成了新诗历史的一道丰碑，无论怎么书写，他总是诗歌史绕不过去的名字！我对徐志摩充满了敬意，我为当年曾经对他的鲁莽深深内疚。

那年北京一家出版社约我写《徐志摩传》，我准备不足，不敢答应。但是心有余憾，我总觉得应当为徐志摩做些什么。后来另一家出版社要出一套名家名作欣赏，徐志摩列名其中，邀稿于我，我接受了。我熟悉他的作品，我约了许多朋友共襄盛举。我不仅喜欢他的诗，喜欢他的"浓得化不开"的散文，我喜欢他的所有作品，包括他的情书——《爱眉小札》全选！选读《爱眉小札》的人，我选定了与徐志摩性情相近的同窗好友孙绍振。

我总找机会去看看他生前走过、生活过的场所。有一年到他的家乡海宁观潮，我特地拜访了海宁城里他家的小洋楼。小楼寂静安详，诗人此刻远游未归，也许是在霞飞路边的某家咖啡馆，也许是流连于康桥的那一树垂柳。在当年贫穷的中国，徐家客厅的地砖是从德国进口的，可见他的家道殷实，出身富贵。又有一年，朋友们取道鲁中去为他的遇难处立碑留念，牛汉先生去了，我因事未去。但我的内心总是念着、想着，想着他自由的灵魂、惊人的才华、浪漫的一生，以及美丽的恋爱。

我多次拜访康桥，康桥小镇的面包房和咖啡店也是我的最爱。第一次是虹影陪我去的，后来几次，都是自己前往。桥边纪念他的诗碑是后来立的，我在边上留影了。悄悄的他是去了，他不曾带走一片云彩！悄悄的他是去了，他带走的是我们无边的思念！志摩生前有许多朋友，志摩身后人们怀念他。他为我们留下了美丽的诗篇，还有美丽的人生和动人的爱情故事。志摩不朽,志摩永存。这永存,这永念,如今都化成了永远的"康桥",也许还有永远的"翡冷翠"!

选自《文汇报》2022年10月26日第11版

近代散文的七位宗师

王鼎钧

当代华文文学大师。1949年去台湾，1978年后移居美国纽约。创作生涯长达大半个世纪，长期出入于散文、小说和戏剧之间，著作近40种，以散文产量最丰、成就最大。被誉为"一代中国人的眼睛""崛起的脊梁"。

杨牧教授把中国近代散文归为七类，每一类都有一个创始立型的人，这七位前贤是：周作人，小品；夏丏尊，记述；许地山，寓言；徐志摩，抒情；林语堂，议论；胡适，说理；鲁迅，杂文。他为此编了一部《中国近代散文选》。

夏丏尊

对夏丏尊先生我印象深刻，看到他的名字，想到《文心》和《爱的教育》对我的影响。他家境清寒，三次辍学，终身没有一张文凭，21岁就就业赚钱，我青少年时期的坎坷和他近似。杨牧教授说，中国近代散文中的"记述"一脉由夏氏承先启后，各种选集都收了他的《白马湖之冬》。

说到记述，夏先生记述他同时代的几个人物，写丰子恺，写弘一大师，那才是文以人传、人以文传。且看他写的《鲁迅翁杂忆》，他曾和迅翁在一所学校里同事，那时迅翁还没有用"鲁迅"做笔名，他说他俩服务的那所学校聘请了一些日本人做教员，需要有人把日文的教材译成中文。他写迅翁翻译教材的时候，用"也"代表女阴，用"了"代表男阳，用"系"代表精子。他写迅翁对他说过，当年学医，曾经解剖年轻女子和儿童的尸体，心中不忍。这时的周树人先生还没有"横眉冷对千夫指"，令人乐于亲近，不失为一条珍贵的史料。夏先生又写迅翁只有一件廉价的长衫，由端午穿到重阳，又写睡前必定吸烟吃糕，意到笔随，显出散文之所以为"散"。

周作人

　　夏丏尊先生的名气并不是很大，没想到把他列为中国近代散文的七位宗师之一，说到周作人先生，那就是众望所归了。周先生的学问了不起，不知为什么，未曾以皇皇巨著像冯友兰先生那样以哲学名家，或是像顾颉刚先生以史学名家，留在散文这一行，以"小品"受我辈膜拜。学问大的人下笔总是旁征博引，周先生常常引用我们没见过的书，从中找出我们需要的趣味。

　　周先生对散文提出两大主张：一、美文；二、人的文学。他似乎不喜欢雄辩渊博的论著，所以始终没说清楚，好在有人响应补充，有人以不同的术语引进相似的说法，今天我们可以印证，"美文"指形式，"人的文学"指内容。美文之美不是美丽，是美学；人的文学不是人欲，是人性。古人说，读了《出师表》不流泪的，不是忠臣；读了《陈情表》不流泪的，不是孝子。为什么会流泪呢？因为它发自人性，触动人性。天下教忠教孝的文章多矣，为什么要拿这两表说事儿呢？因为两表达到美学上的要求，是艺术品。长话短说，可供欣赏的散文，内容见性情，形式有美感。

　　放下理论读作品，周先生写《水里的东西》，有一篇谈溺死鬼，淹死的人的鬼魂一直留在他淹死的地方，不能离开，要想转世投胎，得先"讨替代"，拉一个人下水淹死，让那个人的鬼魂代替他。溺死鬼常用的办法是幻化为一种物件浮在水面，引诱人弯下腰捞取，他在水中趁势一拉。他常常变成一种儿童玩具，让小孩子上当短命，所以水乡传说中的溺死鬼往往是一群儿童，三五成群，一被惊动就跳下水去，犹如一群青蛙。

博学的周作人先生除了写乡野传说，还写到日本的河童，文字干净明亮，行文舒展自如，风格庄重闲适，这些都属于"形式美"。至于内容，孟子说"恻隐之心，人皆有之"，周先生对河边同一地点不断有人淹死，笔端没有温度，为什么也大受欢迎呢？我有一个解释：溺死鬼找替身云云根本是无稽之谈，难怪他写得既不恐怖，也不悲惨，"本来无一物"嘛！周先生谈溺死鬼，有破除迷信的作用，应该高举为无神论的上乘文学。无神论者不要禁止谈鬼神，要任凭周作人这样的作家去谈鬼神，使人感觉并没有鬼神。

林语堂

都说周作人先生喜欢在小品文中引用许多名著名言、名人轶事，其实林语堂先生也是，两位前贤读书多，记忆力又强，一旦提笔为文，天上地下冒出来一群灵魂自动帮忙，"读书破万卷，下笔如有神"，或许可以如此解释。王勃作《滕王阁序》，句句是典，当众一挥而就，读者觉得不是进了滕王阁，好像进了图书馆，这也是一道风景。

谈散文欣赏，我们不用强调林氏的渊博，应该推荐他的幽默。众所周知，他是中国幽默的发起人。论幽默，他有理论："幽默家沉浸于突然触发的常识或智机，它们以闪电般的速度显示我们的观念与现实的矛盾。这样使许多问题变得简单。"

他是怎样"沉浸于突然触发的常识或智机"的呢？他说："世界大同的理想生活，就是住在英国的乡村，屋子安装有美国的水电煤气等管子，有个中国厨子，有个日本太太，再有个法国的情妇。"他说："派遣五六个世界上最优秀的幽默家，去参加国际会议，给予他们全权代表的权力"，世界上就不会有战争。他为这个幽默代表团拟了一个很长的名单，太长了，有些读者觉得并不幽默。多数人认为幽默要有警句。林先生晚年住在台北，有一所学校请他在毕业典礼中演讲，那天有多位政界学界商界的名人出席，个个发表长篇大论，林先生上台说："演讲要像女人的裙子，越短越好。"这是警句，全场大乐。报纸报道典礼经过，用这句话做标题。曾几何时，那天达官贵人经世济民的高论一概不传，林先生的"越短越好"独存。

林先生说庄子也幽默，孔子也幽默。庄子梦见化蝶，不知道是庄周化蝶，还是蝶化庄周；马克·吐温说，他的母亲怀的是双胞胎，临盆生产的时候，其中一个胎儿淹死了，他不知道淹死的是他，还是他哥哥。这在马克·吐温是幽默，庄子因此也幽默吗？孔子说"无可无不可"，大庙里两个和尚起了争执，甲僧向方丈告状，方丈说你说的对。乙僧也到方丈座前诉苦，方丈也说你说的对。丙僧得知情由，向方丈质疑：甲僧乙僧各执一词，师父应该明辨是非曲直，怎可认为他们都是对的？方丈说，你说的也对。世人都说方丈幽默，孔子也因此幽默吗？林先生这种广泛的幽默论，很多人跟不上。

读者大众希望幽默大师开口闭口都是警句，别忘了林氏幽默是从英国文学的熏陶中提炼出来的，幽默是一种修养，在平淡中形成，这种幽默往往是一种独尝的异味，未必哄堂大乐。我们现在常说幽默感，这个"感"字有讲究，你我要有能力发现幽默，享用幽默，"感"是"我"锐敏的回应。"两山排闼送青来"，我怎么看不到，"于无声处听惊雷"，我怎么听不见，答案是主观的条件不足，幽默也是如此。

林先生认为庄子幽默，孔子幽默，连韩非都幽默。这么说，老子也幽默，他骑青牛出函谷关，守关的官吏一定要他留下著述再走，他用一大堆含义模糊的句子随手组合，让你进入迷宫，让后人视同秘典。林先生认为陶渊明也幽默，陶公作诗数落他的五个孩子，长子懒惰，次子不肯读书，老三老四是双胞胎，到了13岁还不识字，最后这个小儿子9岁了，整天只知道找梨子找栗子吃。于是陶公说，既然老天爷这样安排了，我还是喝酒吧！这么说，迅翁也幽默，他有一首诗写失恋，"我"在女朋友那里接二连三碰钉子，百思不解，最后，"不知何故兮，由她去罢！"

徐志摩

　　接着读下去，见到徐志摩先生。徐氏的才气，跟周氏、林氏的学识形成对比，他不管古人看见什么，重要的是自己看见什么，不论古人有什么感受，重要的是自己有什么感受。他写翡冷翠，翡冷翠是什么地方？Florence，也译成"佛罗伦萨"，欧洲文艺复兴的发源地，在艺术、建筑、绘画、音乐、宗教各方面产生许多大师，留下许多古迹，后世更有源源不绝的论述，徐氏的《翡冷翠山居闲话》，1600字，竟只引用了前人一句话。他写康桥，康桥是什么地方？Cambridge，也译为"剑桥"，英国最古老的大学城，多少世界名人跟这里有渊源，牛顿、达尔文、拜伦、罗素……徐志摩自己也曾在这里留学。他写康桥，5800字，几乎没有使用引号！他强调的是，啊，我那甜蜜的孤独！他游天目山，看和尚，游契诃夫的墓园，想生死，所谓墓园只剩一块石碑，他也写了2800字，不抄书，完全自出胸臆。

　　徐氏散文的光彩夺目之处在于描写风景。这样的风景描写，在周作人、夏丏尊、林语堂诸位大师的文集中是找不到的，许地山先生也没有这样的文笔。到了现代，文学批评家一再指出，散文和小说中的风景描写越来越少了！

许地山

许地山先生是台湾人，对日抗战发生以前就名满全国，我 10 岁，他大概 40 岁，语文教科书里选了他的文章。那时，台湾和东北都被日军占领，内地各省若有祖居台湾的和祖居东北的作家，都受到文坛特别的重视，我们小读者也对他们特别景仰。许先生常用"落华生"做笔名，"华"是古写的"花"，落花生是小孩子爱吃的东西，"落华生"的意义就丰富了，除了是植物，还是在我们大中华落地生根的一个人，许先生如此命名，可见他对中国语文的敏感，欣赏文学作品的人也该有这种敏感。

散文多半"意念单调，语言直接"，许先生不同，他常常在散文里说故事，有时候甚至就用散文写故事。这样的作品你拿它当小说，略嫌不足，说它是散文，又觉得有余。当年并没有人特别称赞这种写法，后来，我是说 20 世纪六七十年代，我和一些散文作家吸收了小说的技巧，给作品一个新的面貌，修改了散文的定义。这是散文的发展，文评家照例要给新生事物寻找源头，找来找去找到了许地山，于是许先生的排名在朱自清、郁达夫之前，位列七宗之一。

请看许氏的《读〈芝兰与茉莉〉因而想及我的祖母》。

文章开端"我"正研究唐代佛教在西域衰灭的原因，对琐碎的考证觉得厌倦。接着是从邮箱中发现《芝兰与茉莉》，开宗第一句便是："祖母真爱我！""我"因此想起祖母。先发一段议论：西洋文学取材多以"我"和"我的女人或男子"为主，属于横的、夫妇的；中华人取材多以"我"和"我的父母或子女"为主，属于纵的、亲子的。中国作家叙事直贯，有始有终，原原本本，自自然然地说下来。这"说来话长"的特性——和拔丝山药一样甜热而黏——可以在一切作品里找出来。

议论之后，接着写起"我的祖母"来。那是一个很长的故事，旧日大家庭凭着"七出"的条文，拆散年轻人的婚姻，那个受害的女子回到娘家没有再嫁，戒了烟，吃长斋，原来的丈夫也没有再娶，两人有时还可以秘密见面，由陪嫁的丫头在中间传递消息。后来女子生了重病，死前叮嘱原来的丈夫和陪房的丫头结婚，这个陪房的丫头就是"我的祖母"。全文约八千字，祖母的故事占了六千，许老前辈能知能行，果然原原本本、自自然然地说下来，和拔丝山药一样甜热而黏。他这个写法可以说是用散文拖着一个故事，当年是散文的别裁。

鲁迅与胡适

现在应该谈到鲁迅和胡适了，这两位大师名气太大，几乎用不着介绍。读者的程度不同，背景不同，性情不同，各人心里有自己的胡适，自己的鲁迅，"千江有水千江月"，每个月亮不一样，也教人不知道怎样介绍。

提起迅翁，不免首先想到杂文。杂文本是散文的一支，繁殖膨胀，独立门户。散文也是"大圈圈里头一个小圈圈，小圈圈里头一个黄圈圈"。迅翁那些摆满了书架的杂文，是大圈圈里的散文，夹在杂文文集里的薄薄一册《野草》，是黄圈圈里的散文。欣赏迅翁的散文，首先要高举《野草》，讨论《野草》。

以《野草》中最短的一篇"墓碣文"为例，迅翁把他内心深处的郁结，幻化成一个梦境，把读者的心神曳入他的梦中。梦是阴暗的，犹不足，出现了坟墓、暗夜、荒野，孤坟凄凉，犹不足，坟墓裂开，出现尸体。尸体可怕，犹不足，尸体裂开，出现心脏，犹不足，尸体居然自己吃自己的心脏。迅翁使用短句，句与句之间跳跃衔接，摇荡读者的灵魂。迅翁使用文言，用他们所谓的"死语言"散布腐败绝望的气氛。这种"幻化"就是艺术化，散文七宗之中，唯有迅翁做得到，也只是《野草》薄薄一本中寥寥几篇，它的欣赏价值超出杂文多多。但丁《神曲》写地狱，《地藏菩萨本愿经》也写地狱，也许是因为经过翻译的缘故，艺术性有逊迅翁一筹。迅翁何以有此禀赋，可幸，既有此禀赋又何以不能尽其用，可惜。

至于杂文，那是另一回事。杂文是匕首，是骑兵，写杂文是为了战斗，而胜利是战争的唯一目的，当年信誓旦旦，今日言犹在耳。迅翁被人称为"杂文专家"，运笔如用兵，忽奇忽正，奇多于正，果然百战百胜。战争是有后遗症的，反战人士曾一一列举，我不抄引比附。此事别有天地，一言难尽，万言难尽，有人主张谈散文欣赏与杂文分割，我也赞成。

胡适先生的风格，可以用他的《读经平议》来显示。读经，主张中小学的学生读四书五经，政界领袖求治心切，认为汉唐盛世的孩子们都读经，因此，教孩子们读经可以出现盛世，似乎言之成理。胡先生写《读经平议》告诉他们并不是这个样子。第一，看标题，他不用驳斥，不用纠谬，不说自己是正论，他用平议，心平气和，就事论事。第二，他先引用傅斯年先生反对读经的意见，不贪人之功，不掠人之美，别人说过了，而且说得很好，他让那人先说。第三，他提出自己的反对意见，别人还没有想到，可能只有他想到，他说得更好。第四，文章结尾，他用温和的口吻劝那些"主张让孩子们读经"的人自己先读几处经文，不是回马一枪，而是在起身离座时拍拍肩膀，然后各自回家，互不相顾。他行文大开大合，汪洋澎湃，欣赏此一风格可参阅他其他的文章，如《不朽，我的宗教观》。

这两位老先生都有信念，有主张，有恒心，有文采，两老没说过闲话，人家是三句话不离本行，这两位前贤是句句念兹在兹。人家写小说、编剧本，他俩写散文，直截了当，暮鼓晨钟，甚至没有抒情，没有风景描写，可以算是近代文坛之奇观。两人作品内容风格大异，鲁迅如凿井，胡适如开河，胡适如讲学，鲁迅如用兵。读鲁迅如临火山口，读胡适如出三峡。那年代中国读书人的思想不归于胡，即归于鲁，及其末也，双方行动对立对决。"既生瑜，何生亮！"论文学欣赏，既要生鲁迅，也要生胡适，如天气有晴有雨，四季有夏有冬，行路有舟有车，双手有左有右。

每一本文学史都说，中国近代散文受晚明小品的影响很大，晚明小品"独抒性灵，不拘格套"，使当时的文学革命家如归故乡。乘兴为文，兴尽即止，作品趋向小巧，张潮一语道破："文章是案头之山水，山水是地上之文章。"固然盆景也是艺术，然而参天大木呢？宣德香炉也是艺术，然而毛公鼎呢？印章也是艺术，然而泰山石刻呢？流觞曲水也是艺术，然而大江东去呢？晚明小品解放了中国近代散文，也局限了中国近代散文。

散文七宗之中，迅翁和胡博士是超出晚明小品的局限的两个人。

选自《南方周末》2022年2月10日

记忆像米轨一样长

徐剑

火箭军政治工作部文艺创作室原主任,中国作家协会第八、九、十届全国委员会委员,中国报告文学学会会长。出版"导弹系列""西藏系列"文学作品 30 余部,获首届鲁迅文学奖等奖项。

归来

西南联大旧址，离他老家昆明城东大板桥仅二十六公里。于他，却隔着六十余个年轮。他心存惶恐，一直不敢去拜谒。西南联大学府当年高人云集，韵士风流，一代大师环昆明城郭而住，上课时，或西，或北，或东而来。有骑马者，如周公培源；有步行者，像沈从文先生过集市，不时在地摊上捡漏。北国已是寒冬，昆明天呈瓦蓝，东风起，碧水落彩云，梳裹尽无限风流。如果不是天空掠过日本轰炸机，或会让人疑惑今夕何夕，岁月静好。

他少年、壮年、中年，一次次登临圆通山，西北望，烟树楼台，西南联大隐于红尘中。滇池二月天，迎春、海棠、樱花怒放，一片红云落于圆通寺大雄宝殿上，风铎裂帛，划破岁月的宁静。"香波暖泛云津，渔榧樵歌曲水滨。天气常如二三月，花枝不断四时春。"明代状元杨升庵诗涌入脑际，庙堂依旧在，故人早已四散。诸公游春，可是他却不忍向大师之魂投去一瞥。

忍将功名苦苍生，却步久矣。那天，他飞回昆明，与作家同行重走西南联大之路，这一程采风，终是躲不过去了。从板桥人家入城，至西南联大，二十六公里，他却走了戎马半生，解甲归来时，鬓染霜雪。放眼看过去，儿时记忆中，故园十里稻香，几载秋风掠过。

多少年了，他一直在想，吴有训、周培源、梁思成、林徽因、陈岱孙、闻一多、李公朴，还有郭永怀、邓稼先、林家翘等一批才俊，是如何从幽燕之城，一步步走向云南的。

天空半阴半晴，夏雨欲来。延搁大半生，终于驶向西南联大纪念馆。在那些故纸旧照中，他俯首细看，默默寻找他们走向云南的履痕。

遥想当年，国将不国，南京失守，武汉吃紧，长沙危急，唯有南渡，一路向南。闻一多与步行团的师生们，涉江，过三湘四水，出楚地，翻越雪峰山，向着云贵高原跋涉而来。而更多的人，则是从长沙辗转到广州、香港，登船，从海上驶往越南海防港，再换乘滇越铁路的小火车，往昆明驰去。

纪念馆里，穿过纸张发黄的岁月，恍若隔世。终于，走到了两弹一星元勋郭永怀面前。一座中华先贤祠，他心中挥之不忘两个人，一位是邓稼先，另一位就是郭永怀。共和国倚天长剑奠基石啊！一张发黄的研究生入学登记表，填于1938年10月，一寸免冠照上，玻璃镜片后的那双眼睛，如秋潭清澈澄明。他的心被猛然一撞。俯身于展台上，凝视着，交流着，互动着，似乎要将远逝的岁月，从那双深井般的眼睛里打捞出来。

考上北京大学物理系研究生那一年，郭永怀二十七岁。国破山河碎，浩浩神州，放不下一张课桌。郭永怀不在步行的队伍里，他跟着师生南行，千里漂泊，到彩云之南，寻找一张课桌。

乡愁

大师们来西南联大，除步行者外，多经滇越铁路坐小火车而来。法国当年修的小火车道，纵贯哀牢山，成为西极美陲云南走向海洋的一个重要通道，也为云南留下了一页斑驳的历史场景。他少年时代，曾追风而去，亦在这蜿蜒米轨上，滑翔梦的双翼。

他有一种化不去的小火车情结，深深烙印着少年的乡愁与记忆。

板桥古镇的南边坝子，横过一条小火车路，相传为法国铁路工程师所建。后据考证，乃云南王龙云所肇始，他要仿制滇越铁路，修一条米轨至昭通，某一天衣锦还乡，可以坐小火车回昭阳。可是连年征战，财力不逮，修至曲靖沾益，便搁置了。这昆明开往沾益的小火车，在大板桥有一站，站点就在彝人阿依村旁边，离他家不过两里地尔。

列车东行，米轨逶迤。过宝象河时，因水流湍急，在河上建筑一座大花桥。石墩砌桥，两边引桥加中间四个石墩，巍巍壮观乎，深嵌他童年记忆里。五六岁的他随表姐去河中游泳，落入河床漩涡里，呛过一回水。吓坏了表姐，让他在河滩上晒太阳，缓过神来，他踽踽向南，寻至铁路桥石墩下，仰望米轨铁桥。桥墩好高呀，像白袍武士，钢梁横亘，钢梁之上，小火车跨越而过。每个圆圆的铆钉，犹如记忆之结，记忆如轨道一样长，人云间。一个小童站在石桥墩间，显得好矮哟，宛如小矮人与金刚之比对。及至学童，他可以走上大花桥，鸟瞰铁道桥宝象河，仍有眩晕感，提心吊胆行走在双轨木板上，最怕小火车突然驶来，唯有桥上花栏可躲避。列车驶过的瞬间，地动山摇，桥颤水湍。

他的第一次小火车之旅，在十岁那年的国庆前夜。听说庆祝中华人民共和国成立二十周年，昆明检阅台大游行，他想去看彩车驶过。邻家十五岁大哥孙勇，带上他及另外两个少年入昆明看国庆游行。口袋里没有一个钢镚儿，他们计划扒火车。从古驿大板桥出发，走到西边阿依村小火车站。站在米轨间，等拉货拉牛羊的小火车驶来，停稳加水时，迅速抓住黑色车皮梯形抓手，艰难往上爬。他个子小，越往上走，越是脚抖心慌。邻家大哥转身，拽住他的小手，一步一步拉着他往上走，最终爬到火车顶篷。那是很陡的篷顶，三四十度斜面。小火车一声长鸣，缓缓启动，向昆明城方向驶去，颇像与小火车并行流淌的宝象河水。

列车驰骋，宝象河在走，天上的流云在飘。起初，他很害怕，怕坐不稳，一骨碌滚下去，就紧紧攥住邻家大哥的手。西行列车，向昆明城郭驶去，车走，天上的云也在走。云上的日子，他发现小火车的顶篷变成一只巨大的鲲鹏，展开黑色翅膀。

从黑土凹下车，沿一条路走进南屏街。晚上露宿街头，四个人蛰伏在南屏电影院门口，坐地等天晓。那个漫长秋夜，时间仿佛停止了。他们枯坐于南屏街，抱团取暖，度过了一个不眠的寒夜。

南屏街两边站满了人，却迟迟未见国庆游行队伍走过来。他穿梭于人群里，昆明城冷漠地拒绝了他。傍晚，依旧走回黑土凹，爬上小火车返回大板桥。金马坊、状元楼在身后渐行渐远，蓦然回首间，他觉得，昆明城郭并不属于自己。

或许因为这段儿时经历，他心中有个梦想：某一天，能够背上双肩包，徒步走过停运的滇越铁路，沿着米轨，从昆明走到河口，为滇越铁路和刚开通的中老铁路写一部书，书名就叫《春城万象》。

入梦

是罗布泊东方巨响的余波未散，还是瀚海风掠，抑或是滇池水花拍岸？一梦到了西极美地，众神列列，皆为师表，背影就在正前方，渐行渐远，落成青山夕照，褪色为西南联大纪念馆的一组老照片。

入夏了，衔梦的红嘴鸥飞回贝加尔湖，他亦北回幽燕。梦里不知身是客，北京秋浓，可是复兴门下的清晨仍有几分燠热。晓色中，背上出汗了，窗外鸟儿在叫。沙鸥梦影，魂归何处，自然是中国科学院力学研究所办公楼下的翠柏苍松间。郭永怀、李佩夫妇合葬墓就坐落于北四环边上，车喧人攘，红尘难离，英魂未走远。

他想去为郭永怀扫墓。

那天,向北四环中国科学院力学研究所驶去,过阜成门,左拐,他一直观察马路两边,望尽秋水无觅处,四十分钟车程,仍不见一个花店。无花则不祭人。在力学研究所大门前下车,手机搜索花店,离此地八百米。步行,原路返回,过北四环,再左拐,终于找到一家小花店。天遂人意,丹心一瓣敬英雄,买了黄玫瑰、香水百合和满天星。再返至中国科学院力学研究所,北京秋空阴沉沉的,西山冷云摧城,天公欲垂泪,恰与那天他在西南联大旧址的天气一模一样。天若有情亦挥泪,哭一个壮士,一对天上人间的神仙眷侣。

彼时,秋风起,傍晚天空再无青鸟盘旋。沙鸥梦断,一只远行,一只形单影只,叫声好凄清,只有那一辆疾驰的车驶过,连成一条人间天河,画出一条郭永怀入滇出滇的生命轨迹。

记忆像米轨一样长。郭永怀在西南联大读研究生的时间,满打满算,也就两年光景。因为英年早逝,未给西南联大留下只言片语。仅有一张褪色发黄的入学登记表,镶着一双如云南天空一样明亮的眼睛。

1938年夏天,郭永怀参加了中英庚子赔款基金会留学生招生考试,在3000多名参考者中,力学专业只招1名,竞争激烈。郭永怀与钱伟长、林家翘,以超过350分的相同分数并列第一。老师吴大猷、周培源出面,与欧美诸国大学协调,郭永怀入加拿大多伦多大学。1940年夏天，郭永怀依旧坐上小火车，出云南，到越南海防上船，朝大洋彼岸驶去。

加拿大多伦多港上岸，郭永怀先在多伦多大学应用数学系学习。后来，又到美国加州理工学院，成为世界著名气体力学大师冯·卡门的弟子，和钱学森成为同门师兄弟。学习之余，钱学森最乐意亲自驾车，载着颇有几分书呆子气的师弟兜风，而擅长摄影的郭永怀则用省吃俭用的钱，买了一台徕卡相机，为钱学森留影。郭永怀凭借"跨声速流动不连续解"的出色论文，获博士学位。冯·卡门大弟子威廉·西尔斯教授在康奈尔大学创办航空工程研究生院，邀请郭永怀去任教。钱学森亲自驾车，送他到康奈尔大学。彼时，他遇到了一生挚爱、当年西南联大的小师妹李佩。

两眸相对时，陌生而熟悉。滇池陌上花，开在康奈尔。两人由西南联大忆旧而恋爱、结婚、生女，康奈尔十年，是郭永怀最浪漫的时光。

1955年，美国海军次长金贝尔叫嚣着称其为"抵得上五个海军陆战师"的钱学森，被幽禁五年后，回到祖国。次年，国庆节的前一天，郭永怀夫妇追随师兄的背影，朝着五星红旗升起的地方，归来。

中国时间开始了，千只凤鸟归巢。

英魂

伫立力学研究所大门前,放眼看过去,一条中轴路,路分两个所,东为热物理研究所,西为力学研究所,时有年轻学子进进出出。进大门,向左,便是郭永怀夫妇的墓地。松柏梧桐树影中,他看到了郭永怀的汉白玉雕像。沿着花岗岩镶嵌的小径,一步步走近,轻轻地,他生怕自己的脚步声,惊扰了一个伟大的灵魂。

郭永怀埋在这里已经半个多世纪了。

中国核武器研制工作的开拓者和奠基者、著名核物理学家邓稼先罹患绝症,第一次,也是最后一次坐公家配的红旗车,驰过十里长街,环天安门广场一圈儿。摇下车窗玻璃,见广场上游人如织,他仰天嗟叹,对夫人许鹿希说:再过三十年,不知道还有人记得我们吗?

他记得他们。他的老首长李旭阁中将曾是中国首次核试验办公室主任,在罗布泊核试验场与邓稼先、郭永怀、王淦昌、彭桓武朝夕相处。他在首长麾下当小秘书时,曾经 N 次听过郭永怀的故事,尤其是生命最后一刻那壮烈的一幕,并写进了《原子弹日记》。

钱学森力荐,归国后的郭永怀被委以重任。他和钱学森、钱伟长等投身刚组建的中国科学院力学研究所的科技领导工作。随后,我国将研制发射地球卫星提到议事日程上来,郭永怀负责人造地球卫星设计院的领导工作。1958年9月,中国科技大学创立,郭永怀出任化学物理系首任系主任。随着核武器研制步伐加快,中央开始在青海进行试验,郭永怀经常辗转北京、青海等地,一个点上工作几个月,再飞向别的地方。

1968年12月,在青海基地已整整待了两个多月的郭永怀,要将一组原子弹绝密试验数据带回北京。路经西宁时,郭永怀还特意叫杨家庄招待所女服务员跟他去百货商店,为在内蒙古插队的女儿买双棉鞋。塞外高原太冷,女儿写信给爸爸,希望他帮着买一双棉布鞋。郭永怀是位出色的科学家,却不是个称职的爸爸,他根本不知道女儿穿多大码的鞋子。

棉鞋终究没有寄走,饮憾而去,今生再无法弥补。任凭郭永怀的力学算法多好,父女在人间已无交集。

傍晚抵兰州,郭永怀和警卫员牟东方登上安-26系列的小飞机。寒冬夜航,气流滚滚,颠簸得厉害,航程漫漫,凌晨时飞到首都夜空。飞机近地时,也许夜雾太大,能见度不高,在距离地面400米时,一个风切变吹过来,小飞机突然失去平衡。夜鸟惊啸,小飞机歪歪斜斜,朝一公里外的农田歪斜扎下去,落入旷野。"轰"的一声巨响,飞机前舱碎裂,烈焰腾空,英雄涅槃火海。

接机的人赶至现场,救援人员拆开机舱后,发现壮烈一幕。两具尸体紧紧抱在一起,人们小心翼翼地将他们分开,发现是郭永怀与警卫员牟东方紧紧地搂在一起。郭永怀穿的夹克服已烧焦一大半，一只公文包从他的怀中掉落下来，因为血肉之躯相掩，并未被烧着。这不是普通的公文包，里面装有绝密文件，记录了郭永怀在试验基地研究两个多月的重要试验数据。李佩坐夜车赶回北京。踏进家门时，小屋里挤满了人。见她进来，人们纷纷站了起来，茶几上，放着被烈火焚烧过的眼镜片和怀表。李佩身体倾斜了一下，灵魂坠落万丈冰谷……

命运多舛，岁月玄黄。

这一幕，李佩的外甥女袁和回忆，得知失事消息后，李佩没掉一滴眼泪。"姨妈一言未发，就站在阳台，久久望向远方……"

郭永怀牺牲后二十二天，中国第一颗热核导弹试验获得成功。"两弹一星"元勋中，郭永怀是唯一一位获得烈士称号的科学家。

郭永怀坐着滇越铁路上的米轨小火车走远了，一去就是五十多载。李佩亦然。丈夫走了四十九年之后，这位被誉为"中国应用语言学之母"、一生都在为教育事业而奋斗的老人，走完九十九岁的生命历程，与苍松翠柏中的丈夫相会。

将那束插着黄玫瑰、香水百合和满天星的鲜花，放在郭永怀雕像前，献上心香一瓣。他伫立在小径上，仿佛听到岁月深处传来小火车的鸣笛。郭永怀去世一年后，他十一岁，考入昆明第十七中学读书。第一个寒假，到宜良大荒田陆军师学军，去时坐的是小火车，半个月后返回，依然在大荒田月台候车。

那晚小火车满员，学生们潮水般涌进小火车车厢，车中如插筷子，无座，宜良至昆明，不过七八十里地，小火车却走了一夜。小火车在老爷山盘旋，气喘吁吁，哈哧哈哧。他坐在大个子男同学腿上，从车窗眺望夜空，一条天河坠落人间。亮着车窗的小火车，仿佛融入无数人的生命之河。

今夜星光灿烂。英雄归来，辉煌记忆，如同滇越铁路上的米轨一样长！

选自《光明日报》2023年2月10日第14版

兵器十八般

杨全强

南京大学文学博士,河南大学新闻与传播学院教师。曾从事出版二十余年,兼事写作。

好快刀

关于刀的初次印象,来自小时候所听的刘兰芳的评书《岳飞传》,岳云的好友关铃,使一把青龙偃月刀。"青龙偃月刀"这五个字从刘兰芳口中说出,其节奏,其气势,对于少年的我来说,具有一种无法抗拒的夺人魅力。后来才知道,所有姓关的武将使的都是青龙偃月刀,这把刀传自他们这个家族的第一位名将:关羽。

除此之外,我对刀的印象就很一般了,尤其不能接受一种"金背砍山刀"。"金背"二字,就像暴发户手上戴的大金戒指,上面刻着个"发"字,"砍山"二字又显得是只知道用蛮力的莽汉所为。"立劈华山"这种全靠力气与刀锋之利的招式,太不飘逸潇洒,基本谈不上什么艺术性。

使刀的武将,作为正面角色,一般是强调其威武。与大刀相匹配的相貌,多是三绺或五绺长髯。关羽就不用说了,《水浒》里的大刀关胜、美髯公朱仝,《说唐》里的大刀王君可,走的都是这种威武路线。其气质不涉英俊与否。

风靡万千青少年的白袍小将的武器标配是枪:马超、罗成、杨延昭、高宠、杨再兴等,他们共同的特征是白盔白甲白袍白马,枪法超群,英俊非凡,一般都性格骄傲、遗世独立,但又万千宠爱集于一身,尤以罗成为典型。他们的气质跟威武也不是一回事。

我对刀的印象的改观,来自当代武侠小说。当代武侠小说的世界,与传统的《说唐》《说岳》等评书性质的世界相比,完全不同。后者是"将"的世界,将是国家社稷的重要支撑。将需要马的支持,将与马与兵器,是一个三合一的装置,缺一不可(步将除外)。对于这个三合一装置的描述,最酷的莫过于"于百万军中取上将首级如探囊取物",孟子说"虽千万人,吾往矣"差不多就是这个意思。没有马,这种描述就是不可想象的(金庸写乔峰在聚贤庄一战用到这句话,只是气势上的移用而已)。绊马索这种工具,为的就是从马下手,破坏这个三合一的装置,让这个装置失效,杜甫诗云"射人先射马"也是这个意思。武侠的世界则是国家系统之外的江湖。武侠的世界里没有马(作为交通工具的马除外),作为作战装置之一部分的马被主体的轻功所替代。

我们还是说回刀。

把马置换成轻功的武侠系统里,刀基本上是仅次于剑的一种武器。在传统评书系统里与马相配的长(大)刀,被与人的身体相配的短刀所取代。

刀的使用方法一般而言有两种。一种是面对实体,战胜实体,其基本的招式是"切割"。这是以自我为主,不管对象是什么,都只管一刀挥出,所谓"一刀切"。就此而言,刀刃的锋利是必须的,所以,就有人追求宝刀。宝刀,直白地说,就是极其锋利的刀,吹发立断是检验宝刀的常用方法,著名的例子是

《水浒》里的"杨志卖刀"。而对挥刀速度的强调,则是用主体的力量来换取客体的锋利。武侠系统里的刀客,一般都不追求客体——刀的锋利,而只追求挥刀的速度,这是对主体的无限强调,是主体的自我要求,属于福柯说的"自我的技术"。这有点儿像初学降龙十八掌的郭靖,不管对方是什么招式,都是一招"亢龙有悔"。金庸写《九阳真经》的要诀时也说,"他自狠来他自恶,我自一口真气足"。这都是只强调自我的技术,而不管客体(对象)的实际情况。我们可以把对刀的这种使用,称为自我的技术之刀。

另一种对刀的使用,来自庄子的庖丁。庖丁也许是中国最早的名刀客,他的刀是解构之刀,用让·鲍德里亚的说法就是"完美的分析"之刀:"这把刀随着分析思路而行动,它不切割这头牛占据的空间,它依照节奏和间隙的内在逻辑组织而行动。它之所以没有磨损,这是因为它没有要求自己战胜一种骨与肉的厚度,一种实体……这里是在分解一个身体……这种操作……不是力量关系的经济学,而是交换结构的经济学:刀和身体相互交换,刀在陈述身体的缺失,并且通过这种方式本身,依照身体的节奏解构身体。"这种刀法以客体为中心,需要认识客体,分析客体,因应客体,从而解构客体。

庖丁的刀法在当代武侠文本的刀客体系里没有传人,倒是《笑傲江湖》里令狐冲跟风太师叔学的独孤九剑的剑法,与之差堪类比。独孤九剑也是分析之剑,是解构之剑,是以对手的招式为分析对象的剑法。"破剑式""破刀式""破枪式""破掌式"等九剑,所谓"破",就是分析与解构。

当代武侠文本系统,对于刀法的想象与陈述,几乎都集中在第一种。拔刀、出刀的速度几乎是评判一个刀客是不是高手的唯一标准。《边城刀声》里的傅红雪,光是拔刀的动作估计就重复训练过数十万次,而且是童子功,从小就苦练,成名之后,拔刀仍然是每天的功课。到了《天涯·明月·刀》里,燕南飞要对付傅红雪,也学样练拔刀,但就像成人学钢琴一样,晚了。(吴宇森的《英雄本色》之二里,发哥与戴墨镜的对手比拔枪——手枪,是拔刀的翻版与移植。)张彻的《新独臂刀》里,姜大卫最后为好友狄龙报仇,同时也是为自己报仇,杀了自命仁义大侠的谷峰,靠的也是速度。徐克的《断刀客》里,定安与飞龙比刀时,秋风扫落叶般令人眼花缭乱地出刀,配上嘴里rap(说唱)一样的"太慢了太慢了太慢了太慢了再快点再快点再快点再快点",几乎比埃米纳姆的ＭＶ还刺激人的肾上腺素。

古龙的小说《圆月弯刀》里,那柄"圆月弯刀"刀身上刻的"小楼一夜听春雨",则是围绕"刀"讲述一对男女的爱情故事,倒与刀法有些疏离了。这七个字,来自陆游的诗《临安春雨初霁》,后面一句是"深巷明朝卖杏花"。

所以,最鬼魅而飘逸的刀法之精髓,终究还是一个"快"字。《聊斋志异》里这样写快刀:

明末,济属多盗,邑各置兵,捕得辄杀之。章丘盗尤多。有一兵佩刀甚利,杀辄导窾。一日,捕盗十余名,押赴市曹。内一盗识兵,逡巡告曰:"闻君刀最快,斩首无二割。求杀我!"兵曰:"诺。其谨依我,无离也。"盗从之刑处,出刀挥之,豁然头落。数步之外,犹圆转而大赞曰:"好快刀!"

零度的剑

在少年时代的信息接收记忆中,至今印象依然深刻的两种兵刃,一种是锤——《岳飞传》里的八大锤,《说唐》里隋朝第一条好汉李元霸和排名第三的裴元庆比锤(小学时看《兴唐传》,李元霸没出场前,宇文成都的御赐称号曾让我神魂颠倒,我曾让同桌在我额头到鼻梁处用灌了"鸵鸟牌"炭黑墨水的钢笔写下"天宝将军第一名"七个字),都是令人心旌摇荡的情节;另一种就是剑,具体地说是一把宝剑,这把宝剑的主人是黄凤仙。在那个遥远的聆听刘兰芳播讲评书《杨家将》的傍晚,这把宝剑在当晚的评书结束后相当一段时间,都留在我脑海中挥之不去。

如果说刀坦率豪爽,锤霸道蛮横,戟阴鸷自负,那么剑真称不上有什么鲜明的性格。也许是它太完美了,无论从形式、材料,还是从气质上来说,剑都是兵刃中的贵族。没有哪种兵刃像剑这样有那么多瑰丽而近于神话的传说:干将莫邪传说的再演绎版本说干将为楚王炼剑，三年不成，最后莫邪跳入炼剑炉，终于成就雄雌两把绝世之剑——似乎也只有剑，才值得人们去书写和演绎这样的传奇。在传统文本中，被一而再，再而三地人格化、仪式化的兵刃，也唯有剑而已。

剑有那么多神秘高冷的名字，其实就是它被人格化的直接证据，除上面我们提到的以炼剑人的名字命名的干将、莫邪外，还有湛卢、鱼肠、太康、巨阙等，都有着不凡的身世与举世无双的气质。（刀的名字和性格的文艺色彩则几乎全来自当代武侠小说作者古龙，但其小说中令人印象深刻且成为数代江湖豪杰命运与爱情所附着的能指的，似乎也就一把"小楼一夜听春雨"而已，而且这种名字无论如何也入不了正史，只能流传于江湖。）

古龙对刀的性格与文艺气质的塑造，主要在于他塑造了一干有着文艺气质的用刀的江湖人物，傅红雪当然是其中最耀眼的一个，尔冬升主演的《三少爷的剑》里，谢晓峰在寻求医治的途中被一砍柴的樵夫搭救，问对方姓名的时候，对方说："当年我带刀的时候，叫傅红雪。"

只有剑，与那么多盖世英雄的性格与命运紧紧相系。

剑也许是最完美的一种武器。它的对称的形式，它的相对于手臂和身高的妥帖长度，它的宽度，它相对于人的手臂（身体）力量的重量，几乎在每个指标的考量上，剑都堪称完美。现存历史最久的名剑之一"越王勾践剑"，剑身长55.7厘米，宽

4.6厘米，柄长8.4厘米，重875克，在尚属青铜的时代，这样的剑的形式已经接近完美。

虽然号称"短兵之祖，百兵之君"，但实际上剑很早就摆脱了实用的功能，因为它确实不实用。它不像长枪那样可以控制与对手的距离，从而兼顾攻击和防守；也不像刀那样朴实经用，武松在鸳鸯楼杀了十几口人之后，刀口都卷了，要是换成剑，这样的场景风格会立刻变得很古龙。剑更不像锤那样，靠重量磕飞对手兵刃以让对手失去攻击能力为取胜手段，更不像戟、钩这样的兵器带着各种心机。

剑有难度极高的使用方法。邵氏老电影《叛徒》里借主演陈观泰之口说："剑有双刃，中部有脊，刃薄易损，故不可生格硬拦。剑之为用，全在数寸剑锋，必须全力贯注于此，才足以称为剑术。"正因如此，在所有的兵刃技术上，剑术是最讲究的。武侠小说里，除了蛤蟆功、降龙十八掌、乾坤大挪移等各种各样的独门功夫外，剑术也许是武侠小说作家最可发挥想象的一个领域，在武侠的江湖世界里，名家剑术就相当于如今风行全球的法国（西方）理论，西门吹雪与叶孤城在紫禁城的巅峰对决，其美学精神的规格只有剑才当得起。而《笑傲江湖》里的"独孤九剑"，则不由得让我想到罗兰·巴特的写作观，可以拿"独孤九剑"与"写作的零度"相对比吗？我们来看一段金庸对令狐冲使用"独孤九剑"的描写：

令狐冲眼见对方剑法变化繁复无比，自己自从学得"独孤九剑"以来，从未遇到过如此强敌，对方剑法中也并非没有破绽，只是招数变幻无方，无法攻其瑕隙。他谨依风清扬所授"以无招胜有招"的要旨，任意变幻。那"独孤九剑"中的"破剑式"虽只一式，但其中于天下各门各派剑法要义兼收并蓄，虽说"无招"，却是以普天下剑法之招数为根基。那人见令狐冲剑招层出不穷，每一变化均是从所未见，仗着经历丰富，武功深湛，一一化解，但拆到四十余招之后，出剑已略感窒滞。他将内力慢慢运到木剑之上，一剑之出，竟隐隐有风雷之声。

很多剑法，不管是辟邪剑法，还是两仪剑法，都是在创作一种独树一帜的风格，深刻提炼一种经过反复印证的系统理论。在用这类剑法对敌时，初学者很容易沦为理论的机械阐释者，高手则可以自如引用，用理论针对世界现象与社会问题，写出一篇篇文章。"独孤九剑"不是这样，"独孤九剑"并没有建构系统的理论，它毋宁说是一种句法。所以令狐冲在跟任我行比剑时，其实是在写诗，而他跟小师妹自创的冲灵剑法，则相当于一种青春抒情散文，估计风格有点儿像十年前的安妮宝贝。果不其然，金庸接下来的描写几乎就是文学批评了：

"独孤九剑"是敌强愈强，敌人如果武功不高，"独孤九剑"的精要处也就用不上。此时令狐冲所遇的，乃是当今武林中一位惊天动地的人物，武功之强，已到了常人所不可思议的境界，一经他的激发，"独孤九剑"中种种奥妙精微之处，这才发挥得淋漓尽致。独孤求败如若复生，又或风清扬亲临，能遇到这样的对手，也当欢喜不尽。使这"独孤九剑"，除了精熟剑诀剑术之外，有极大一部分依赖使剑者的灵悟，一到自由挥洒、更无规范的境界，使剑者聪明智慧越高，剑法也就越高，每一场比剑，便如是大诗人灵感到来，作出了一首好诗一般。

与高手用剑法写诗这种规格可以相配的另一个关于剑的小故事是这样的：据说陕西历史博物馆有一把秦代宝剑，在被发掘出来的时候，有块大石压住剑身，剑弯曲着，很可能它在地底下泥土中保持着这种弯曲的状态已近两千年，一俟考古人员把大石移开，剑身立刻"腾"地绷直。

枪无声

詹姆逊说，每一种文体都是一种意识形态，或者具体地说，小说、诗歌、戏剧等的写作者在写作时调动的意识形态机制是不同的。这里说的意识形态并非我们通常以为的国家层面的政治意识形态。这么说吧，它可以是一种较稳定的认知习惯、观念态度、情感状态和表达习惯。说到表达习惯，就涉及文体，概言之，不同的文体首先就体现在不同的文学体裁上。比如说，写小说跟写诗歌，就来自不同的意识形态，这种意识形态也体现在写作者的个人气质与行事风格上。萨特论小说时说的"一种小说技巧总与小说家的哲学观点相关联"，表达的是同样的意思。

比如波德莱尔、兰波、拜伦、李白等，这些写诗的，多多少少都有点儿放荡不羁。波德莱尔在诗中更是首先为我们贡献了"浪游者"（flaner）这个形象，经过本雅明的阐释，这个形象更成了西方现代主义文学史上流传至今的经典。兰波在彼时的法国诗坛爆发了两年之后，干脆连诗都不写了，直接搭"醉舟"浪迹天涯去了。拜伦就不用说了，李白也是"一生好入名山游"。总而言之，不管是自愿的还是被迫的，写诗的人都有点儿漂泊和游荡的风格，都带有波希米亚的气质。写小说的就不一样，想想托尔斯泰、哈代、福楼拜、福克纳、莫言吧，都是老老实实待在一个地方，实在不如写诗的潇洒。

而在兵刃的世界里，我们完全可以移植上面说的这一理论：每一种兵刃都有着自身的意识形态，而用不同兵刃的人性格特点与精神气质，显然也都各自有别。枪所代表的意识形态，可以是人民群众喜闻乐见的白袍小将。

古代历史演义故事里使枪的人物，有相当比例会以白袍小将的形象出场。白袍小将需要符合几个条件：年轻、英俊肯定是必备选项，兵刃最好是枪，并且穿白色战袍。

《杨家将演义》里，力杀四门之后的杨七郎，盔飞甲歪，人困马乏，眼看就要伤在辽国大元帅韩昌的三股叉下，这时"从对面奔来一骑战马……马上一位白袍将军，手端金枪，眨眼工夫到了韩昌近前，说时迟、那时快，正好韩昌大叉要扎七将军的时候，这个人马到近前，用大枪'当'往外一磕，大叉被磕开了。然后一抖大枪，'噗噗噗'扎了三枪。韩昌吓坏了，一扭头，'呛啷'一声，左耳金环被穿掉了。韩昌魂都要吓飞了，带马观看：见此人身高八尺，金盔金甲素罗袍，白龙驹，蟠龙金枪，双眉倒竖，二目放光，鼻似玉柱，牙排似玉，一表人才"。这是当代流行度比较高的刘兰芳评书版的白袍小将。但白袍小将作为一种审美形象的传统最晚也是从明人开始的。

《三国演义》里，使枪的最有名的当然是常胜将军赵云和锦马超。赵云是常山人，在今天的石家庄附近，燕赵自古多慷慨悲歌之士，但人们似乎不怎么把赵国男子跟英俊联系起来。马超是西凉人，在今天甘肃一带，汉胡杂处，想必带点儿高鼻深目的人种气质，应该属于英俊类型的。今天中国的导演找英俊型的演员，一般也都把目光放在东北、新疆、陕甘一带，看来这几个地方是有美男子传统的。《三国演义》第十回，写马超出场："言未绝，只见一位少年将军，面如冠玉，眼若流星，虎体猿臂，彪腹狼腰；手执长枪，坐骑骏马，从阵中飞出。"从身材到肤色到体型乃至目光，应该是极具有代表性的白袍小将形象了。

如果要在白袍小将这个审美形象序列里找一个能略胜马超一筹的，估计就是《隋唐演义》里的罗成了吧。俗话说，锦马超、俏罗成。而对罗成作为白袍小将魅力的描写，是通过女性敢将马赛飞一对阵就动了春心来确认的。不幸的是，她紧接着就认识到了白袍小将武力值的那面。

年轻、英俊、武力值高，（所以）骄傲，偏爱高冷的白色。最重要的，是使枪。无论从武力值还是从形象上说，枪与白袍小将几乎都算是二位一体，古龙常写到的人物形象就是"像标枪一样站立"。

首先，枪不像刀那样把威慑力摆在脸上，也不像锤更多依赖于力量。枪是含蓄的，其伤人在于一点；枪是全神贯注的，枪扎一条线；枪是难练的，它的进攻方式只有一个动作：扎。但这个动作需要练一辈子，它对速度、角度与距离的控制都要求极高。常言说月棍年刀，意思是练棍只要有把子力气，一个月就差不多了，刀需要一年可以有成，枪则是一辈子的功夫。《兴唐传》里的雄阔海仗着块头和力气，一条棍也混到了第四名好汉的地位，但碰到排名第一的李元霸一点儿用没有，棍被震得不知踪影之后，坐地大哭，后悔自己当初没跟师傅学枪。但他根本不是使枪的性格，形象上更与白袍小将没有关系。

使枪的白袍小将正是标准的弗洛伊德的菲勒斯。枪扎一个洞，菲勒斯的对应形象是"像标枪一样站立"，而其对应的目标，正是找到或创造一个洞，一种"无边的空虚"，用法国作家瓦莱里更高级的说法，则是"神明的宁静"。

选自《美文》2023年第2期

独留明月照江南

马小起

少习岐黄，从医数载。后游艺于北京琉璃厂，从事传统书画艺术创作。爱好写字，喜欢读书。

一

我的李文俊老爸于2023年1月27日凌晨3:30分安详离世。我的先生"傻天使"喃喃地说："再也听不到老爸的声音了。"泪水止不住。我们时而清醒、时而糊涂的老妈，清醒的时候故作坚强地说："你悲伤没用，颓废没用，纪念他最好的方式就是把自己活得好好的。"迷糊的时候，她会问我："爸爸去哪儿了？找不到爸爸怎么办？"而我，甚至不能流露我的悲痛……我失去的是世上我最敬最爱的人；面对的是两个最值得心疼、最需要我爱的人。"悲催切割、痛贯心肝。"这样的词句，一定不是那些能够控制好自己情绪的人想出的，深切的悲伤，是不由己的。

脑子转到老爸爸，又被理性叫停的瞬间，同时会谴责自己：我怎么可以禁止自己想我那么好的老爸爸？我怎敢淡漠了我生命中最大的恩义？我要如何找到一个好的方式，余生都念着我的老爸爸……

此刻我独自在老爸爸的小房间里，坐在他的书桌前，用他生前用过的纸笔，记录着我对他的思念。同时又惊异生命的不可思议，我这样的人何德何能与李文俊老爸有如此神奇而美好的缘分呢。

抬头望墙上老爸爸的遗像，遗像下整齐地摆放着老爸的译著与鲜花，音响里放着老爸喜欢的音乐。午后阳光照耀在他遗像的面庞上，有一道彩色光晕，光影里老爸爸的眼睛与我对视着，嘴角微抿，眼神温和安详，略有悲悯神色。分明是前两天还坐在我面前与我开心说笑的样子啊。

老爸爸还在，他不会舍得真正离开我们。

二

我这一生对自己唯一满意的角色即：我是李文俊老爸爸的儿媳妇儿。

我刚来北京时，在琉璃厂中国书店的四合院里，租了一个不到十平米的小店铺，主要经营我妹妹马新阳的画作。那时候书画市场挺火，马新阳已是中国艺术研究院博士，是不少画商看好的、作品有升值空间的年轻画家。小店的收入还可以勉强维持我在北京的生存。

开始那几年我住在琉璃厂附近胡同里厕所旁搭的一个小棚子里，活得艰难寂寞，自不必说。但毕竟人还算年轻，对生活有许多不切实际的幻想，凭着那股子无知无畏的勇气，又加上实实在在地打开了眼界，接触到了自己真正喜欢的东西，内心倒十分充实，并不把生活本身的艰辛当回事儿。谋生之余大多数时间与精力都用在自学写字上。我对书法与文字有一种与生俱来的狂热爱好，大概因为我五岁起我爸就教我写字的缘故。琉璃厂中国书店这样的环境正好为我提供了诸多方便的学习条件。全凭本能、运气以及执着，我对生命有一种无法明说的理想。似乎也的确在越来越见希望的时候却忽然因为种种原因一下子失去了经济来源，当时手里只有够支撑我在北京生活一两年的房租，我也想尽其他办法，却怎么也没有别的出路，人仿佛一下子又被推入绝境。

我那时候想就当在北京再学习一年，大不了钱花光了我就撤了这个小店，只活下去就好说了。在心里做好了最坏的打算，像条流浪狗一样在北京的街头惶惶不可终日地张望着……正是人生的至暗时刻。

就在这时有朋友说要给我介绍个男的相亲，我一想这也是条路，就破罐子破摔一样痛快地答应下来。朋友问我有什么要求条件，我想不能错过任何机会，就告诉她是个男的就行，使劲儿介绍我自己选。

她就把傻天使的联系方式给了我，又介绍了一下傻天使的条件。我不认识人，光看条件，感觉算个机会。结果一见到他，甚是意外，之前就没见过这样的人。他那时已四十多岁，看上去我还以为是个青涩的大学生，对世界有一种茫然无措的拘谨和不为世人惊扰的安宁寂静。头发刘海留的长长的遮住视线，他以为看不到人家，人家就看不到他。与我相亲，进门我请他坐下后他一句话不说，一眼也不看我。他不尴尬我尴尬呀，我没话找话，他或"嗯"一声，或点头摇头，镇定自若地将沉默进行到底。而我竟不觉得他讨厌，只是忘了认识他的目的，只当多了一个安静纯良的小朋友，何况他还是大翻译家李文俊先生的儿子，我不看僧面也得给佛几分情面。于是继续微信联系，只是来来回回固定的那几句，当然人家毕竟还是每天主动联系我的。问："吃饭了吗？"答："吃了。"问："今天忙吗？"答："不忙。"每天问答个两三遍。

有时候赶上我情绪好也会找话跟他说，他倒是可以用文字正常应对，当然我的话题不能太世俗。这使我很快明白这个人脑子还是清楚的，只不过缺乏与他人交流互动的能力，而且我发现他也不知道与我认识的目的是什么。我问过他，他说是他老爸让他来和我相亲，因为他老爸总让他出来和女生相亲。我一听非但不懊恼他，反而更来劲了，我卑鄙地想：这样好啊，反正我也不会看上他，但可以通过他认识一下大翻译家李文俊呀。李文俊先生这样的人，对那时候的我而言，是夜空中的星月。我能够望上一眼都会心地明净，荣耀一番。

于是二十天之后，我对傻天使提出："能带我去见见你父母吗？"

傻天使先是为难地问我到了他家能不能别笑话他们家那一屋子假古董。我一听乐了，原来人家傻天使已经了解我了呀：眼毒嘴刁。我赶紧假意应允，并指天发誓，绝不笑话。

就这样第二天晚上，我拎着几根便便宜宜的鲜花来到这个家，见到了传说中的大翻译家——李文俊、张佩芬夫妇。

一进门老两口已在门口迎接，先是老太太欢呼一声："这么高的个子呀！这么漂亮呀！"惊为天人的表情让她演绎得很到位。老先生笑眯眯地看看我，一幅满心欢喜的样子。打完招呼让我入座，老先生亲手递上为我备好的巧克力和红酒，并说马上开饭。我想果然很洋派，很绅士，赶紧谄媚地说："我可以先欣赏一下您的收藏吗？这一屋子瓶瓶罐罐真好看呀！"然后用余光扫到"傻天使"无声地笑到瑟瑟发抖。老先生一听我与他有共同爱好，愈发神采飞扬起来，领着我看这个看那个，给我介绍他那些玩意儿的名堂。我表现出一个一流演员具备的素质，逗得他心花怒放，当场送我一个他的唐代鎏金小铜佛。当然他觉得他的藏品都是真的，并且也是花了大价钱的。我就不是扫兴的人，赶紧当真的千恩万谢地收下。

吃饭的时候，我们仨聊得很投缘，具体什么话题我都忘了，只记得"傻天使"被我们仨逗得闷笑不止。在我眼里简单且完全没有味道的几个菜，老先生一直夸："张佩芬今天真是大显身手！"我暗想给他当老婆可真有福，太好对付了。

饭后"傻天使"去洗碗。这时候白发苍苍颤颤巍巍的两个老人一起走到我面前，老先生递给老太太一个蓝丝绒小盒子，老太太打开双手捧着说送给我。我一看这不正是我梦寐以求的翡翠戒指么，那么大的满绿老坑翡翠戒面镶嵌在 K 金指环上。我眼多毒呀，不用再扫第二眼，就知道这是真货无疑，吓得我赶紧站起来，我不能接受呀，我怎么拒绝呢？脑子不转了，半天冒出一句话:"这是应该送给女儿的,不能随便送人,这个很珍贵的!"老太太说:"对,这是我妈妈送给我的,从今天起你就是我的女儿了。"我当场愣在那里喃喃地说:"那我先替你收着。"他们两个人一下子都笑得灿烂起来。那样子好像就算我卷着跑了,他们也还是要送给我,绝无丝毫猜忌犹豫。"傻天使"这时候洗碗出来,看着我们三个人的样子,竟然一脸孩子气的得意,好像带我回家是他给老爸老妈送了一件令他们满意的礼物。

我傻傻地望着他们仨因为我的到来而满心欢喜的样子和这间东西长条的大通间老房子。昏暗灯光下旧式老家具,书架上整齐的书籍,无处不在的奇形怪状的瓶瓶罐罐……我仿佛一下子回到百年前的空间,陈旧沧桑,却弥漫着经年的纯真气息。忽然悲从中来,两位先生再也不是我仰望的星月,只是两位托孤的老人。

那一刹那我想起《圆觉经》里那一句:"非爱为本,但以慈悲,令彼舍爱。"

"傻天使"送我回家的路上,为了掩饰内心波澜我一出门就坏笑着对他说:"你们家所有的古董,没一样比你爹妈老的。""傻天使"又笑到双肩发抖丝毫不介意我违背诺言。于是我愈发肆无忌惮地逗他笑了一路。

到了我自己的小窝,我打开那个至少有一百年时光的小蓝丝绒盒子取出翡翠戒指,恭敬地凝望着……我想我得严肃地对待傻天使了,我挺喜欢他,但没想过,也不想想别的了。而他一定也不知道还有别的……

第二天我问"傻天使":"我们两个是怎么认识的来着?"

"相亲。"

"相亲的目的是什么呢?

"结婚。"

"结婚之前你是让我做你的好朋友呢还是女朋友?"

"有区别吗?"

于是我这个难得好好说话的混不吝第一次耐着性子掰开了揉碎了给他讲了做好朋友和做女朋友的不同。并详细地告知他关于我自己的具体条件。他似懂非懂地庄重地说让他考虑考虑。有生以来我第一次感到作为女性的骄傲被伤害了,居然还有人要"考虑考虑"我。我给他三天时间考虑,又一转念不对,改成三个钟头的时间考虑。看了一下表告诉他从夜里十点开始计时,然后我扔下手机就去洗漱睡觉了。

醒来看到微信留言,是"傻天使"凌晨三点发来的消息:"做女朋友吧。"五个字,我感受到了他要赌上一生的决心,虽然多考虑了两个钟头,但人家毕竟为此一夜无眠,多感人呀!

他开始照着我教他的模式笨拙地和我微信搭讪。我积极配合引导。但没想到三天后见面他给我一句:"领证",又给我吓了个趔趄。

"领什么证。"

"结婚。"

我不接茬,我就想先假装做他的女朋友,然后各种幺蛾子,就他这样的还不得三天就吓昏了,没想到我越荒诞,他越开心,甚至脸上的表情都丰富了,从不说话进步到两三个字两三个字地能跟我互动一下。但每次见面就是"领证""结婚"两个词来回的念叨。我怎么也扯不远这个话题了。只好让他再带我去见一下他的老爸老妈。我跟他是说不清了,我得对人家老先生、老太太有个交待,别耽误人家孩子了。

第二天我打好腹稿心事重重,下午早早地第二次进入这个家门。老先生见到我赶紧迎上来,眼睛亮亮的满是期许,脸上洋溢着从心底生出的欢喜。我不敢看他的眼睛,也没敢先说话。他坐在离阳台写字桌旁的转椅上,沉稳自如,我坐在他的侧面,不看他的脸。

终于我鼓起勇气指着"傻天使"对他说:"他现在见到我就求婚怎么办?"老先生淡然回答:"你俩不就是要结婚的吗?"我讷讷地说:"可是才认识一个月,这也太快了。"他立即说:"不快,他已经找了你四十多年了。"我一下卡壳了,心想这"傻天使"娶不上媳妇这事都赖上我了。他见我愣住,拍拍我手臂说:"放心,他不是坏人。"我说:"那你就不怕我是坏人?"他认真地说:"你能把字写得那么好,就坏不到哪儿去,放心,我会看。"我心起波澜,无言以对。他也沉默片刻。这时候他的转椅在原地转过来,他的脸正对着我的侧脸,就坐在椅子上深浅适中地给我鞠了一躬:"让您受委屈了。"语气淡淡的,却一下子将我击中,我忽然泪目,扭过头去……我还能说什么,还能怎样,准备好的一肚子话本来就在见到他的那一瞬全忘了。

从那一刻起我就像被催眠了一样,心里空空的,脑袋木木的,也不记得自己是怎么出门,怎么回家的了。

又过了一周"傻天使"来看我,我说:你得请我吃顿饭。我俩走在路上,他和我一起走路,总是尾随在我身后半米多的距离,我快他快,我慢他慢。忘了问他什么话,只记得他又嘟囔了两字:"结婚。"我先是不吭气,快步走着,忽地一下子转过身,凶巴巴恶狠狠地给了他一个字:"结!"他先是呆了,几秒钟后又抖着肩笑个没够。

几天后我们去领证,那天我的手脚冰凉,心神恍惚,摸摸"傻天使"的手也是冰冷的。

领完证"傻天使"说老爸老妈在家等着。我俩去花店买了几大捧鲜花,直接回去,到家发现老先生已经在屋子里摆了好多瓶花,百合、玫瑰在他那些假古董瓷瓶里盛情绽放。我跟着"傻天使"喊了他一声:"老爸。"他开心的样子让我意外,诧异自己竟能让一个人这样幸福,笑得如此美满。中午我们四个一起出去吃了顿饭,他频频举杯忘了吃菜,差不多要把世上的甜言蜜语都讲给我听,我当时的快乐也是真实的。

然后他小心翼翼问我嫌不嫌弃他儿子不说话。我举着酒杯说:"当我沉默着的时候,我觉得充实;我将开口,同时感到空虚。"他端起酒杯与我碰了一下,悠悠地说:"待我成尘时,你将见我的微笑。"人生能有几个这样的瞬间,我无悔了。

三

当天,"傻天使"抱着几件破衣服带上他的洗漱用品,搬到了我租住的二十多平的小屋子里。我们重新开始了我们的人生。那时候"傻天使"有一份不用讲话就能胜任的工作——画建筑设计图,因为不懂自我保护被公司奴役压榨,二十多年劳碌疲乏,他隐忍承受下来。但每周我们都会与老爸老妈聚餐。有时候也下馆子,我俩经济条件比较窘迫,"傻天使"累死累活挣得工资仅够维持房租。我那时完全没了经济来源,所以大多时候我们四个人都是在我们那间二十多平米的小屋里相聚,我下厨做上一桌子菜,开一小瓶酒。老爸每次都盛赞我的厨艺,老妈尤为捧场筷子不停。饭桌上我与老爸调皮逗坑,"傻大使"捡乐不止地傻笑。他不会像正常人一样笑出声音,总是脖子一缩,低着头双肩抖动笑到停不下来。我们三个看他那样子就跟着大笑。他们说"傻天使"之前从来不笑,见到我之后会笑了。

起初每次见面,我在厨房的时候老爸都会颤颤巍巍地走到我身边,小心翼翼地问有没有发现"傻天使"有什么问题,我每次都大声回答没问题,他又追问:"那你开心吗?"我拖着长腔:"开心。""那就好,那就好。"我说:"他就是每天冒一百个傻泡。"老爸诚恳地说:"那你就负责刺破他的傻泡。"我俩都笑起来。他战战兢兢走出厨房,那样子好像是一个把货物以次充好卖出去的善良小贩,又对人愧疚又怕人家退货。我实在不忍他受这种心理折磨,又一次他问的时候,我一边翻炒着菜一边答:"嗨,不就自闭症吗!"他立即说:"轻度的,轻度的。""介意吗?""不介意。""那你开心吗?""开心极了,太开心了!"我的语气是真的开心,为老爸爸那憨憨的样子,也想起平常"傻天使"那份不会惊扰到别人,却永远是个透明的、善意的存在状态。

四

大半年后老爸语气轻松地对我讲我们租的小房子不太方便,去看看房源要有看得上的就帮我们凑钱买一个。他这话我根本就没往心里走,北京的房价和他们老两口那点工资加上稿费,还有我和"傻天使"的现状,我怎么敢想。但老爸又在我跟前提了两遍,我过后教着"傻天使"回去摸摸他们家的财务老底,"傻天使"每次都能漂亮地完成我交给他的任务。这样我心里有数了,加上我俩的那一小部分存款,估算一下可以买一个小小的老楼房。买房子的过程非常之顺利,就好像它早在那里等着我们住进去了。不到五十平,北京最早的一批老楼房,周边最高的建筑就是国家博物馆。从阳台可俯瞰大半个"老北平"，离我的小工作室步行二十分钟。

因为有了这个小房子，我生平第一次体验到了常人该有的安稳与幸福。我的指挥设计，"傻天使"的配合，我俩打造了一个温馨舒适又独具风格的小窝。所有第一次去我家的朋友一进门都是要欢呼的。我那时候可真爱请朋友们到家里吃饭啊。朋友们的快乐使我们的小窝温暖灿烂。

老爸看到我俩过上这样的小日子，也真踏实了，不再因为他的傻儿子在我面前担惊受怕，他终于觉得他们仨也有能力让我有一个归宿。有了安稳的生活，不再为生计所迫，可以有更多的时间读书练字，我的心境逐渐清闲安逸下来。从那时起，我的字少了险峻冲撞，开始有温雅质朴、平淡天真之气。这才是我想要的。

和老爸老妈平时在我们的小房子聚餐，逢年过节他们都会送我礼物。翡翠耳环、金手链、火油钻……都是货真价实的古董首饰，哪一次不惊掉我的卜巴。老妈给我的时候不知为什么还嘟囔上一句："李文俊非让我给你的。"我心里美死了，嘴上傲娇地说："老爸做得对，你不给我给谁？"老爸在边上不吭气儿，满脸笑意地看着我全身发光一样地戴上首饰各种比画着、各种臭美的样子。

我此刻想起来多少次我人生的巅峰时刻，我最快乐的瞬间都是老爸老妈给我的。我来这人世，何曾受过如此殊荣……

还有那些我做梦都想不到的好书，《鲁迅全集》《沈从文别集》都是最早的珍藏版。更有冯至、钱钟书、杨绛、朱光潜、屠岸……诸位神仙级别的大师签名本。家里摆放着这些书,我觉得自己也身价倍增了。我嫁的这可是精神豪门,文化富二代呀。

五

有时候我也不顽皮,很想听老爸讲讲他以前的故事,讲讲他们的时代。老爸的回答通常都是淡淡的、简略的,避重就轻。渐渐地我忘了他是大翻译家李文俊先生,只知道他是我可爱的老爸爸。

"老爸英语为什么那么好?"

"我爸爸是英商怡和洋行职员,会英语,回家经常跟我们小孩子讲英文。我中学时候的英语老师人很温柔,对我很好,我英语每次都要考第一名,我想让她高兴。有一次我得了第三名伤心得大哭,朱老师就把我揽在身边好好哄着我。"我想得到那个聪明善良的小少年依偎在老师臂弯里抽泣的画面,得多萌呀!

"老爸明明是复旦大学新闻系毕业,怎么搞翻译去了?"

"新闻专业通常要与政治人物打交道,我这一生最不懂也不感兴趣政治。我中学同学年少时的好朋友蔡慧提示我,使我在外国文学的道路上走下去。"

"'文革'的时候你是啥成分?受迫害吗?"

"我是'五一六',刚被打成'五一六'分子我还去问领导我怎么成了'五一六'了？领导在前面走，我追在后面问，领导开始不说话，我又问，他转过头来很凶地对我讲：'自己想！'我回去想了半天也没想出来，干脆不想了，就想好好保护张佩芬别让她跟着我受牵连就行。结果第二天一早张佩芬也成了'五一六'。"说完自己笑了。"我受迫害不大，我们所里全是级别比我高的，我那时候也最年轻，受迫害都挨不上号。只下放在河北怀来干了一年农活。我割麦子乱七八糟的，老乡一把推开我。盖房子、挖井，我干什么都很努力，越努力老乡越看不上我。最后让我去干木活，锯木头，我也有兴趣，觉得当个木匠也挺好，结果还没学会就被社科院召回了。"

"为什么要翻译福克纳？"

"他很难译的，我就想这么好的作家，难也就由我来译吧，我也对他很喜欢。当时钱钟书知道我要译福克纳，他对我说：'愿上帝保佑你！'"

我大笑，问他钱钟书又是在调侃你吧，他只笑笑没回答我。我就说："不过上帝总算保佑你了！"

"对了，怎么追的老妈？"

"没追，一上班就分在一个办公室，办公室一共四个人，我们三个男的就她一个女的，不认识别人了。"我去，别人眼中的金童玉女，美满姻缘，到了他自己这里就这样！我对这个回答很不满意。他看我的表情，不忍扫兴，就又说："我们单位举办晚会，张佩芬在晚会现场私下为我唱清平调，我觉得挺好听。"

"那时候的老妈是不是很可爱？"

"嗯，人家都叫她小鬼，就是小孩子的意思，她长不大。"

再问就只是傻笑讲不出什么了，放过他。

后来我找到"清平调"这首歌，我喜欢听李碧华版本的，清新。又问老妈，她说是她在南京大学的德语老师廖尚果先生在课堂上讲课讲高兴了，把那堂德语课改成音乐课了，教他们的，曲子是廖尚果先生谱的。廖先生课堂上有时会拎一瓶酒，讲高兴了，会喝一口，喝美了就教他们唱歌。我听着真是神往，民国遗风，魏晋风骨，是我的梦啊。张佩芬小老太太你真好命，出身大资本家，竟遇神仙级师长，嫁给李文俊老爸，一生骄纵任性孩子气，总有人护着宠着。我也不比你差，凭什么那命呀，又一想起现在这不是挺好吗，连张家大小姐都落在我手里，我不带她吃好的，她就没好的吃。嗯，我也厉害了。

六

我和"傻天使"一起生活了一年多后，实在看不过他在工作中受的气遭的罪，又加上眼见老爸老妈越来越衰老需要照顾。就让他辞职不干了，大不了找份工资更低但清闲点的工作，这样他也多些时间照顾老爸老妈。我那时偶尔也卖点自己的字够补贴一下工作室的房租。傻天使一听如临大赦，第二天就去辞了职。卖命二十多年，回家只拿回一只小水壶、一个笔记本、两个三角板和一个小尺子，我看了心里一酸。对自己这个决定未曾有丝毫后悔。

刚辞职那半年"傻天使"天天回家陪老爸老妈，我们也有更多时间一起开车出去转转。北京郊区、公园、博物馆、拍卖预展……老爸的腿脚那时候还好，带他去的地方也是他有兴致的。每次相聚，彼此欢快，只是我嫌老爸老妈对我还是"只如初见"般的态度。给老爸端个水，盛碗粥，他每次还要站起来双手接说谢谢。对我这个山东人来说，这些都是多余生分的客套礼数。老妈更是从未对我讲过任何一句带有私人感情的话。故而我又认为这是他们与我刻意保持距离，微微不爽快。我们一家形成相敬如宾又不失真诚、固定的相处模式。只有我对老爸不时的顽皮打趣，他又甚解风情应对的时候，那些固化的东西才会被打破。

后半年"傻天使"在家也待腻了，又总跟两个八十多岁的老人待着，我也看出他的苦闷。想给他找份轻松点儿的工作，又苦于没有门路。这时候擅于出馊主意的我妹马新阳告诉我可以让他开网约车，又赚钱又自己可以控制时间。我一听有道理，"傻天使"对自己的车技自信满满，绝对像电影《雨人》里的自闭症老兄说得那样："我是一名出色的驾驶员！"于是我把开网约车这一行当描绘得跟玩游戏一样欢乐，并且确定告诉他不需要开口说话，哑巴都能干，问他愿不愿意干，他倒是不排斥。别人都以为他会对我唯命是从，其实他自己主意正着呢，只有我的引导符合了他的意愿他才去执行，否则任何酷刑甚至枪毙都丝毫动摇他不得。我的朋友介绍他去装订线装书，我想多适合他呀，坐在那不用开口，只是穿针引线，又是和书打交道，工资很低，但时间灵活。结果他死活不去，问他原因怎么也说不清，最后被我逼急了吐了几个字："最恨针线活！"看在人家这句囫囵话的份上，我也放弃了。

那段时间他就当了一名"出色的驾驶员"开网约车去了。结果后来我从老爸的言辞中听出老妈很不爽快：儿子从工人阶级变成轿夫祥子了。老爸又问我会不会看不起他开滴滴的儿子。我笑着开玩笑得讲：怎么会看不起，他要是能把钱偷回来给我，我都高兴地花。老爸讪讪地说："那你也太过分了！"我大笑。

几个月后，我也觉得委屈"傻天使"了，想出一个大招：教他刻章呀！这下"傻天使"真开心了，每天用功学到大半夜，自己淘书，我指点着，没多久他就可以刻铁线篆了，又练了三个月，我的热心肠朋友懒君和我妹就帮他介绍生意了。"傻天使"那一年终于找到自己喜欢做的事情。老爸看着他那一本一本的小印谱，拿在手里欣赏得不得了，他觉得自己的儿子太了不起了，不停夸赞，见面就看"傻天使"的印谱。我又告诉他人家"傻天使"现在有朋友捧场能赚钱了，老爸更是惊叹不已笑成一朵花。说我给他把儿子调教的太好了，什么都会干了。我说"傻天使"本来就很手巧了，当初为什么不让他学个文物修复什么的。怪他不好好培养孩子！老爸对于我的谴责面无愠色,只是说:"我管不了他,我管不了他,还好遇到你,你可真是他的知己。"我撇着嘴领下他的千恩万谢。

七

朋友中有很多敬重、喜欢老爸的,有机会我也会安排他们见个面。他也很高兴跟年轻作家们交流,或者与我有趣的朋友聊上几句。但有一次,一个傻哥们儿对他崇敬的热情让我也有点儿感动,问我能不能见见老爸时,我也给安排了。没想到,那哥们儿会逮着老爸问上一大堆蠢问题,老爸开始也认真给他讲两句,一会儿也受不了了,却并不教人尴尬,顾左右而言他,装糊涂,我暗自偷笑。等那傻哥们儿一走,我不好意思地说:"老爸,我还以为让你多接触人,过得热闹些。"老爸说:"我对他们的世界不感兴趣。"这句话说得语气轻、分量重,他绵里藏针,不使人难堪,也绝不勉强自己迎合他人,包括我。

老爸的谦逊真是够可以的,我对他的名望并无多大了解。偶尔从朋友那听说他对中国当代文学的影响力。回家转达询问他,他总强调自己只是最普通的人物,尽力认真工作而已。有一次,我无意中听了许子东教授的一个音频节目,说当代一些作家的文字风格受李文俊、傅雷等翻译家影响太大,文字中带着一种翻译腔。我当时很惊奇,许子东教授提及我老爸时竟把他的名字讲在傅雷前面。当然,这肯定是不经意的,可是越不经意越说明老爸的影响力大呀。我见到他,把许子东教授的音频文稿截图给他看,问他:"这是在夸你吗?"他立即说:"不敢当!不敢当!"答得巧妙。我说:"你不敢当,谁敢当呀?以后就叫你李敢当了。"

他笑,不理我。有几次因为他总买假古董,气得我在他身后一米远扯着嗓子拖着长腔喊他:"李文傻,李文傻。"他假装听不见。对自己这个顽皮儿媳妇的欺负也常常很无奈。

2018年元旦那一天,我邀请老爸的两位好朋友、老同事——翻译家罗新璋和薛鸿时先生来家里一聚。下午喝茶,晚饭我给他们做了一桌菜。罗新璋叔叔还带了新年蛋糕。他们都太老了,难得相聚,有这样的机会实在是开心。三位老学者忆往事、聊学术,我在边上看着、听着,也是幸福得不得了。

整个过程竟然就数老爸最活跃,罗新璋叔叔温文尔雅,薛鸿时叔叔谦逊内敛,老爸神采飞扬讲东讲西停不下来,诙谐戏谑,豪气冲天。那是我唯一一次领略他谈笑风生的风采。

原来,在信任的老友面前老爸是这样一个有激情的人,不禁想我这要是早投胎个几十年也许要爱上他的。

八

我认识老爸的时候他已经八十五岁了,身体衰老,各种老年人常见的疾病都有。他心态乐观豁达,也坚持规律服药,没出过什么大问题。生活很独立，从未累过人。但 2019 年初，老爸整条右腿都水肿起来，很严重。我们带他来回跑医院，挂不上号，找不到对路的医生，费尽周折也查不出病因。老爸就那样乖乖地跟着我俩在医院东跑西颠，一点儿不叫苦。对我说得最多的话就是："谢谢！给你添麻烦了。"完全没有在病痛折磨下病人多见的失态、失言，这使我想起他在文章中记下的他母亲晚年写的一句话："无病而终倒也十分痛快。聊尽人事，以俟天年，对生死等闲视之。"老爸很佩服、很爱他的母亲。我在他病重的时候，见识了那位传说中的祖母遗传给他的品格。"纵浪大化中，不喜亦不惧。应尽便须尽，无复独多虑。"他多年前为自己的散文集《纵浪大化集》取这个名字的时候，对生死之事早已彻悟达观。

可我眼看着老爸受苦，自己又孤立无援，真是焦急啊！问了几个朋友都没找到妥实关系。幸亏这时候"傻天使"想起他这一生唯一的朋友——他的发小三十年前考上的大学就是医学院。他从网上把人家搜出来，发小正好在北京很有名的医院已经是外科手术专家。我一听就带着"傻天使"和老爸的病历，硬闯发小的专家门诊。果然，能和"傻天使"玩到一起的发小也是天使。三十年不见，认出彼此的瞬间，一切都回到少年。第二天我们带着老爸去了他的医院，不到一个小时的时间他就帮助我们全部检查清楚，处理完毕。

老爸的腹腔发现一个不小的肿瘤压迫了周围血管导致血

液循环受阻，引起整条腿的水肿。再加上他糖尿病、高血压都全乎，年近九十岁，医生根本没有办法。发小医生也只好安慰性地给他开了一些疏通血液循环的中成药。

从医院回来，我就绝望了，以为我的老爸这下完蛋了。在心中做好了一切告别的准备，哭过，痛过，反复宽慰着自己。试探性地和老爸聊起对待死亡的态度，他没有丝毫不安、恐惧，只是笑呵呵地说："我早就活够本儿了。不要紧，不要紧。"让他搞得好像是我在小题大做不扛事儿。所以我难过归难过，他的状态始终使我安心。因他豁达朗然的天性，生死之事等闲视之的心态，重疾竟然奇迹般地痊愈了。从医院回来，腿一天天消下肿来，不到两个月又活动自如。我惊奇得不行，问发小医生，发小医生也是一脸蒙，无从解释，笑着摇头。

九

康复后的老爸继续和我们过着安稳而规律的日子。直到疫情各种封控，我们相聚次数明显减少。但傻天使陪他们的日子更多了，一封控我就给他撵回家陪老爸老妈。有时候一封一两个月，他们仨在一起，我教会傻天使几个简单炖菜，他又会叫外卖，这样我不大过去倒也放心。解封的时候我会每天早晨做三四个小菜，傻天使中午带回家，晚上陪他们吃完饭再回来。基本是这样应付着。

最后这一两年，老爸的身体还好，但记忆力明显衰退，说过的话一会儿又说一遍，饭量也很小，生活倒一如既往的规律，什么都能自理，每天坚持自己洗澡，身上没有一丁点儿老年人身体的腐朽气味，九十岁还能骑自行车上街。我一听说又骑车上街了，就心惊肉跳地脑补各种他摔跤的画面。但人家每次都能拎着菜篮子，里面盛着他买来的面包、水果，毫发无损、美滋滋地回来。次数多了，我也皮了，他就这样如有神助地活着，让我也误以为我的老爸永远不会病、不会死。

疫情这三年，尤其去年，我的心情一直很糟糕，没有经济来源，看不到希望，心里没什么安全感，整个人常常处于一种颓唐、苦闷状态，沉浸在自己的情绪里，和老爸聚得更少了。就算聚也是听他反复讲他儿子幼儿园的故事，我礼貌性地哼哼哈哈应着。少有什么话题，唯一的乐趣是看着老爸那张脸越来越好看，有老者的慈祥，又有小孩儿的纯萌。他的动作也越来越迟缓，我很容易给他抓拍到一些好看的照片。饭桌上我吃饱了就忙着给他挑照片，时间长了，他有点儿不高兴我不陪他玩儿，说我光玩手机，我赶紧给他看正在给他选的照片。他接过手机看着自己说："哎哟，我竟然这样老了啊！我自己都不知道。"

十

2022年12月8日是老爸九十二岁生日，傻天使把他们接到家里，那天老爸还是精精神神的。生日蛋糕点上蜡烛，让他许愿，他总讲着跟往年一样的话，感谢我为他辛苦，祝我和他儿子生活得开心健康。老爸没有酒量，酒兴却极高，他喜欢大家说说笑笑的好气氛。最后一个生日我们和往常相聚一样开心圆满。

  结果第二天晚上我就发烧了，那时候疫情已失控，我感觉自己是"阳"了，但测抗原一直是阴性。打电话问"傻天使"，他说他也觉着自己在发烧，我让他量体温、测抗原，他说不用，他会待在自己屋里少出来，给老爸老妈弄饭时戴上口罩就行。我当时自己已经很难受，烧了三天三夜也顾不得太多，只嘱咐他好好观察着老爸老妈。第三天，他告诉我老爸也不太好，问他有什么症状，说不发烧、嗓子不疼，就是虚弱、没精神、很少说话，我感觉可能老爸是"阳"了，只不过症状很轻，让"傻天使"好好护理他。每天打电话问都是同样的情况。几天后我觉得自己康复了，测抗原还是阴性，"傻天使"说他也早好了。我赶紧去看老爸，一进门就看到老爸挂着拐杖艰难地站在走廊里想去厨房，几天不见他一下子消瘦了许多，虚弱到几乎不能走路。我一下子忘了控制情绪冲过去抱住他，哭着问老爸怎么一下子瘦了这么多！老爸被我从背后拥抱着，拍拍我的手，我扶他坐好，他见我满脸是泪安慰我："不要紧，不要紧。我不怕死，这么大年纪也该走了，你别哭。""我给你们留下的钱，吃饭够了。"我愈发受不了了，抱着他流泪："老爸不会死，老爸不会死。"

情绪平复一些后我去厨房给他蒸了鸡蛋羹，他开始吃不下，我一勺一勺喂他，他就乖乖地使劲儿往下咽。鸡蛋羹全吃下去了，我放心了很多，量体温也正常，没有任何症状，就是虚弱。当时正值疫情高峰期，老爸没太大症状，我不想送他去医院，怕去了更危险，何况我们在北京没有任何关系，就算严重估计也住不进去。我决定自己照顾老爸，当天晚上我一直陪着他，扶他上床盖好被子。因为家里只有三张小单人床，我没地儿睡，十点多又让傻天使送我回了自己家。

结果一回家我就不行了，净往坏处想，越想越痛苦，心脏像被铁锤砸了，砸得前心后背剧痛，着了火一样坐不住躺不下。一会儿一个电话问傻天使老爸的情况。他说老爸睡得挺安稳，没事。可我就是掉进悲痛焦急的深渊里出不来，折腾了一整夜。

第二天早晨五点我就打电话把傻天使叫起来，让他接我过去。虽见到老爸还是弱弱的样子，但我安心好多。他起床后自己洗漱，和往常一样吃他的早餐：杂粮面包加酸奶——二十多年简单到极致的固定早餐。我见他用手撕着面包一口一口努力地嚼，喝着凉酸奶往下咽，心疼又感动，他这一定是不忍我那么悲伤，要努力让自己活过来！

当天"傻天使"找到一个小钢丝床，我也能住下了。我们陪着他，他竟然一天天好起来，三天后基本康复。有精神了，又能自己走路了，甚至还扔掉拐棍，又开始和我讲车轱辘话。

我亲历奇迹，那些天真是开心死了，各种感恩，逢人就讲老爸闯"阳"关的经历，发朋友圈让大家和我一起庆祝我几乎失而复得的老爸。

康复后的老爸明显又糊涂了一点点，但是愈发可爱得不得了，他忘掉了那些客套虚礼，和我更亲了。我总忍不住要去摸摸他的脑袋，亲亲他的脸，握着他的手。他成了我的小乖宝，笑眯眯的，慈爱风趣，愈发萌萌地乖巧。只要我在他身边他就不停地和我聊天，表情生动俏皮。我依偎在他身旁，他也不怎么看我，父女俩就像两三岁的小孩儿，咿咿呀呀不着边际地说笑着。他看上去糊涂，反应却更快了，我调侃他，他瞬间就能给我还回来。风趣诙谐，愈发机智，我笑死了，甘拜下风。

2022年12月20日，我在微信朋友圈里记下一段文字："老先生这次闯过'阳'关，变成了个两三岁的小乖宝，调皮乖巧，话也多了很多，不停地给我讲他小时候的事情，满脸暖暖的快活。一件事情差不多连续讲八百遍，我每次都要假装第一次听，'嗯''啊''哈'地陪着他'单曲循环'。我这演技可以混个金马奖最佳女配角了。"

瞥一眼他身边一堆堆的书，问作者是不是他的朋友，他也会被我带偏一会儿，聊聊与他的老友们的交际。问他和季羡林熟吗？他答："季羡林喜欢我，我们是可以讲心里话的朋友。"冯至，钱锺书，朱光潜，季羡林，巫宁坤……这些书上的、在我眼里发光的名字，他提起来都是拉家常的样子，讲得温情朴素。

只是没一会儿又回到童年的"单曲循环"中。开头总是一句"我年轻的时候可真蠢呀……"接着就爆料自己那些我听起来比我明智一百倍的糗事儿。

我给他显摆我的小音箱，问他要听什么音乐，他说莫扎特、肖邦。他要听他姐姐每天在楼上练习钢琴弹的曲子。给他放莫扎特的摇篮曲，他就跟着唱英文歌，可爱到我抱着他的胳膊傻乐。他也高兴，问我可不可以给他买一个这样的蓝牙音箱，我说这个送给你了，他笑得眉飞色舞，夸我大方，说那得给我钱。他说他灰（非）常有钱，可能马上就又有稿费了。还说他的张家大小姐张佩芬更有钱，都存在香港银行里了。好像他病这一场只是出去发了个财，身价倍增地回来了。他小时候家境不错，这下一回到过去，又成了那个衣食无忧的小阔少。原来小时候拥有的，才会一辈子不缺。照此推断，我老了糊涂了岂不是要天天担心没人管、没钱花，好怕怕。

一起吃饭的时候又开始讲张佩芬小老太太当初为什么没评上职称的旧事。他说人家是大资本家的小姐，看不上那点儿名利，不和别人争。但冯至先生很为张佩芬鸣不平，冯至先生一直认可张佩芬的人品才学，把她当自己女儿一样看待，说张佩芬发掘、介绍给中国人一个德国作家，比别人有贡献，为什么反而不如别人有好处。反复讲到第八百遍，人家娘俩都吃完走了，我还在当听众。趁他稍一停顿，我问他："喜欢张佩芬这性格吗？"他一下子转过脸来，无比清醒笃定、一个字一个字地对我说："我不大喜欢！"同时满脸痛快地坏笑，好像把憋了一辈子的一句真话讲出来了，又轻轻补充了一句："她不听我的。"顿了一下叹息道："我脾气好啊……"满脸惆怅。

然后，我俩终于陷入沉默。

我就在想，到底是他糊涂了，还是我糊涂了？为什么我一巴巴儿地问他个自以为好的问题，他都能瞬间顶我个大跟头？毕竟我也是"阳"过的人，前两天那脑子也跟被驴踢过似的昏胀胀的……

12月23日，我见他在书桌前听音乐的样子好看，偷拍他，记下：世上竟有如此可爱的老糊涂，每天来陪陪他，听他讲讲车轱辘话。俺俩好得那叫一个"一日不见如隔三秋"。

这两天又老给我说起他在"文革"中的经历，以前很少讲。他讲得平淡，我听得灼心。只是往事里那些人的名字我都记不住，也许名字不重要，那些故事我会悉心保存……

讲着的时候还会拍拍我的胳膊："你这个脾气要是在'文革'……"我赶紧附和："对对对，一定是第一拨被枪毙的。"他又说也有混得好的，我赶紧说："对对对，说不定我枪毙别人。"他就笑得挺无奈，大概也明白我这种人需要有一个温和睿智的人护着……他什么都看得透。

他知人论世举重若轻的样子，化解着我内心的波澜。等我老了，能记起来的，或许也只是自己依偎在他身旁的一个场景吧。

他说那些年动不动被人叫去改造，都靠装傻过关，当时唯唯诺诺，战战兢兢，听训话、做笔记的样子自己讲起来还笑。他能渡劫是心里清明，他洞察到那罪恶洪流的源头，于是面对苦难少了一些错愕与费解。我想，一个人只要不在心里给自己罪遭，外来的苦都可以安之若命，老爸就是这样。

他可真好，历尽沧桑，白璧无瑕。我乖乖陪伴，默默景仰，够我学习一辈子了。

十一

我那些天陪着他时时被他逗得哭笑不得。根本就想不到他的脑袋里哪根弦会搭回到哪个时期。回到童年，他就给我讲小时候怎么调皮，帮妈妈爬楼擦玻璃还要零花钱。玩双杠摔断手臂，妈妈怎么带他去求医。骗妹妹饼干吃，说起来还满脸真切的愧疚，好像饼干他刚咽下去。

讲他的爸爸妈妈的故事，这些他都写在散文集《天凉好个秋》里，我粗略读过，故事的内容我早已晓得，但听他此刻对我讲他的事情那个语气，看他那个表情，比故事本身更吸引我亲近他。

讲到青年时代，就反复揪着他一个高中同学不停地讲那人怎样总是跟他要钱花。一直到大学毕业，那不成器的家伙还跑来北京找到他，跟他说：李文俊，冬天天冷了，我想做条呢子裤子，你给我点钱。我问他："你又给了？"

"给了。"

"你怎么这么傻，你又不是他爹凭什么给他买裤子。"

"大家以前不是挺好的吗？再说他是挺穷的，给就给吧。"

"那你自己还没穿上呢子裤子呢。"

"没关系，没关系，他家租住在我姐夫家，他爸连房租还都不给我姐夫呢。"

"那你们这一家子算是被他们那一家子赖上了。"

这下子他不接着说了，低头吃饭，五分钟后又循环了一遍，不管多么无聊的话题，我都不舍得打住他。他那张脸，那些表情，叫人看不厌。

讲到"文革"，他提及自己的遭际多戏谑之色，对所受的委屈、苦难都轻描淡写。讲起老友同事亦多感念。只有提及他的"张家大小姐"才略有想想后怕的表情。

所里开他的批判大会，领导在上面拿着稿子逐条念他的"罪状"，张佩芬很不服气自己的丈夫被这等冤屈，坐在会场的椅子上用双腿撑着桌枨，来回咣当椅子。仿佛有节奏地在为领导的发言打拍子。老爸说当时吓得他大气不敢出，领导给他列举的几十条罪状，一条也没记住，只在心里祈求他的"张家大小姐"：你别咣当了，你越咣当我的罪就越大。我听来也似听笑话一般。问老妈：是这样吗？"对，爸爸保护了我一辈子，要不是他，我肯定不知道要戴多少顶帽子。""开会的时候，他一见我要有过头的话，赶紧跑过来假装给我们倒水，踩一下我的脚。有时候偷偷递一张纸条告诉我该说什么不该说什么。"

他这一辈子什么都不怕，就怕他的张家大小姐"因言获罪"。

他也有气呼呼的时候，那多是想到师友们的蒙难。无伤大雅地笨拙地骂"害死多少人！害死多少人！"越说越激动，人从椅子上站起来，声音大起来，表情像个被惹急了的小孩子。我赶紧抱抱他，问他与老友们的愉快的回忆。比如钱锺书先生在五七干校向他借书之事；他帮杨绛先生洗被单……这些温情的记忆又很快使他平静下来。

那一刻我看着他的样子，才知道原来时代漩涡带给人们的苦难,在他的心里始终悲愤涌动……只不过他内敛隐忍的个性，绝不允许自己流露过多真实情绪，如今他老了，衰弱了一切外在约教，真性情一点一点水落石出。

一个明辨是非、爱憎分明的人，如何做到毕生谦和温良而不失本真。"猝然临之而不惊，无故加之而不怒，此其所挟持者甚大，而其志甚远也……"

讲起他在《世界文学》当主编的时候，说到自己的好朋友老同事，因为激越的性情、真率的言行，被免去主编职务，由他来接替工作的事情。他反复讲他那位老友那过于激情又不失可爱的言辞，说到端着碗忘了吃饭。我伸出手臂揽了一下他的肩膀："老爸不讲了，再讲你也当不成主编了。"他立马狡黠地说:"可是,我已经当过了。"一脸笑到最后的得意。

老爸一直担心我和"傻天使"没有经济来源,一有稿费就先告诉我他又有钱了,说都留给我,好让我开心。春节前,上海一位收藏家朋友定了我几幅字,字还没写先打过来定金。我感动又开心,给"傻天使"打电话让他告诉老爸。结果第二天我一进门老爸就颤颤巍巍地走过来问我:"听说你发财了?"我一怔才想起昨天的事儿,立马拍着胸脯豪横地说:"对,我有钱了,请你吃大餐去,过几天我们就去吃你喜欢的粤菜。"老爸笑得更像个孩子了。

那些天我们真开心啊,还想着疫情封控终于结束了。春节后天气暖和,我们四个又可以开车到处转转了。

十二

春节前几天我问老爸年夜饭要在家吃,还是去我们的小窝,老爸痛快地说:"去你们家呀。"他已经习惯逢年过节就去我们家。于是春节前一天我就开始准备年夜饭食材,年三十下午我什么都准备好了,等着"傻天使"带老爸老妈一起过年。

下午四点听到楼梯有声响,我赶紧开门迎出去,发现"傻天使"搀扶着老爸一步一步地挪,走得很艰难。前一天还好好的老爸怎么又不会走路了,我意外又心疼,赶紧一起把他扶进屋坐下。问他哪儿难受,他说不难受,就是走路费劲儿。我见他精神还好,卷起他的裤管,捏捏膝关节,他说左膝有点痛,我就以为只是腿的问题,还挺放心的,又去做饭了。

等我做饭的时间,我在手机上搜出他的一些访谈节目和关于杨绛先生的纪录片,投屏在电视上给他看。他看得很认真,说自己那时候真年轻。

开饭了,我准备了一大桌小菜,花花绿绿的挺好看,包的鲅鱼馅饺子。老爸坐到餐桌前一样样看着开心,给他倒上小半杯啤酒,又对我们仨频频举杯,夸饭菜可口,吃了两个大饺子,夹了各样小菜都吃了一两口。

餐桌前,灯光下的老爸爸面色光洁,两道雪白的长寿眉,笑眯眯的眼睛。因为动作迟缓而多几分憨态,又纯又萌,可爱得我看不够。

饭后他坐在椅子上,隔着茶几看他的傻儿子跷着二郎腿冲他做鬼脸,他就像个孩子一样一边笑一边学跷二郎腿。我在一侧笑着喊:"老爸真好看,老爸是靓仔。"他也笑:"哪里,你又乱夸。"我正好拿着手机赶紧抓拍下他的样子。他的脸庞越发明净清秀,笑容纯良祥和,我忽然觉得这个人一生未沾染过世俗尘埃,到此际似乎发光了。

十三

大年初一我和朋友下午去看了一场电影,刚从影院出来收到"傻天使"信息说老爸有点虚弱,我赶紧过去,见到老爸的确挺虚弱,不过还好没有其他不适,问他什么他都说"没事","行","能"。话少了很多,成了个小乖宝了。晚上我住下,让"傻天使"赶紧下单轮椅、移动马桶,老爸要是不能下床,照顾起来方便。结果到货后还没来得及拆封……

最后那天下午,我在厨房做晚饭,老爸在客厅听音乐,老妈旁边看报,"傻天使"静静陪伴。平时老爸每天都听音乐,大多是西洋乐,我听不懂觉得有点吵,那天他的唱机放的竟是邓丽君。锅里炖的汤飘出香味儿,邓丽君温婉甜美的歌声传到厨房,我一边切菜一边想这样的好时光要长一些,再长一些。

我炖的黑鱼排骨豆腐汤,一根根挑出鱼刺的时候还想我妈要知道我会这样伺候人肯定惊掉下巴,在她眼里我就不可能有耐心伺候任何人。

给老爸盛了大半碗,他吃得很慢,但很享受的样子,问他好不好吃,说好吃,然后就不主动说话了,认真吃鱼喝汤。"傻天使"指着我问他我是谁,他慈爱又开心:"她是我的儿媳妇呀!"我跟着傻笑。

饭后照常扶他漱口,看电视时我坐在他身边的小矮凳上用艾条给他灸腿。他手里握着遥控器无精打采,看一会电视就看看我，问好了吧，我用手捂着他的膝盖说多灸会儿舒服。他每次都听话，但不说话了。他一辈子不给人添麻烦，我知道他看我这样照顾他，又是过意不去了。灸完给他理好裤袜，我对他说："老爸真好伺候。"他憨憨地说："嗯，不挑。"

十点多了我们催他早睡，他还是要先自己洗澡，却站不住了。我从背后双手搂抱着他，在水盆前，他自己洗了脸又漱了一遍口。然后拍拍我的手背说："好了，你也不用老抱着我了。"扶他上床躺好，掖好被子，老妈也过来问候道晚安。"傻天使"问他："我是谁？""你是我的弟弟呀！"我俩都笑了，分不清他是一时糊涂还是又在幽默，我听着语气挺认真的。这是他在世上说的最后一句话。

十四

"傻天使"在老爸的床边搭了个小钢丝床睡下。第二天一早我过来看老爸睡得很香的样子，问他老爸晚上起夜没有，他说没有，我要叫醒老爸方便一下，"傻天使"还舍不得吵醒他，我非让老爸起来,结果已经叫不醒他了。我反复喊好多声老爸，他会偶尔哼一下。我知道不好了……扒开他的眼皮用手电照，瞳孔已散大，但呼吸心跳还好。打电话给医生朋友向他说了一下老爸的情况，我说出我的想法:如果抢救措施没什么意义了，我们打算让老爸安静离世。医生朋友根据我说的情况只是说估计抢救意义不大，但要你们全家商量做决定。放下电话我先问老妈："老爸陷入昏迷，没意识了，但心跳呼吸还有，我们要打120抢救一下试试吗？"老妈只是坚定地说："不要给爸爸插管子，不要打扰爸爸。""傻天使"看着我的眼睛点头，他也要守着老爸，就这样安安静静地。我们三个都知道最后的告别到来了。

我对"傻天使"说去把老爸的第一版《喧哗与骚动》拿来，读给他听。"傻天使"随手翻到一页大声地磕磕绊绊地读到第三句的时候，我看见老爸的眉毛很明显地连续动了三下。老妈在一旁喊："爸爸有反应，快接着读！"再读没有任何反应了。我眼睁睁看着只剩下呼吸的老爸，唇舌焦干了，盛一勺水一滴一滴湿润他，可稍多一点他就呛起来，不会咽了。

我们三个就这样守着，看着他即将熄灭的样子，那样的痛苦，我写不出了……

下午"傻天使"握着老爸的手哭泣："老爸不会说话了，没留下遗言"我问他家里有没有《圣经》，他立即窜去另一间屋取出一本《圣经》递给我。我双手捧着《圣经》对他讲"现在我随手翻到一页，闭上眼睛用手指按在哪句上，就是老爸留给我们的话。"结果我睁开眼睛一看，泪水一下子冲出眼眶。我哽咽着读：

"我儿，不要忘记我的法则，你心要谨守我的诫命；因为他必将长久的日子，生命的年数与平安，加给你。不可使慈爱诚实离开你，要系在你颈项上，刻在你心版上，这样，你必在神和世人眼前蒙恩宠，有聪明。"箴言，第三章第一句。我们一家都不是基督徒，也没有任何宗教信仰。我只是觉得老爸一生的事业与外国文学有关，他的思想语言更偏于西方，在最后的时刻才想到《圣经》或许与他更亲近。这一刻我完全相信神明自鉴，一切有定数。我翻出的这一句正是老爸一生为人的准则和他对我们的期许，这是我半生亲历的最神秘的力量，我震惊而信服。"傻天使"也在老爸身旁平静地泪流满面，平静地悲伤。

我们三个就在老爸的呼吸声中木然坐着，人在极痛极哀的情绪中除了麻木什么都做不了。我只觉得心被两只手使劲攥着撕扯，酸水咕嘟咕嘟往外冒，烧得浑身冰冷。到了晚上我快要撑不住了，"傻天使"和我一样。我紧紧把他抱在怀里，轻拍着他的后背："我们去另一间歇会儿，这样盯着也没有用了，我们承受不住，在另一个房间歇会儿，每半小时过来看看就行。你听我的话，老爸一定不愿意我们这么痛苦，对不对？"

他顺从地跟我去另一间了。老妈也在床上躺下，她的卧房紧挨着老爸的房间可以听见他的喘息声。

凌晨三点三十分老妈到我俩房间平静地说"爸爸走了"我俩过来一看老爸已停止呼吸。

老妈说三点她还听见老爸的喘息声，三点半再过来没有声音了。

老爸是真的走了。

我们给他擦干净身体，我把准备好的老爸生前穿过的洗干净的衣服。从里到外一件一件给他穿上，整理平整，给他戴上眼镜。然后打电话给 120 来开具死亡证明。

等天亮了，老爸的身体完全凉透了，"傻天使"给殡仪馆打电话。我们不要任何风俗仪式了，这样看着已经失去体温的老爸，我们三个承受不住。

殡仪馆的司机告诉我们，家中需有三四个青壮年帮忙将老爸抬到楼下，抬上灵车。可我找不到任何一个人，我让司机帮我们找人，付多少钱都行。结果灵车司机只他一人来的，说打了几个电话没人愿意来。我说我抬得动我的老爸爸。

照着灵车司机的指导，我和"傻天使"，加司机三人，没有闪失地将老爸平稳入棺，抬上灵车。

九十岁的老妈也要跟着去殡仪馆，灵车必须跟一个人，当然只能我了。

我坐在灵车上陪着老爸，迎着初升的太阳，送他最后一程。"傻天使"和老妈开车紧随其后。他娘俩不在我面前,我的泪水尽情流淌。我一路清泪配得上老爸爸洁净的一生。

十五

从八宝山殡仪馆回来，我先去给老爸洗出遗像照片，回家挂在他的小房间。他生前自己淘的那些瓷瓶，我插满鲜花摆满房间，将他的译作摆放在他的遗像下。译作太多了，只摆得下一小部分，我挑选了好看的版本。我记得他讲过，他的书才是他一生的行李。

在处理这些事情时，我们三人始终平静有序。

我先是私下通知了我们几位亲友老爸离世的消息，又通过作家好朋友鲁敏找到《世界文学》的主编高兴先生。高兴先生立即帮我们处理好老爸单位社科院的事务，发讣告通知。等我忙完各种事物，才发现文学界新闻已铺天盖地的发起对老爸的悼念追思。我跟翻译界、文学界从无接触，朋友圈也少有文学界的人，通过这些追思老爸的文字，我才知道原来我心中的那个老爸爸对中国当代文学有如此大的影响力。整个文学界的悼念追思像一场漫天飞雪，纷纷扬扬。一生谦和的老爸爸，他的品格与学术成就等高，世人能够见证真实的光芒。

十六

这些天整理老爸的遗物，十几本厚厚的日记本，密密麻麻记录着他的日常生活。我一本一本的翻开看，字迹从开始的笃定飞扬到最后的简短无力，内容我还静不下心细看。只翻到他记下与我有关的文字，我用心辨识。初见那天的日记，他写下与我会面的过程，最后四个字："印象颇佳"，这些年每次我们相聚，他都有记录，常有"相聚甚欢"字句。日记写到2021年10月21日戛然而止。

2022年疫情封控得厉害，他也极少有机会出门，估计也没什么值得记录的了。大多数时间和糊涂老伴、不说话的儿子困在屋子里，想必他的心情多是苦闷的。偶尔见上我一面，像个小孩告状一样告诉我：他去超市被一个女的抓住胳膊掐得他肉都痛，给拎出来了。满脸委屈又费解。这个世界，他已经弄不明白了……

我守着他留下的这十几本日记，还有他不少未出版过的从很年轻时陆陆续续星星点点译出的自己喜欢的诗。几十年的老本子，他亲手剪报粘贴整理的诗集译稿，我捧在手中，泪水不小心滴在上面。

老爸这一生留下的只有文字，这些文字又是什么呢……

他的学术成就，以我的水平不大能弄明白，我看到的，记下的只是我自己心里的老爸爸。我爱他，胜过人间所有能被定义的情感关系，是最牢靠的心灵托付。他将自己最牵挂的两个人留给我，并不仅仅是由我来照顾他们，也是我早已舍不得他们了。我们三个在一起，我的心才是安顿的。是老爸爸为我们选中的彼此。

这些天老妈总说要写下她与老爸这一生的回忆。可是她太老了，大多时间已不清醒。她坐在自己的书桌前，对着稿纸写不下去的一行半，对自己怀着巨大的热情与希冀要去完成一件完全已不是她力所能及的事情，样子像个做不出题、在苦苦思考的小学生，就那样一趴大半天。我站在门口偷偷地、呆呆地看她……

我要赶紧用文字记下与老爸一起度过的这段生命。也让更多人知道我这个可爱的老爸爸走到人生边上,面对生命最后关头的从容安宁。这也是我想念老爸爸最好的方式。

十七

从认识老爸起,他衰老的样子就不禁使我常常联想有一天他离去的情景,在心里做过多次告别的练习。我总以为那是生命的自然规律,不是不可接受的。但这一天终于到来的时候,悲伤大过所有的预期。

我终究是个情感浓烈的人,却也懂得要为值得的人动情。我再也没有老爸爸了,再也听不到他的声音,看不到他的脸……想到这些,痛到窒息。不敢想。可是又分明觉得老爸比生前更深地走进我的心里。或许他已化为另一种形式陪在我们身边。就像他译的那首诗:

而是显得清醒、矜持、冷峻,
当所有别的星摇摇欲坠,忽明急灭,
你的星却钢铸般一动不动,独自赴约,
去会见货船,当它们在风浪中航向不明。

这一场告别，使我体验了生而为人之大痛。没有失去过至爱的人无法与我感同身受；浅俗薄情之人触不到生命的真知。而我，是幸运的……痛过的人，对生命的体悟，异于常人了。

我记下的这些文字很私人化，不同的人有不同的解读。坦陈心迹，需要莫大的勇气，我开始也犹疑过。但老爸爸的离世，带给我平静的、无边无际的悲伤，像一场落了个白茫茫大地真干净的大雪，使我彻悟了许多许多……我决定不怕了，我什么都不怕了。

我这一生最好的年华在困顿与茫然中蹉跎。总为人生有巨大的缺憾而怅然。却也因这缺憾，尤为珍视生命的点滴美好，情感敏感而深厚。我会清醒笃定的活出自己的精彩，保持着挣脱困境的勇气，将与生俱来至死不渝的眷念化作滋养生命的力量。

这些年，我见证世间还有李文俊老爸这样的人，使我更加坚定了自己的"信"。如今在我看来怎样的情义，在我与老爸爸的缘分，与"傻天使"相依为命的恩义面前，都浅俗失色了。

陪伴老爸爸生命的最后时光，送他最后一程，使我对自己的人生亦有不同角度的打量与调整。

往后余生，我这个人差不到哪儿去了。

2023 年癸卯立春于华威西里

选自《收获》2023 年第 2 期

这埋葬一切正经与不正经的大墓

弋舟

当代小说家,中国作家协会全委会委员、小说专业委员会委员,入选中宣部文化名家暨"四个一批"人才。历获第七届鲁迅文学奖等多个重要文学奖项。

盛夏黄昏，那馆远远望去竟略有秋意。这馆，因着一个人的大墓而建。此刻，公元 2022 年的夏天，我从长安而来，防疫管控部门的电话，正如影随形地追着我跑。而这大墓的主人，在公元前 74 年的初夏，从山东起身奔赴长安，去做西汉在位时间最短的一任帝王。时隔 2096 年的这一来一往，被我在心里面数算出确凿的时距，当然不是出自妄比帝王的狂悖，仅仅是，大疫当前，作为一个卑微的生命，我不由得要在浩渺的时空面前恍兮惚兮。

彼时，大汉的这位继任天子 18 岁。他是那位彪炳千古的汉武帝之孙，四五岁时，就做了西汉的第二位昌邑王，幼童嗣位，在世俗的价值体系中，是荣光与尊崇，是老天爷的褒赏，而在最为朴素的人伦世界里，却是不折不扣的倒霉事儿，简单地说，就是"打小没了爹"。伏笔就此埋了下来——他在 18 岁的那一年，既要荣光尊崇地打马入朝，承袭皇帝的尊号，又将倒霉地在短短的 27 天里，被权臣历数出万般罪恶，仅征索物品一条，就多达 1127 起。27 天，1127 起，同样是数字所记载下的历史，真相却全然失去了意义，所表征着的，只是人类抽象而虚妄的本质。

假作真时真亦假，无为有处有还无。这人，这 18 岁时做了 27 天皇帝的人，无端地总令我想起那位含玉而生的公子哥儿。不错，他与贾宝玉，堪可在太虚幻境里彼此映照。甚而，他们那一派天然的顽劣，都各自在虚空中发出令人似曾相识的哂笑。相对于那煌煌历史的"正经",他们的价值与意义,却全然在于"不正经",他们反向而行,混沌地躲避着日凿一窍的巨锤。属下日复一日地向他谏言,让他还是正经点儿吧,正经点儿吧,终有一日,他掩耳走掉,撂下一句:"郎中令真会使人羞愧。"你瞧,他没有发飙,没有巨锤回过去砸烂聒噪者的狗头,而是逃遁一般地捂着耳朵跑开,用一种"不听不听我不听"的态度,远离那"正经"的勒索。他知道"羞愧"了,但他拒绝这种感受,拒绝一切以"正经"之名让人惶惶不安的压迫。

他全无阶级观念,没完没了地赏赐仆役,和下人们吃喝玩乐,正正经经地盘剥,不正正经经地挥霍。"正经人"又来劝谏,双膝跪地,低声哭泣,周围侍候的人都被感动得直落泪。于是,王与臣的一番对话,尽显正经与不正经之真谛。

他道:"郎中令为什么哭?"——不,他不是装傻,他是真的不晓得。

正经人回答:"我伤心国家危险啊!希望您抽出一点儿空闲时间,让我把自己愚昧的意见说完。"——多正经,大事要小说,要私下里说,要避讳着说,要自认愚昧地说。

这样啊,好吧,他叫周围的人避开。

正经人问:"大王知道胶西王不干好事因而灭亡的事情吗?"——明知故问,欲擒故纵,这才是正经的套路。

他说:"不知道。"——或者,他是知道的,但在套路里,人也难免跟着套路起来。

于是，正经人便开始口若悬河，所举之例，从"正经史"中任意截取一段，都大差不差。最后，正经人推荐一批正经人与大王一起生活，坐时就一道读读《诗》《书》，立时就共同演习演习礼仪。他同意了，跟一群正经人待上几天，再把他们统统赶走。就是这样，他能够流畅地穿行于正经与不正经之间，间或给正经一些面子，然后，重新回到不正经里。

这样的一个人，创下大汉皇帝最短的在位纪录，还有什么好奇怪的呢？六月癸巳日，他混了27天，搞出成千上万条罪过，在史书上以"汉废帝"之名，被废为庶人，重新打马回了故地。

公元前74年7月18日—8月14日，这27天，在整部"正经史"中实为绝唱。那是一个不正经的人不给正经人面子的27天，是全部的正经人以数算不正经来自诩何为正经的27天，是历史难得的、混沌的27天，是人如何与庞然大物周旋而生发出可能性的27天。窃以为，那也是贾宝玉在大观园中于梦里翻云覆雨的一天。

这个不正经的人遭到了废黜，被从正经的世界驱逐了出去，依然还是要蒙受忌惮。新帝即位，派人密查他的行止，密使分条禀奏，说明他的废亡之状：奴婢183人，关闭大门，开小门，只有一个廉洁的差役领取钱物到街上采买，每天早上送一趟食物进去，此外不得出入。一名督盗另管巡查，注意往来行人，用故王府的钱雇人为兵，防备盗贼以保宫中安全……

后来，他二十六七岁了，在密使的眼里脸色很黑，小眼睛，鼻子尖而低，胡须很少，身材高大，患风湿病，行走不便，穿短衣大裤，戴着惠文冠，佩玉环，插笔在头……

没办法，他还得和正经人一次次对话。

正经的密使又来了，两人坐在庭中，正经人想用话触动他，观察他的心意，话术从鸟儿开始："昌邑有很多枭啊，呵呵。"他答："是啊是啊，以前我西行到长安，根本没有猫头鹰。回来时，东行到济阳，就听到猫头鹰的叫声了。"继而，他跪着禀报了家属的情况，尽管他还有着16个妻子，22个儿女，但在正经人看来，已然"白痴呆傻"，几近正经了。

在这一次次看似正经的对话中，尽管，他唯唯诺诺，但是可能还会在一些时刻,不正经地想起自己封国为王的那些日子：那时候，他常常见到不正经的玩意儿。他曾看见白色的狗，身高三尺，没有头，脖子往下长得像人，还戴着方山冠；他看到熊，可是他的左右随从却谁也没看到；有成群的大鸟飞集于宫中，他问这是怎么回事，被正经人教导说："这是天帝的告诫。"他仰天说："不祥之物为什么总是来啊！"内心却发出了对正经世界里正经的劝谕方式的叹息。

他貌似正经了，便避开了凶险，公元前63年，他受封海昏侯，食邑4000户，四月壬子日，前往其封地海昏就国。几年之后，他口不择言，又一次轻度不正经，食邑被削为3000户。公元前59年，封侯4年之后，他死在了自己的33岁。

海昏，汉代设置的县，为汉豫章郡十八县之一。现在我立于此地，不由得再次感叹汉语的奇妙。那个死在了33岁的不正经的人，你难以想象，除了成为一个海昏侯、除了葬于此地，神州茫茫，还有哪块土地是合适他的？海、昏，这两个汉字，就是你想象这个人一切的能指与所指，多加阐释，既无必要，亦无可能。它在大地上具体的位置处于江西省北部，范围大致包括南昌市新建区北部、永修县、安义县、武宁县、靖安县、奉新县。

2016年3月2日，历经数载考古发掘，位于此地的一座汉代大墓的墓主，得以确认。内棺被打开的那一刻，历经2000多年，墓中人只剩下了依稀可辨的些许遗骸残迹，专家在其腰部位置，发现了一枚凸起的小物件，方形，似玉。谨慎地提取出这枚小物件，专家最终确认这是一枚玉印。玉印上，清晰地篆刻着"刘贺"两字。

没错，是他。刘贺，大汉帝国在任时间最短的皇帝，第一代海昏侯，那个2000多年前的不正经的人。

他在死后还不正经地和这个世界周旋着。"大凡汉墓，十室九空。"但是，他成功地绕开了2000多年来世道人心对他的觊觎和偷窃，躲过了大水，躲过了地震，躲过了大湖入江、沧海桑田，躲过了历朝历代盗墓者打下的孔洞，让自己的埋葬之地，成了中国迄今发现的保存最好、结构最完整、功能布局最清晰、拥有最完备祭祀体系的西汉列侯墓园。

大墓如今已是考古博物馆的规制。"甲"字形大墓中，大型实用真车马陪葬坑中清理出了大量的青铜器和车马器，还有20匹马的遗骸残迹；主椁室，回廊，衣笥库，随葬品按照不同的功能被放置在了外回廊藏阁的各个区间，每个藏阁中的物品都堆积如山：编钟、铜鼎、宝剑、伎乐俑、竹木器、漆器、厨具、钱币、陶器……凡此种种，既是尘世之富贵，亦是人间之疾苦，是一切的正经与不正经，也是一切的实在与虚无，有如鲁迅先生将一部史书统归为了"吃人"二字，这一切，也只写下了"荒凉"——荒唐，荒诞，凄凉，悲凉。

此刻，立于博物馆的阶前，我举目四望，在这疫情肆虐的盛夏黄昏，倏忽记起，95年前，就是在这块土地上，终于有一群人，打响了那埋葬一切"吃人"与"荒凉"、一切正经与不正经的第一枪。

选自《美文》2023年第4期

新鲜风景与故人山河
——纪念孙犁110周年诞辰

张莉

北京师范大学文学院教授,博士生导师。中国作家协会散文委员会副主任。著有《中国现代女性写作的发生》《小说风景》《持微火者》《我看见无数的她》等。曾获鲁迅文学奖文学理论评论奖、中国女性文学优秀成果奖。

"别开生面"

1936年,二十三岁的孙犁离开家乡安平,在安新县同口镇教书一年,虽然只在那里生活了短短的一年,但白洋淀的生活让他难以忘怀。1939年,在太行山深处的行军途中,孙犁将白洋淀记忆诉至笔端,写成长篇叙事诗《白洋淀之曲》。诗中的故事发生在白洋淀,女主人公叫"菱姑",她的丈夫则叫"水生"。他们和《荷花淀》中的年轻夫妻一样恩爱,但命运不同。在这首诗中,水生牺牲了,菱姑丧夫后拿起了枪:"热恋活的水生/菱姑贪馋着战斗/枪一响/她的眼睛就又恢复了光亮。"《白洋淀之曲》写得并不成功,只能说是孙犁对白洋淀生活的尝试写作。那一年,孙犁二十六岁。他热情洋溢,但文笔青涩。——白洋淀的生活如此刻骨铭心,可是,怎样用最恰切的艺术手法表现?此时年轻的孙犁还未做好准备。

孙犁重写白洋淀故事,是在延安。1944年,孙犁来到延安工作,他听说了故乡人民经历了空前残酷的"五一大扫荡"。1945年,他遇到了来自白洋淀的老乡。他们向孙犁讲起了水上雁翎队利用苇塘荷淀打击日寇的战斗故事,孙犁的记忆再次"活"起来。多年后,孙犁回忆起当年听到老乡讲故事的心情:"我离开家乡、父母、妻子,已经八年了。我很想念他们,也很想念冀中。打败日本帝国主义的信心是坚定的,但很难预料哪年哪月,才能重返故乡。""《荷花淀》等篇,是我在延安时的思乡之情、思亲之情的流露，感情色彩多于现实色彩。"因为雁翎队员们的讲述，也因为孙犁本人对家人的思念，孙犁连夜写下短篇小说《荷花淀》。

《荷花淀》中的人物依然叫"水生"，故事依然发生在白洋淀，依然有夫妻情深和女人学习打枪的情节，但小说的语言、立意、风格和早期的《白洋淀之曲》迥然相异。题目"白洋淀之曲"改成了"荷花淀"，用"荷花淀"来称呼"白洋淀"显然更鲜活灵动，读者们似乎马上就能想到那荷花盛开的图景——这个题目是讲究的，借助汉字的象形特征为读者提供了想象空间。《白洋淀之曲》中死去的水生在《荷花淀》里活了下来。故事情节的重大改动是否因为他对妻子与家人的挂念，是否因为他渴望传达一种乐观而积极的情绪？

完成《荷花淀》那年，孙犁刚刚三十二岁。哪一位丈夫愿意打仗，哪一位妻子希望生离死别？但是，当战火烧到家门口时，他们不得不战。当作家想到远方的妻子儿女、想到家乡人民时，他要怎样书写生活本身的残酷？没有人知道战争哪一天结束，这位小说家、年轻的丈夫唯一能做的就是在纸上建设他的故乡、挂牵和祝愿。于是，小说家选择让水生成为永远勇敢的战士，而水生嫂则可以在文字中享受属于她的安宁和幸福，哪怕，这幸福只是片刻。

时任延安《解放日报》副刊编辑的方纪后来回忆说，读到《荷花淀》的原稿时，他差不多跳了起来，"大家把它看成一个将要产生好作品的信号"。谈到孙犁作品给延安读者带来的惊喜时,他多次使用了"新鲜"二字:"那正是延安文艺座谈会以后,又经过整风,不少人下去了,开始写新人——这是一个转折点;但多半还用的是旧方法……这就使《荷花淀》无论从题材的新鲜、语言的新鲜和表现方法的新鲜上,在当时的创作中显得别开生面。"把《荷花淀》视作孙犁创作生涯的分水岭是恰当的,此前,他是作为战地记者和文学工作者的孙犁;此后,他是当代中国独具风格的小说家。

1945年5月,《荷花淀》在延安《解放日报》首发;紧跟着,重庆的《新华日报》转载;各解放区报纸转载;新华书店出版单行本;香港的书店出版时,还对"新起的"作家孙犁进行了隆重介绍。——这篇不仅写给自己,也写给亲人,写给"理想读者"的小说有如长出了有力的"翅膀",安慰着战乱时代背井离乡的人们,也安慰着那些为了和平不得不战的战士。而尤其令人心生喜悦的是,《荷花淀》发表三个月后,1945年8月15日,日本军队宣布投降,"水生"和"水生嫂"们对拥有安宁日常生活的愿望终于不再是愿望。自此,中国文学的版图上,有了名为"白洋淀"的文学故乡;自此,那里成为新的"中国风景"。

冀中新景

《白洋淀纪事》是孙犁影响广泛的一部作品集,收录了他从1940年到1948年间的小说、散文及纪实性作品共计26万字,先后在1958年、1962年出版过两个版本,到1964年,印刷了6次共计18万册。今日重读,有许多角度可以讨论《白洋淀纪事》的魅力。但无论从哪个角度讨论,你都不得不承认,孙犁以《白洋淀纪事》构建了一种新的中国文学风景。在孙犁笔下,冀中平原的自然、风光与人民相互映照,成了中国文学史的标志性所在。

《白洋淀纪事》勾勒了冀中平原四季风光,生动、真切,有如临其境之感。春天来了,"春天过早挑动了小桃树,小桃树的嫩皮已经发紫,有一层绿色的水浆,在枝脉里流动"。(《正月》)"太阳照着前面一片盛开的鲜红的桃树林,四周是没有边际的轻轻波动着就要挺出穗头的麦苗地。"(《游击区生活一星期》)"这一带沙滩,每到春天,经常刮那大黄风,刮起来,天昏地暗人发愁。现在大雨过后,天晴日出,平原上清新好看极了。"(《光荣》)到了夏天,"滹沱河在山里受着约束,昼夜不停地号叫,到了平原,就今年向南一滚,明年往北一冲,自由自在地奔流。河两岸的居民,年年受害,就南北打起堤来,两条堤中间全是河滩荒地,到了五六月间,河里没水,河滩上长起一层水柳、红荆和深深的芦草"。(《光荣》)到了秋天,"满天满地霜雪，草垛上、树枝上全挂满了。树枝垂下来，霜花沙沙地飘落。河滩里白茫茫什么也看不见"。(《碑》)到了冬天，"村里村外，只有些小小的莜麦秸垛，盖着厚雪。街道上，担水滴落，结了一层冰。全村只有一棵歪把的老树，但遍山坡长着那么一丛丛带刺的小树，在冰天雪地，满挂着累累的、鲜艳欲滴的红色颗粒"。(《蒿儿梁》)

孙犁所使用的词语是家常的，他喜欢用逗号和句号，句子短而凝练，有一种奇妙的音乐性和节奏感。所写当然是自然风光，但在书写自然时，他有意写下明亮之色，厚雪与结冰的世界里，突然看到一丛丛累累的红色果实；大黄风之后紧接着是大雨，大雨过后天晴日出，即便是陈述所见，但风景并不给人荒芜、孤独之感。在他的笔下，风景从不只是自然风景，风景里包含了平原上农民们的耕耘与劳作。"田野里,大道小道上全是忙着去种地的人,像是一盘子好看的走马灯。"(《光荣》)"常常发水，柴禾很缺，这一带的男女青年孩子们，一到这个时候，就在炎炎的热天，背上一个草筐，拿上一把镰刀，散在河滩上，在日光草影里，割那长长的芦草，一低一仰，像一群群放牧的牛羊。"(《光荣》)

"要问白洋淀有多少苇地？不知道。每年出多少苇子？不知道。只晓得，每年芦花飘飞苇叶黄的时候，全淀的芦苇收割，垛起垛来，在白洋淀周围的广场上，就成了一条苇子的长城。女人们，在场里院里编着席。编成了多少席？六月里，淀水涨满，有无数的船只，运输银白雪亮的席子出口，不久，各地的城市村庄,就全有了花纹又密又精致的席子用了。大家争着买：'好席子，白洋淀席！'"(《荷花淀——白洋淀纪事之一》)

劳作的人与自然在一起，构成了冀中平原上的最为日常的乡土生活。他写人如何在自然面前生存，同时也写人如何创造环境。战争对日常风景进行了破坏，大地上突然出现了炮楼，像"阔气的和尚坟"，"再看看周围的景色，心里想这算是个什么点缀哩！这是和自己心爱的美丽的孩子,突然在三岁的时候，生了一次天花一样，叫人一看见就难过的事。"(《游击区生活一星期》)战争对生活进行了摧毁，"自从敌人在白洋淀修起炮楼，安上据点，抢光白洋淀的粮食和人民赖以活命的苇，破坏一切治渔的工具，杀吃了鹅鸭和鱼鹰；很快，白洋淀的人民就无以为生，鱼米之乡，变成了饿殍世界"。(《采蒲台》)"生活史上的大创伤是敌人在炮楼'戳'着的时候，提起来，她们就黯然失色，连说不能提了，不能提了。那个时候，是'掘地梨'的时候,是端村街上一天就要饿死十几条人命的时候。"(《织席记》)他写炮声就在不远处，"东西北三面都有了炮声，渐渐东南面和西南面也响起炮来,证明敌人已经打过去了"。(《光荣》)甚至，炮声来到了家门口，"当大娘正要转身回到屋里的时候，在河南边响起一梭机枪，这是一个信号，平原上的一次残酷战斗开始了"。(《碑》)但是，乡村并没有被真正摧毁，人们拿起了枪,"这一村的青年自卫队往大场院里跑步，那一村也听到了

清脆的口令"。(《小胜儿》)

《白洋淀纪事》里，孙犁将笔触延伸到战争年代的"毛细血管"，写下战争对每个人、每个家庭的毁灭，更写下冀中村庄的勇气和反抗。当然，尽管站在百姓角度感同身受，但是，他毕竟不是农民，而是革命干部，他有作为革命者的自觉。事实上，《白洋淀纪事》里的叙述人，是一位渴望改造世界、对未来有着必胜信念的写作者。于是，从他的自然风景里，你能清晰地听到一位革命作家的声音，意识到小说里的风景在某种意义上是革命者的心理映射。"在外面的大地里，风还是吹着，太阳还是照着，豆花谢了结了实，瓜儿熟了落了蒂，人们为了未来的光明，正在田野里进行着斗争。"(《"藏"》)"许多高房，大的祠堂，全拆毁修了炮楼，幼时记忆里的几块大坟地，高大的杨树和柏树，也砍伐光了，坟墓暴露出来，显得特别荒凉。但是村庄里的血液，人民的心却壮大发展了。一种平原上特有的勃勃生气，更是强烈扑人。"(《嘱咐》)

这样的视角和眼光，带着改造和建设一种新世界的信念，也影响了其所见。风物常常是希望的隐喻："太阳刚刚升出地面。太阳一升出地面，平原就在同一个时刻，承受了它的光辉。太阳光像流水一样，从麦田、道沟、村庄和树木的身上流过。这一村的雄鸡接着那一村的雄鸡歌唱。"(《小胜儿》)"我望一望那明亮的三星，很像一张木犁，它长年在天空游动，密密层层的星星，很像是它翻起的土花、播散的种子。"(《纪念》)雄鸡、星星、翻起的土花和播散的种子，都来自一位战士的心灵风景，是主观化的自然。在这里，贫穷是暂时的，饥饿是暂时的，恐惧也是暂时的，信念感在每个人心中。对必胜信念的确认与确信，成为《白洋淀纪事》一书的灵魂，也是打动万千读者的隐秘动因。

战争、自然、人与时代如何在孙犁笔下构成风景？以《荷花淀》里的故事为例："后面大船来的飞快。那明明白白是鬼子！这几个青年妇女咬紧牙制止住心跳，摇橹的手并没有慌，水在两旁大声哗哗，哗哗，哗哗哗往荷花淀里摇！"与之前轻划着船"哗，哗，哗"不同，鬼子来之后，"水在两旁大声哗哗，哗哗，哗哗哗""哗"已经不再只是拟声词，它还是情感和动作，是紧张的气氛，是"命悬一线"：

"往荷花淀里摇！那里水浅，大船过不去。"

她们奔着那不知道有几亩大小的荷花淀去，那一望无边际的密密层层的大荷叶，迎着阳光舒展开，就像铜墙铁壁一样。粉色荷花箭高高地挺出来，是监视白洋淀的哨兵吧！

"铜墙铁壁"和"哨兵"是比喻，但也是所处风景的态度。荷花、荷叶和人一样，都是有生命、有气节的，成了作品中不可缺少的角色。——孙犁笔下的风景是心灵风景。景色当然是真实的存在，更是白洋淀人民不屈意志的投射。"一切景语皆情语"，他要写下的是反抗的决心，胜利的决心。

"所谓风景，乃是一种认识性的装置。"柄谷行人说。这句话用在孙犁小说的风景上也是合适的。《荷花淀》的色调是明朗和乐观的，那是作家对战争前景的认识。而这种认识早已渗透在他的血液里。早在1939年《论通讯员及通讯写作诸问题》中，他就谈起过一种必胜的信念。"我们可以写我们要胜利，因为我们一定能胜利。""我们的通讯里，应当流露着乐观，兴奋，顶多是悲壮；因为实际上是这样的。""要使自己感觉到并训练为一个民族解放斗争火焰之发动者。"从青年到晚年，这是孙犁不断重申的写作职责："我的职责，就是如实而又高昂浓重地把这种感情渲染出来。"但这样的职责并不意味着某种高蹈。孙犁作品之所以深入人心，成为解放区文学的优秀代表，在于作家"所见者大"而"所记者实"，而着墨于细微；在于他朴素、日常、切实的美学观。即使他深知要用高昂、渲染的笔墨，但落在笔端时，他依然从"小"着眼，写身边所见之人，所见风物。于是，枣树，野花，桃树，荷花，苇子地，呼呼的从远方刮来的风构成了冀中平原富有生命力的大自然之景，既是故事的发生地，也与主人公的命运和精神、情感相互交织。正是他笔下这些真切的花草、真切的天地、真切的人事，最终构成了他魂牵梦萦的土地和家园，构成了他终生热爱的"中国的幅员"。

写作时的孙犁，将"自我"完全浸入了革命战士的角色之中。作为抒情者，他与作为革命战士的"自我"和后方百姓的

"自我"融为一体。正如研究者们都认识到的,《荷花淀》之所以拥有如此多的读者,在于他在壮烈的抗日故事里含有迷人的、柔软的情感内核,即夫妻之情、天伦之乐。与其说《荷花淀》是一个故事,不如说是孙犁以小说形式写就的一封充满思念之情的家书,这封信里有着一位丈夫、战士最深沉的情感。

故人山河

我喜欢孙犁的那张革命青年的照片,羞涩诚恳,朝气蓬勃,那时候,这位青年响应时代的召唤,投入到抗日的大潮中去;当然,我也喜欢晚年的他在书桌前面对窗外沉思的那张。与前一张相比,后者场景日常而普通,可是,在那平静的面容之下,却埋藏着一颗终生致力于自我完善、自我守持的心灵。——孙犁经历了那么多世事沧桑,他是从枪林弹雨中摸爬滚打活下来的人。他从那里走过,并不让黑暗和丑恶沾染他。这位写作者自然看到了世间的灰暗,人性中的晦暗,但是,不让自己与它们同流。世界和人的关系到底应该是怎样的?这是孙犁在作品中一直渴望探索的。"但愿人间有欢笑,不愿人间有哭声"是他的文学愿景。——看惯了生离死别与鲜血淋漓,最终这位作家希望在文字中展现世界的"应然",展现世界应有的样子,人应该有的样子。

所以,要记下所遇到的那些珍贵的人,那些故人与山河,那位穿着鲜红衣服的有着爽朗笑声的姑娘，那田间地头顶着破帽子的农人们的脸，那辽阔无垠的大淀里突然出现的渺茫的歌声……冀中庄稼的样子，平原上曲曲折折的小路，路边盛开的杏花和梨花，青水与黄土，田野上呼呼刮过的风，都是美，都是人间馈赠，都最终变成了他笔下的好风致。

抒情性是孙犁作品的重要特质。这一特质也使他的写作进入了中国抒情传统的脉络里。写作之于孙犁而言其实是抒发自己对世界的深厚情感。不过，在晚年，他的作品风格开始发生变化。《芸斋小说》里的他，冷静而几近客观，与当时流行的"伤痕文学"风格并不相近。对"恶"的描写，并不单纯的呈现，而是进行艺术性的处理，其中蕴含了作家的思考和对人性的审视。谈到《芸斋小说》的创作时，他说："我有洁癖，真正的恶人、坏人、小人，我还不愿写进我的作品。……一些人进入我的作品，虽然我批评或是讽刺了他的一些方面，我对他们仍然是有感情的，有时还是很依恋的，其中也包括我的亲友、家属和我自己。"《芸斋小说》里，他喜欢在每篇小说结尾处设置一段"芸斋主人曰"，以简洁的文字记录下对所见之人、所遇之事的感悟、感慨和思考。这与新笔记体小说的形式追求极为趋近。某种意义上，笔记体小说是他另外一种意义上的抒情写作。

写作对于晚年的孙犁意味着什么？是一场漫长的疗愈。修复难以修复的情感伤口，治愈那些不吐不快的心结。他的叙述视点发生了位移。他开始记下那些深藏在记忆深处的故里乡亲。包括"乡里旧闻"在内的大量回忆性文字，构成了孙犁晚年散文的代表作。这些散文，少了亮色，多了微苦。此时，情感依然是他散文的内驱力，情感也依然有浓度，但那是被高度浓缩过的，更接近于一种情感的结晶体。篇幅不长，但字字句句都见情谊。他带我们看到那位叫"干巴"的穷苦人。"冬天，他就卖豆腐，在农村，这几乎可以不要什么本钱。秋天，他到地里拾些黑豆、黄豆，即使他在地头地脑偷一些，人们都知道他寒苦，也都睁一个眼，闭一个眼，不忍去说他。他把这些豆子，做成豆腐，每天早晨挑到街上，敲着梆子，顾客都是拿豆子来换，很快就卖光了。自己吃些豆腐渣，这个冬天，也就过去了。"(《干巴》)如果说，早期的写作里他喜欢使用彩笔，那么，在这些追怀旧时光的文字里，他更喜欢使用简笔，寥寥数语勾画出普通人的鲜活。

那位叫"小杏"的青年女性，长得俊俏，眉眼秀丽，但是，"小杏在二十几岁上，经历了这些生活感情上的走马灯似的动乱、打击，得了她母亲那样致命的疾病，不久就死了。她是这个小小村庄的一代风流人物。在烽烟炮火的激荡中，她几乎还没有来得及觉醒，她的花容月貌，就悄然消失，不会有人再想到她"。(《木匠的女儿》)他叹息她的离去，伤感她的生不逢时，写下遗憾和同情，以及同情的理解。但并不居高临下，他看到她生不逢时，"贫苦无依的生活，在旧社会，只能给女孩子带来不幸。越长得好，其不幸的可能就越多。她们那幼小的心灵，先是向命运之神应战，但多数终归屈服于它。在绝望之余，她从一面小破镜中，看到了自己的容色，她现在能够仰仗的只有自己的青春"。(《木匠的女儿》)

旧社会村子里的那些穷苦人、可怜人，那些命运不济之人，他忘不了他们。他在纸上纪念这些人。穷困是外在的，他最终写下的是人们的活着、人们生命中曾经有过的光泽。在很多人的故事之后，他喜欢写上一句"祝他幸福"。那是浸润在文字中的深情厚谊。当然，还有他的家人，尤其是那篇令无数读者难忘的《亡人逸事》。他写下与妻子的第一眼相见，记下记忆中的点点滴滴，并没有直接抒发与妻子的情感，但情感却贯穿在字里行间，尤其是结尾。

时间虽然流逝，但场景却历久弥新。这是刻刀般的记述。同样给人鲜明记忆的，是《母亲的记忆》里那朵明艳而美丽的月季，"抗日战争时，村庄附近，敌人安上了炮楼。一年春天，我从远处回来，不敢到家里去，绕到村边的场院小屋里。母亲听说了，高兴得不知给孩子什么好。家里有一棵月季，父亲养了一春天，刚开了一朵大花，她折下就给我送去了。父亲很心痛，母亲笑着说：'我说为什么这朵花，早也不开，晚也不开，今天忽然开了呢，因为我的儿子回来,它要先给我报个信儿！'"从古至今，写母子亲情的文字数不胜数，可是，将母子之间久别重逢的喜悦用月季来表达的，恐怕只在孙犁笔下有。以淡笔写浓情，孙犁将这样明亮的、喜气洋洋的母子情深永远镌刻在我们的散文名篇里。

读《乡里旧闻》，会看到世间众生。他的字里行间有沧桑孤寒之意，但清冷中有热闹，寂寞中有欢乐。很多人说孙犁的作品有清新之美，那自然是对的，但《乡里旧闻》里的清新是沧桑之后"本来"犹在的清新，是水流过乱石荒野之后的清澈凛冽。好似历经酷寒的山野里的风，包含着暖意，裹挟着质朴。人们都说晚年的孙犁发生了重要的变化，的确如此，他的语言风格和审美都在改变，但内在里他有他的不变——他终生怀念冀中平原的风景和乡亲，挂牵那些贫苦和卑微的姐妹弟兄。某种意义上，孙犁将他的革命生涯、将他在中国幅员上的行走，最终浓缩成了独属于他的文学意义上的有情天地。

革命者的有情

孙犁有一篇关于契诃夫的评论，在他眼里，作为作家的契诃夫，"真正拥抱和了解了他那国土的全部事物，表现在他对人的美丽的和善良的品格的发扬和维护，对于弱小的和不幸的抚养和同情。他常常为美丽的东西被丑恶的东西破坏而痛心，即使是一棵小小的花树，一只默默的水鸟或一处荒废了的田园"，某种意义上，这些评价用在孙犁身上也是合适的。

今天想到孙犁时，我们当然会想到清新、严肃、澄澈，会想到沉郁，也会想到中国文脉中的"无邪"。"无邪"是形容中国诗歌的——尽管孙犁并不是诗人，但是，他用中国诗一样的意境写出了好的作品。孙犁将现实主义写作美学、中国抒情传统与一种雅正的汉语之美结合在一起，在他那些最著名的篇什里，有属于中国美学的清新、留白与写意。

当然，想到孙犁，我们也会想到那永远的"荷花淀"：绿色的芦苇一望无际。如果是七八月间，你将看到荷花盛开，鲜明纯净，像梦一样。有渔船从水面上倏忽划过，半大孩子们一下子就跃进了水中。这是白洋淀最自然、最日常的风光，它们仿佛从大淀出现就一直在，一直这么过了那么多年。想当年，白洋淀里曾经有过许多抗战传说，但只是口耳相传。直到有一天，这些故事被孙犁写成小说，永远刻在纸上。

想来，真是没有比这更好的相遇了。——白洋淀风光滋养了这位作家的成长，这位作家也以自己独具一格的文字构建成了名为"白洋淀"的文学故乡。

选自《人民文学》2023年第5期，有删减

生有确时，死无定日
——关于死亡的断想

陈漱渝

北京鲁迅博物馆二级研究员，中国作家协会全委会原委员。曾任2005年版《鲁迅全集》编辑修订委员会副主任。著作有《搏击暗夜——鲁迅传》《我活在人间——陈漱渝的八十年》《血性文章——鲁迅研究序跋集》等10余种

思考死亡问题可以释放"正能量"

只要不是猝死,老人总会在临终之前思考关于死亡的问题。这并不是一种消极的精神现象。人始于生而终于死,这是一条完整的生命链。我们可以回避死亡的话题,但绝对回避不了死亡的现象。能够正确对待死亡的人,才能正确对待自己的生命。对死亡的正确阐释,释放的是"正能量"。

我如今已逾耄耋之年,被医生诊断为"三级,极高危"患者。眼下有病毒肆虐全球,这就更促使了我对死亡的思考。据说,剧作家莎士比亚的一生就是在瘟疫中求生和写作的,瘟疫成了他作品中的一种意象和重要的情节因素。我写这篇随笔的灵感,既是由年龄激发的,也是由当下情况引发的。

中国有一句老话:"五十岁以前人等死,五十岁以后死等人。"说明在二十世纪之前,五十岁是一个年龄界限。按照孔子的说法,五十是知天命之年,也意味着进入老年。人满五十即称"翁",也即眼下所说的"老头儿"。如能再活二十年,那就成为古稀之人了。而如今,随着人类生存条件——特别是医疗条件的不断改善,六十岁才被确定为国际公认的老年年龄标准。中国是一个有着十四亿多人口的泱泱大国,其中,符合老年标准的共有两亿八千多万人,占总人口的19.8%。也就是说,如今每十个中国人当中就有两位老人。实施积极应对人口老龄化的国家战略,已经成了迫在眉睫的重大议题。

"形""亡""神"安在？

死后是否万事空？躯体消失了灵魂安在？这些问题从古至今争论不休。中国南北朝时期的思想家范缜有一篇著名的《神灭论》，认为人的"神"（精神）和"形"（形体）是统一的整体。"形"存则"神"存，"形"灭即"神"灭。而宗教信徒却坚信有神灵的存在。亡者通过自身修炼，或得到生者的祈祷就可以得到超脱，直至升到天堂或极乐世界。《祝福》里的祥林嫂极秘密地问："一个人死了之后，究竟有没有魂灵的？"作品中的"我"背上如遭芒刺，只能吞吞吐吐地回答："实在，我说不清……其实，究竟有没有魂灵，我也说不清。"英国诗人雪莱离开英国后定居意大利，他生前最喜爱思考生死的问题，但他也始终没有找到答案，如同双眼被阴霾笼罩，觉得只有灵魂从肉体解脱之后，关于生命的秘密才能揭晓。一八二二年七月八日，他跟两位友人乘小艇去斯培西亚海湾，突遇风暴，坠海身亡，十天后尸体才被人发现。他临终前是否悟出了生死之谜，只有他本人才能回答。

在这篇随笔里，我自然也无法回答这一终极性的问题，不过忽然想到了鲁迅《南腔北调集》里的一篇杂文《家庭为中国之基本》。文中写道："一个人变了鬼，该可以随便一点了罢，而活人仍要烧一所纸房子，请他住进去，阔气的还有打牌桌，鸦片盘。成仙，这变化是很大的，但是刘太太偏舍不得老家，定要运动到'拔宅飞升',连鸡犬都带了上去而后已,好依然的管家务,饲狗,喂鸡。""拔宅飞升",这一成语出自宋代类书《太平广记》,表达的是道家思想。然而在佛学看来,这就叫执念,也就是没有"看破放下"。如果人死后真能升天,而又舍不得抛弃那些尘世俗物,那理想中的天堂会被祸害成什么样子呢?

在我看来,眼下讨论灵魂的有无并没有什么特别的意义。但人类科技发展到更高阶段,也许目前一些不可思议的问题也能找到科学的答案。不过,我认为人只要活在生者的记忆里,他的精神生命就能得到长存或永生。无怪乎老子说"死而不亡者寿"。此刻,我正在灯光下断断续续地写这篇随想,而谁都知道碳化竹丝电灯是爱迪生在一八七九年十月二十一日改良成功的,从此人类开始告别煤油灯和煤气灯。一九三一年十月十八日,爱迪生死于尿毒症。当年十月二十一日,美国东部曾停电一分钟表示哀悼,纽约自由女神手中的火炬也于九点五十九分熄灭。人们在黑暗中共同缅怀这位"普罗米修斯"式的发明家。毫无疑义,人间只要还有光明,爱迪生的事业就还在延续。从这个意义上说,他是永生的。同理,古往今来一切自然科学经典、社会科学经典、艺术经典的创作者也都是永生的;一切将"小我"融入"大我"的人也都是永生的。所以,死亡并非他们生命的终点。他们会在人们的记忆与怀念中获得一种"死后的生命"。作为自然的人,他已经消失了;作为社会的人,他仍然存在。只有从人们的记忆中消失,"死"与"亡"这两个字才能真正联系在一起。

让人死不瞑目的憾事

易卜生诗剧《勃兰特》里有一句台词,表达了他的意志哲学,就是"非完全则宁无"。但在实际生活中,哪有百分之百完美的事物?有人说,人生是一个苏醒的过程,是一种漫长的告别。到了老年,特别是垂危之际,人一定会感受到此生充满了不少缺憾。甚至想重活一次,改写自己的一生。南唐李后主《相见欢》有一句"自是人生长恨水长东",讲的就是人生中总会有事与愿违的遗憾,恰如水向东流之必然。不过,人生的有些遗憾是可以弥补的。

临终前有的遗憾可以用"死不瞑目"四个字形容。这个成语最早见于《三国志·吴书·孙坚传》。孙坚是东吴政权的奠基者之一。他认为董卓"逆天无道,荡覆王室",扬言要灭董卓三族,悬示四海。后来讨伐董卓的关东群雄内部分裂,孙坚于东汉献帝初平三年(公元192年)中箭身亡,所以"死不瞑目"。古人中以"死不瞑目"著称的还有南宋爱国诗人陆游。他在《七月下旬得疾不能出户者十有八日病起有赋》中写道:"著书殊未成,即死不瞑目。"表达了他在创作上的执着追求。陆游的绝笔诗《示儿》更是家喻户晓:"死去元知万事空,但悲不见九州同。王师北定中原日,家祭无忘告乃翁。"更加强烈地表达了他对抗金大业未成的遗恨，以及对收复失地的坚定信念。

人在濒临死亡之际的精神状态确如一面镜子，能够展现人性的丰富性和复杂性，明显区分出人品的高下。《儒林外史》中的严监生虽富裕却吝啬，咽气之前伸出两个指头不动，满屋的人均不解其意，只有他的小妾懂得，是因为油灯里用了两茎灯草，严监生觉得费油；挑掉一根，这才咽了气。《红楼梦》中林妹妹临终之时，正是宝玉与宝钗成婚之日。林妹妹只留下一个千古哑谜："宝玉，宝玉，你好……"弦外之音，恐怕只有她本人才能提供标准答案。当然，以上都是小说家所言。

曾在南京国民政府担任"监察院院长"的于右任先生也是"死不瞑目"。他渴望中国海峡两岸早日实现统一，曾写下了一首广为人知的千古绝唱《望大陆》。临终之前杨亮功到病榻前探望，于右任此时已不能说话，只是先伸出一个手指头，接着再伸出三个手指头。经友人解释，他是希望中国统一之时，能将灵柩运回大陆，葬于他的故乡陕西三原县。正如他《望大陆》中所云："葬我于高山之上兮，望我故乡；故乡不可见兮，永不能忘！"中国的统一是大势所趋，人心所向。可以乐观预言的是于右任老人的临终遗憾，在不久的将来会有得到弥补之日。

他杀与自杀

这是一对反义词。他杀是用违背他人意愿的手段结束他人的生命，通常是指谋杀，是犯罪行为，但也包含误杀。自杀则是自愿提前结束个人生命的行为，导因非常复杂，动机和社会效果也各有不同。在非常岁月中，自杀往往是为维护生命尊严而采取的一种抗争手段，如作家老舍自沉于北京太平湖。巴金认为这是受过"士可杀不可辱"教育的知识分子有骨气的表现。更有人想用自杀的方式唤醒民众，其中最典型的是清末留日学生陈天华。一九〇五年十二月八日，为抗议日本政府颁布的《清国留学生取缔规则》，年仅三十岁的他在日本东京大森海湾蹈海殉国。陈天华认为这一《规则》是"剥我自由，侵我主权"，而日本报纸仍嘲讽中国人是"乌合之众""放纵卑劣"，故以死激励同胞"坚忍奉公，力学爱国"（《绝命辞》，载同年《民报》第五号）。不过，导致自杀行为的还有健康原因、心理原因……这些则应该予以及时治疗和积极引导。

自杀者中让我灵魂最为震撼的是翻译家傅雷。他一生译述达五百万言，使中国读者得以认识罗曼·罗兰、巴尔扎克、伏尔泰、梅里美等世界文学家。他感到，含冤不白的日子比坐牢更为难过。一九六六年九月二日，傅雷夫妇在留给亲戚朱人秀的遗嘱中，首先关怀的是他们的保姆周菊娣，将存款六百元留给她作为过渡时期的生活费。因为周菊娣照顾过他们的生活，而且"她是劳动人民，一生孤苦，我们不愿她无故受累"。其次，他们还留下了五十三元三角作为火葬费，五十五元二角九分支付房租。姑母和三姐寄存之物，傅雷也拜托朱人秀一一归还。自杀行为往往是在情感冲动、失控的情况下发生的,而傅雷的遗书写得如此冷静、理智,字里行间都洋溢出人性的至美。

自杀者中最不可取的是诗人顾城。一九九三年十月八日,顾城在新西兰激流岛的家门口上吊,上吊前却先用斧头劈死了他的妻子谢烨。顾城在朦胧诗创作领域的成就是可以肯定的,也听说过他曾患有精神障碍,此前自杀过多次。顾城觉得"生如蚁,去如神"。为爱情自毁,这原本是令他的读者十分痛惜的。他再把一个跟他同甘共苦,替他抄稿、校稿,并把稿子译成外文的妻子砍死,这种做法更令人发指。因为这不仅违背了谢烨本人的意愿,而且更伤害了谢烨的亲人。谢烨的母亲谢文娥因此心脏病几度复发。老人家说:"我凝聚一生心血含辛茹苦抚养长大的烨儿就这样冤屈地走了。顾城口口声声地说爱她那么深那么深,可是他最爱的是他自己,为了自己的想法,他可以牺牲别人。自己不想活,还要别人陪他去死。如果说谢烨有什么让我遗憾的话,那是她的过分宽容和对顾城的依赖。结局竟是连生的权利的回报也得不到。"

有一种做法不知属于"自杀"还是"他杀",那就是"安乐死"。说是"他杀",但又出自本人意愿;说是"自杀",但又需他人帮助。"安乐死"这个词源于希腊文,含义是"幸福的死亡"。我所接触的老年人中,单纯长寿并不是首选,首选是健康和尊严。离开健康的长寿只是苟活,对自己是痛苦,对亲人是折磨。特别是通过人工的方式有限延长寿命,在我看来是对稀缺医疗资源的浪费，并不是上策。但"安乐死"是个十分复杂的问题，既牵涉患者本人的真实意愿，也牵涉家属认同、医生诊断、司法公正，在医学伦理和道德原则上引发了无数的争论。

日本小说家森鸥外有一篇名作叫《高濑舟》，主人公是一对在贫困中相依为命的亲兄弟，弟弟得了绝症，不愿拖累哥哥，使用剃刀插进气管，以求解脱。不料一刀并未即死，必须拔出刀刃才能断气。弟弟恳求哥哥帮忙，哥哥无奈地抓住剃刀把时，正被邻居一老妪看见。于是哥哥成了杀人疑犯，被放逐到荒岛上禁锢，服刑赎罪。这就在文学作品中提出了实施"安乐死"的两难问题。当下只有个别国家通过了关于"安乐死"的立法，大多数国家仍然议而不决。作为一个老人和病人，我最大的心愿是不要过度医疗，只祈求减轻痛苦，安详辞世。望我亲人照此办理。

回光返照那一瞬

日落西山之前天空可能呈现短时间的发亮，人临死前也可能有忽然兴奋、忽然清醒的时候。据说这时大脑会发出一道指令，把最后那百分之五的肾上腺素全部分配给神经系统和声带肌肉，使人能得以交代后事。

我工作的单位隶属于文化和旅游部，因此我对中外文化名人的临终状况比较关注，其中很多细节一直铭刻在心灵深处，让我时时为自己的渺小而愧疚。

雨果是一位关注社会底层的法国作家，早在一九〇三年鲁迅就节译过他的《哀尘》，也曾戏言自己想写《悲惨世界》的续集。雨果的遗言是："我捐五万法郎给穷人。"鲁迅也很惊叹法国小说家巴尔扎克卓越的写作技巧。这位《人间喜剧》的作者临终前喊的是作品中人物的名字"比安松"。鲁迅是在中国最早介绍德国诗人海涅的生平和诗作的人。海涅临终前说的是"写……纸……笔"。音乐家的情况也听说过一点儿：奥地利作曲家莫扎特临终前拼尽全力用口哨吹奏他的《安魂曲》，波兰作曲家肖邦临终前要听他自己谱写的《钢琴和大提琴奏鸣曲》。这些都是以生命殉事业的人：生命即事业，事业即生命。

在中国，这类文学家、艺术家和学术大师也大有人在。著名喜剧理论家、北京人艺总导演焦菊隐，一九七四年被诊断为肺癌晚期，临终前思考的是《论民族化》与《论推陈出新》这两篇论文，并亲拟了两份提纲，希望女儿焦世宏能替他完成。著名表演艺术家赵丹感到死神已经来临时，喃喃地说："我不愿意老躺在病床上啊！我只希望在电影摄像机前面拍完最后一个镜头，然后含笑而死！"著名作家叶圣陶的临终绝笔是"老有所为"四个大字。长篇小说《创业史》的作者柳青的遗愿是"让我把第二部写完，让我把第二部写完"。文学评论家、诗人何其芳留在人间的最后一句话是："拿校样给我看……"长篇小说《死水微澜》的作者李劼人,临终前对医生说的是:"我那小说《大波》只写了十二万字,还有三十万字呀。"台湾小说家钟理和死于贫病,他的遗言是:"《笠山农场》不见问世,死而有憾。"所以,这些人的死是一种教示、是一种震撼!让人们更加懂得"生命诚可贵"这一人生哲理!

临终前的忏悔和自省

鲁迅在杂文《死》中写道:"欧洲人临死时,往往有一种仪式,是请别人宽恕,自己也宽恕了别人。"鲁迅所指的是基督教临终关怀的语言:"愿上帝宽恕你,如同你宽恕他人。"其实"忏悔"一词源于佛教。佛教有专门的《忏悔文》,让信徒认识到往昔所造其恶业皆源于贪嗔痴。道教也有许多忏悔仪式,目的是除罪断障,罪灭福生。儒家的修身之道叫"自省",即"反求诸己"。能否"自省"是"君子"与"小人"的分水岭,不过判断是非的标准是"圣人所言"。临终前的忏悔或自省之词,可以检验不同人灵魂的深度和纯净度,也可比喻为"上天堂的阶梯"。

著名报人王芸生是《大公报》的核心人物。一九八〇年五月三十日逝世前,他有一个遗憾,就是一九五七年他在诱逼下错误地揭发过同人李纯青。但当李纯青表示谅解时,王芸生已经陷入了昏迷状态。王芸生生前沉痛地说过:"朱自清留给后代的是他写的《背影》,而我,留给你们的却是永远难以抹去的阴影。"不过,这类事情都是在特定环境下发生的。当事人不谅解自己,受害人却谅解了对方。所以,在当下反思历史,不应该苛责于个人,而应该认真总结产生这种情况的历史教训。

在我所读过的遗书中,篇幅最长、最为坦诚也最为深刻的是瞿秋白烈士的《多余的话》。这篇文章在非常岁月中被某些人作为质疑作者革命坚定性的证据。但一九八〇年十月十九日中共中央办公厅正式转发了中纪委的文件《关于瞿秋白同志被捕就义情况的调查报告》,明确指出:"《多余的话》文中一没有出卖党和同志;二没有攻击马克思主义、共产主义;三没有吹捧国民党;四没有向敌人乞求不死的意图。"相反,瞿秋白在文中明确表示:"我的思路已经在青年时期走上了马克思主义的初步,无从改变。"烈士在文中还乐观预言:"一切新的,斗争的,勇敢的都在前进。那么好的花朵,果子,那么清秀的山和水,那么雄伟的工厂和烟囱,月亮的光似乎比从前更光明了。"瞿秋白是一个革命者,但气质上近乎文人,受传统文化中"自省"的影响太深。"自省"是一种修养,除开应该发现和承认自己的不足之外,其实还包括了自我肯定。但瞿秋白在撰写《多余的话》时,却把"自省"变成了过度的自我"苛责",这可能是造成某些人对此文曲解或误解的原因之一。瞿秋白烈士是唱着《国际歌》走上刑场的,哪个叛徒和没有气节的人能做到这一点?《诗经》中有一名句:"知我者,谓我心忧;不知我者,谓我何求。"我想，只有精神达到一定境界的人，才能真正读懂《多余的话》，并与之共鸣吧。

殡葬的方式

中国的殡葬文化跟中国的历史一样悠久，有土葬、火葬、天葬、水葬等几十种葬法及遗体处理方式。儒家重殓厚葬，形成了葬前丧仪、五服制度、居丧守孝、祭祀亡灵等繁文缛节。儒家思想跟佛、道等宗教融合之后，更增添了不少迷信色彩。相比之下，道家的殡葬观念更加洒脱。庄子将死，弟子想厚葬他，但庄子反对说："吾以天地为棺椁，以日月为连璧（按：两块合并的美玉），星辰为珠玑，万物为赍送（按：赠礼）。吾葬具岂不备邪？"庄子的妻子死了，他也不拘礼节地坐着，还"鼓盆而歌"。因为在庄子看来，死亡只不过是一种气形变化，自然循环，对遗体可随便处置。

鲁迅的原配朱安是一位没有文化的旧式妇女，死于贫病之中。但她的遗嘱是希望土葬，而且将灵柩南迁葬于鲁迅墓旁；死后"每七须供水饭，至五七日期，给她念一点经"（一九四七年七月九日宋紫佩致许广平信）。后来由于战乱，宋紫佩跟周作人之子周丰一商洽，将她葬于西直门外保福寺——这是周作人家的另一块坟地，一九四八年曾被当作汉奸财产没收，"文革"破"四旧"期间墓地荡然无存。所以，死后的厚葬远不如生前的厚待，只是朱安想不开这一点。

关于土葬与火葬的优劣问题，至今仍存争议。在目前的情况下，当然首先应该尊重逝者本人及其家属的意愿。我们所能做的，只能是限制墓穴占地，守住耕地红线，特别是反对薄养厚葬。至于冰葬、花葬、树葬、海葬等新的殡葬方式，都是移风易俗的举措，值得尝试。对于遗体的处置，周氏三兄弟的观点大体相同。二十世纪三十年代还不兴火葬，所以鲁迅的遗言是"赶快收敛，埋掉，拉倒"。二弟周作人的遗嘱是"死后即付火葬或循例留骨灰，亦随即埋却"。三弟周建人的遗言是"尸体交给医学院供医生做解剖，最后把骨灰撒到江河大海里去"。著名作家巴金的妻子萧珊，也是一位翻译家，巴金的遗愿就是把自己的骨灰跟萧珊的骨灰掺和在一起，全部撒入大海。这都是对遗体应取的唯物主义态度。

若干年前，我曾去河南安阳参观中国文字博物馆，顺道也看了占地一百三十九亩的袁林——这是一九一六年耗资七十多万银圆为袁世凯修建的墓地，明清皇陵的格局，中西合璧的构筑。我去时参观者寥寥。我想，袁林也许在中国陵墓建筑史上有一定的价值，地方政府也可以将其列为旅游景观，但凡有历史常识的人到此都会自然而然地想到袁世凯复辟帝制的罪恶，再豪华奢侈的墓地都改变不了他令人唾弃的生命格局。

最令世人敬仰的是俄国文豪托尔斯泰的墓地。一九一九年十一月七日，托尔斯泰安葬在距莫斯科市区约二百公里的波良纳庄园。在俄语中,"亚斯纳亚—波良纳"意思是"明媚的林中空地"。二〇一六年九月七日,我忍着腰椎间盘突出的剧痛走到这里瞻仰。我从没有见过如此简陋的名人坟墓:既无雕像,亦无墓碑。文学界的一代宗师就长眠在一个棺木形的土堆里,土堆上覆盖的是青草,周边是凭吊者插上的松枝和白花。墓地周围朴素、安谧、祥和,被誉为"世间最美的坟墓"。

魂归故里,情系人间

这篇文章即将收尾,当然必须回答我将如何面对死亡的问题。二〇二〇年十二月,《名作欣赏》杂志免费替我出了一本画册,名为《我亦轻尘:陈漱渝画传》。既然我轻如尘埃,那将来就应该随风飘逝,潇潇洒洒远走天涯。我此生得到了无数好心人的帮助,无论帮助大小,我都怀感恩之心。如果死后有知,我心中也会长存他们亲切的面影。不过,不需要举行什么遗体告别仪式。老同事大多走不动了,新同事大多没见过。除了亲属不得不亲临火化现场之外,谁会真心实意感受那种悲悲戚戚的气氛?再说,遗体美容师的水平再高,人死后的模样又怎能跟生前相比?还是把比较美好的一面展现给亲朋好友为佳。

我母亲去世之后,我是专门雇了一艘轮船,将她的骨灰沉入了故乡的母亲河——湘江。老伴知道我母亲畏寒,所以在原骨灰盒外又套上了一个大理石的骨灰盒。我当时的真实想法是:

"孝不过三代",修一个土坟,会给后人添一份负担。再说,公墓也要收费、拆迁,说不定什么时候就可能被夷为平地。我离开人世之后,也希望后人把我的骨灰撒入湘江,跟含辛茹苦将我培养成人的母亲相依相伴。

我老伴是四川人,她表示身后愿意跟我的骨灰搅拌在一起,跟我去湘江陪伴我母亲。至今为止,老伴跟我已结婚六十年。古代有一首《我侬词》,据说作者是元代赵孟頫之妻管道升,写的是:"尔侬我侬,忒煞情多,情多处,热似火。把一块泥,捻一个尔,塑一个我,将咱两个,一齐打破,用水调和。再捻一个尔,再塑一个我。我泥中有尔,尔泥中有我。我与尔生同一个衾,死同一个椁!"我跟老伴如果能在孩子的支持下这样处理后事,也就基本上达到了《我侬词》中的那种境界。

这里又牵扯到乡情这个问题。我祖籍是湖南长沙,但却在战乱年代出生于重庆。八十年中真正生活在湖南的时间至多不过十六七年。我应该怀念天津,因为我在南开大学求学五年。我更应该怀念北京,它为我提供了许多事业机遇和施展才智的舞台。除老家之外,我在北京还建立了一个新家。我在北京生活了六十年,确实是"从故乡到异乡,从少年到白头"。但不知为什么,故乡总是我一个解不开的情结。我明明在故乡经历了很多苦难,却一直以身为湖南人而自豪。我永远不会忘记晚清杨度在《湖南少年歌》中写的那句话:"若道中华国果亡,除非湖南人尽死。"对于国家、民族,湖南人是有担当的。我是一个无党派人士，也是一个无可救药的爱国主义者。虽然故乡安置不了我的肉身，但他乡依然容不下我的灵魂。所以，我百年之后，无论如何还是要魂归故里。

除开湖南人的爱国救亡意识，故乡让我割舍不了的还有长沙米粉，无论是肉丝粉、牛肉粉，还是酸菜粉、寒菌粉，一想起就让我馋涎欲滴。我家穷困时，母亲只买了一碗米粉给我解馋，而她坐在旁边看着、笑着……那痴痴的怜爱之情至今仍灼热着我的心。鲁迅在《朝花夕拾·小引》中说："我有一时，曾经屡次忆起儿时在故乡所吃的蔬果：菱角，罗汉豆，茭白，香瓜。凡这些，都是极其鲜美可口的；都曾是使我思乡的蛊惑。后来，我在久别之后尝到了，也不过如此；惟独在记忆上，还有旧来的意味留存。他们也许要哄骗我一生，使我时时反顾。"即使是"哄骗"吧，我仍然要礼赞长沙的米粉。

长沙米粉，世界第一！

选自《随笔》2023年第3期

人体的哲学

王兆胜

文学博士、博士生导师。中国作家协会会员。南昌大学特聘教授,《中国文学批评》副主编,国务院特殊津贴专家,鲁迅文学奖评委。出版专著18部,散文集多部。获首届冰心散文理论奖、全国报人散文奖等。

人们总觉得对自己的身体比较熟悉,所以有"了如指掌""胸有成竹""心知肚明"等说法。医生更不用说了,整天与人打交道,与人体频繁接触,其熟知程度自不待言。不过,人体仍然是个谜,医术再高明的医生也有不了解的地方,普通人更是一知半解,难以达到哲学的高度。

头部解码

在人体中,最具权威性的是头部,即脖子以上部分。它高高在上,被脖子和两个肩膀支撑着,仿佛是一座高山的峰巅,具有天然的优势。因为处于人体的高位,可一览众山小,也常傲视群雄,还能优先"出头",当然也容易被"枪打出头鸟",成为被打击的首选部位。当狂风吹过,不少人会戴上帽子或扣上头套,以御风寒。拳击、击剑、散打等运动往往也将头部作为重点保护对象,这是人体中最致命的部位,一击就能决出胜负。头部的大小因人而异,有的人头头大如斗,有的人头小如枣核,很难以此简单衡量智愚。一个大头被安在一位将军身上,就会显得威风凛凛,若是换了小头就显得有些滑稽。按照民间说法,头部最为难得的是饱满,特别是头角峥嵘,头部凹陷就不被看好,除非是个奇才。我的导师林非先生曾说,习惯于给自己戴上帽子,极不利于养生,因为过于重视护头,久而久之,头部就会缺乏抵抗力,更容易生病。

头部最显眼的是面部。因为人种不同,面部也有明显区别。不过,一张脸就是一张名片,给人的印象最为直接和深刻。有的人见过一面,就不想再见了,那种僵硬、凶狠与戾气仿佛是个大阴天,让人心生厌倦与寒意。有的人却让人如沐春风,仿佛遇到和煦的阳光,喜庆与福运如成熟的苹果一样自内往外透出。圆满的一张脸,特别是额头平阔并高高隆起,那就充满喜悦与智慧。还有的人长着一张长脸,显得潇洒英俊,让人过目不忘。如果是锥子脸、黄瓜脸、猪腰子脸,往往给人的感觉就会差一点儿,但不可否认的是,这样的人难保没有才华,还可能是奇才。面色常被作为判断一个人善恶、美丑、曲直甚至性格命运的标准,于是有了红、白、黑、紫、黄、蓝、绿等不同解释。其中,土色最让人担心,表示身心不佳。总之,不论如何,一张脸上有人气、喜容、神采,让人感到充满正气,可感、可信、可爱,这是最重要的。

一张脸如同一张地图,可遍览万里江山。鼻子是脸上的高山,它离外界最近,能以嗅觉快速感知世界,别人也能直接通过鼻子获得一些信息。圆润丰实的鼻子被称为"福鼻",鼻子处于脸的正中央,也是生命的三角区,它的沉稳平和最为重要。高耸的鼻子很有气势,往往代表着干练,也充满男子汉气概,给人一种浩然之感;但当鼻子过于高耸,特别是干硬得如骨似刀,那就会让人感到不快,容易给人一种受到威胁之感。至于狮鼻、鹰鼻、悬胆鼻、牛鼻以及塌鼻、翻鼻、朝天鼻等,那就各有讲究了。眼睛是心灵的窗户，它没有鼻子高昂，但处于鼻子上方，也高出鼻子一格。眼睛因人而异，形状、大小、黑白、明暗、清浊、凸凹、美丑不同，所谓"巧笑倩兮，美目盼兮"指的就是眼睛之美妙。当一个人有一对双眼皮，那就显得喜庆，单眼皮则显得精明强干。但不管怎么说，一个人的目光如炬、精气饱满、颇有神韵最为重要。当然，目光内敛，能够葆光，神如珠玉，也很难得。那些目光如豆、见识浅薄之人，即使再有光彩，也会因过于外露而很快烟消云散了。眉毛在眼睛上方，如山石之植被一样映照着一个人的风姿。一平如水之眉代表温和平明，剑眉有剑气傲骨，柳叶眉多了风姿绰约，八字眉属于自然安顺型。当然，眼眉的浓密散淡、整齐杂乱、宽窄高低也很有讲究，特别是双眉的间距大小与胸襟有关。眼眉如风，它的飘动会在眼波中留下涟漪，投入倒影，更显出眼睛的特殊风光魅力，所以对一个人来说眼眉就显得特别重要。嘴在脸的下方，比鼻子、眼睛、眉毛都低，也更世俗化一些，这是个用来吃喝、说话、呼吸、咳嗽的地方。与眼睛用来观看不同，嘴是要尝尽酸甜苦辣咸淡的，它的感受力最为直观。有智慧的人都知道，贪吃必输，言多必失。阔口与樱桃小口给人的感受不同，嘴唇的厚薄、颜色、形态也代表不同的趣味以及身体的好坏。还有口中的舌头，这是关键的关键，它是古人望、闻、问、切中"望"的关键。饮食、说话、亲吻都离不开舌头。当舌头下面有清泉般的唾液溢出，那是玉液琼浆，也是生命的活水，其中有元气存矣！短舌头说话含糊，长舌者惹是生非，无舌头难以发声。一个人的面部如竹林中的竹叶，平静安顺时最为美好，即使在风中也应发出玉质金声，绽放一个时代的一片光芒。

耳朵本应属于脸的五官，但它不长在脸上，而是生于头部两侧，顺风耳从脸的正面几乎看不到，招风耳又仿佛是与脸无关的独立器官。也就是说，于脸，耳朵仿佛是多余的，有时越看越感到怪异；于头，耳朵是从侧面生出，像木耳、叶片，是耳提面命的抓手。耳朵这个看似多余的器官，其实一点儿也不多余，因为它是脸获取信息的重要器官。中国古代智者老子，名耳，字聃，其中有双耳；《义勇军进行曲》的作曲家聂耳有"四只耳朵"，因为繁体字的"聶"由三个耳组成。当然，老子也说过"五音令人耳聋"的话，希望通过"闭目塞听"达到真正的智慧。王充在《论衡·自纪》中就说过"闭目塞聪，爱精自保"的话，表达了同样的意思。

当然，头部还包括更多信息，如头发、胡须、痣、人中、泪水，它们各有讲究，各显神通。从关公、托尔斯泰等人的长髯，到清代人留的长辫子；从日本人的小胡子，到鲁迅的唇髭；从割须弃袍的曹操，到蓄须明志的梅兰芳，都不只是身体的事情，更与历史文化与哲学思想相通。陈忠实写过一篇文章《晶莹的泪珠》，这是将"泪水"赋予了文化精神哲思，远超出简单的物象范畴。

头部与大脑相关，是思想的代言，也是灵魂与哲学的飞翔之地。当"头脑风暴""数字大脑"兴起,人体的头部就会获得哲学意义,在时空意识、思维方式、创造智慧等方面带来一场轰轰烈烈的革命。

上半身蕴含

人的上半身是人体的中心,也是直面世界的主体。许多核心部件都藏在这里,这是人体发动机的动力源。仔细观察和细心品味人的上半身,将有助于我们加深思考,获得精神的超越。

关于肚子。在不少人看来,肚子除了装载食物,没有多少用处。所以,肚子大了,就会用"大腹便便"加以讽喻。其实,肚子除了物质性,还有精神性,是包含了思想智慧在内的。所以,林语堂认为,中国人的智慧主要不在大脑中,而是在肚子里,是肚子孕育、培植、升华人的精气神。妇女肚子大了,是已经怀有身孕,一个生命在子宫里开始发芽、开花、结果,成为一个新的生命体。苏东坡是"一肚子不合时宜",所以才能发思古之幽情,产生他的浩然正气,然后化为天地至文。古人常说的"宰相肚里能撑船"与"大肚能容,容天下难容之事"都是哲人关于肚子的思考。

关于心。西方人重视大脑,而中国人特别是中国古人更看重"心",对心灵有一种特别的崇尚与敬意。因此,有许多与"心"相关的词语,像"中得心源""心心相印""心有灵犀""心安理得""心悦诚服""心花怒放""全心全意""心潮澎湃""赤子之心""心领神会"等都是如此。如"心明眼亮"将"心"与"眼"贯通，于是"心"为"内眼"，眼为"心窗"，这可谓中国文化哲学的妙悟。另外，中国人为文和治世也都离不开"心"，像刘勰的《文心雕龙》、王阳明的"心学"、张载的"为天地立心"，都以"心"为天地人生的中心镜像，是一面体悟天地人生的"心镜"。更重要的是，在"天心"与"人心"之间形成一种互动、互通、互化模式，所以林语堂有"两脚踏东西文化，一心评宇宙文章"的名联。于是，肉体之心即转换成一种内在的情感、思想、文化、哲学、智慧、精神。其实，古人所言的"云在青天水在瓶"讲的也是关于"天心"与"人心"的互证关系，是一种形而上的哲学精神。

关于五脏六腑。严格讲，"五脏六腑"是包括心的，在此着力探究别的器官。从食物与生理来说，五脏六腑是"杂碎"与"下水货"，是趋于肮脏性质的理解。但从文学、文化、精神、灵魂来说，五脏六腑是关乎天地生命以及人的生命精华的。读一个作品，我们会说"感人肺腑""沁人心脾""肝肠寸断"；说一个人坦荡，人们会说"肝胆相照"；评价一种风貌，大家会说"疏瀹五藏，澡雪精神"。其实，性灵说、神韵说、魂魄说都与五脏六腑有关，就如张君房在《云笈七签》中所言："每坐常闭目内视，存见五脏六腑，久久自得，分明了了。"这是心眼相联、内外打通、宁定观心的重要方法。

关于胸怀。有的人身宽背厚,有的人长了一个鸡胸,于是有了关于"胸怀"的不同理解、判断、评价。不过,生理与心理、精神、气度往往不成正比,而是有着复杂含义的。换言之,有的人长得膀大腰圆,但心胸狭窄、小肚鸡肠;有的人文弱书生一个,却能容天纳地、心怀天下。苏轼在《黠鼠赋》中说:"人能碎千金之璧而不能无失声于破釜,能搏猛虎不能无变色于蜂虿。"说的就是那些复杂的人性与人格。陈子昂在《登幽州台歌》中说:"念天地之悠悠,独怆然而涕下。"王勃的《滕王阁序》中有:"襟三江而带五湖,控蛮荆而引瓯越。"这些句子都是发自肺腑的,有天高地迥、万里清秋的天地胸襟,是一般世俗之人难以达到的。

关于手。从上半身的肩膀上生出胳膊和双手,如同机翼一般仿佛可以起飞,将人的双臂与手说成是鸟翼的退化也未尝不可。不过,物理的退化却换来了实用与精神的进化,特别是手的灵敏度与创造性是鸟儿无法比拟的。双手含有十指,每个指头都有特殊功用,可以生产和操作各式各样的复杂工具,也可以创造任何动物都不能完成的新奇。一些大国工匠靠的是双手,一些艺术家也是用双手绘制出美好的作品,有的人的手握上去非常绵软,还有的作家有着纤纤玉手,更有小说描写赌徒那千变万化的手,不一而足。茨威格有一张照片,他微偏着脸看着读者,举起凝脂般的左手,食指与中指夹着雪茄,无名指上戴一枚钻戒,那是一只生机勃勃、活力无限的手,一如他动人的诗情。另有一张照片上，茨威格用右手轻托下巴，伸出的食指与露出的手腕如一只和平鸽，仿佛展翅欲飞。在《一个女人一生中的二十四小时》中，茨威格这样描述赌徒的手："这两只手像被浪潮掀上海滩的水母似的，在绿呢台面上死寂地平躺了一会儿。然后，其中的一只，右边那一只，从指尖开始又慢慢儿倦乏无力地抬起来了，它颤抖着，闪缩了一下，转动了一下，颤颤悠悠，摸索回旋，最后神经震栗地抓起一个筹码，用拇指和食指捏着，迟疑不决地捻着，像是玩弄一个小轮子。忽然，这只手猛一下拱起背部活像一头野豹，接着飞快地一弹，仿佛啐了一口唾沫，把那个一百法郎的筹码掷到下注的黑圈里面。那只静卧不动的左手这时如闻警声，马上也惊惶不宁了；它直竖起来，慢慢滑动，真像是在偷偷爬行，挨拢那只瑟瑟发抖、仿佛已被刚才的一掷耗尽了精力的右手，于是，两只手惶惶悚悚地靠在一处，两只肘腕在台面上无声地连连碰击，恰像上下牙齿打寒战一样。"此时的手仿佛已脱离了生物的生理机能，进入诗意的艺术殿堂，成为哲思的化身，因为灵性与美感使艺术生命升华了。

一个人照相与造像时，往往主要显示的是上半身与头部，这是稳定的基座，也是最能显示主体性的部分。仿佛有了心与脑，这个世界、人生就完整了。与圆的头部相比，上半身是方的，也可以说是方正的，这正好形成了方圆结合、有规矩方圆的意涵。加之双眼、双耳、双乳、双臂、双手的协调，有一种均衡之美，其价值魅力也是在此得以生成。

下半身隐喻

人的下半身往往是个人们羞于谈论的话题。那是因为有隐情于先，加上颜色后产生了许多联想。其实，包括"性"在内的一些方面并不是不可以说，关键是自己内心是否健康。就像劳伦斯所说，"性"本身并不淫秽，当谈"性"之人心理淫荡，才会有所谓的"淫"。下半身隐喻是形而上的，有时也是有诗意的。

男女生殖器官在肚子下面安家，两面有双腿保护，成为整个身体最安全隐秘之所。像三面环山安营扎寨一样，生殖器官是需要保护的，也是最重要的生命之源。当一个个生命在此诞生，响亮的婴儿啼哭打破宁静，弱小的生命逐渐变得健壮，儿女的个子及智慧超过父母，一代一代如长江后浪推前浪，男女之性、之情、之爱仿佛渲染了生命的四季，我们就能理解"生命之根"与"万物之母"的真正含义。

在人体中有个特殊情形，那就是：真正的入口只有一个，是嘴，让生命的活水与食物从此处而入。如果再加上一个，那就是鼻孔，但它在吸气时又出气，于是一进一出、一呼一吸，此间有道存矣！这就是所谓的"一呼一吸谓之道"。而人体真正的出口则在下半身，是生殖系统的"出口"，一前一后的大小便的出处。众所周知，当人不能进食与喝水，当人无法呼吸，生命也就完结了。然而，当生殖系统出了问题，生命同样无法生成和延续。由此可见，下半身的"出口"要完成口鼻的入口交给的重任，也有着其他器官无法代替的生命的生成功能。

腿是下半身的支撑部位，整个头部与庞大的身躯都要靠双腿之力，以人体的柱石来形容腿之巨大功用并不为过。我们常说的"肱股之力"中的"股"就是大腿，"肱股之臣"是指像"肱股"一样有力辅佐帝王的重臣，说明"大腿"的重要性。在动物界，靠四腿或多条腿支撑身体的居多，靠双腿支撑又能直立行走的恐怕只有人，这是人类的进化使然。人之不同凡响在于双腿支撑身体成为一条直线，而且能直立、快跑、旋转、跳跃，这是人生命创造力的集中体现，也是一种超常的智慧。武术非常讲究下盘功夫，练习各种腿法，站马桩、太极步伐、跆拳道、谭家腿等都很有代表性。有谚语云："手是两扇门，全凭腿打人，弹腿四只手，人鬼见了都发愁。"据说，弹腿的技术有十路歌，从中可窥"腿"之妙用："头路冲扫似扁担，二路十字巧拉钻，三路劈砸倒拽犁，四路撑滑步要偏，五路招架等来意，六路进取左右连，七路盖抹七星式，八路碰锁跺转环，九路分中掏心腿，十路叉花如箭弹。"这种弹腿简直是将"腿"艺术化和哲学化了，从中可见文化智慧的凝聚与升华。人的"腿"又是生命力的象征，所以说"人老先老腿"，又说，"人老了最怕跌倒"。容易摔倒的老人说明腿脚不灵便了，也是整体生命力衰退的反映。

脚是人体下半身的支撑点。它们看起来远远小于其他部分，甚至不值一观，不过，其价值却不可低估。因为整个身体都是由两只脚支撑，还要走路、跑步、跳跃，这是何等困难之事，也是充满神秘感的。更神奇的是，芭蕾舞是用脚尖支撑身体跳舞，并做出各种高难动作，从而形成谜一样的优雅舞蹈，这让小小的脚变得更加充满魔力。中国古代女子缠足是一种病态，但其目的与摩登女郎穿高跟鞋一样，都是为了那种悠然之美，此时的脚下已经生成一种艺术了。足球是关于脚的体育运动，也是脚的艺术的集中体现，它使一双脚更加灵活敏感，脚与球融为一体，也达到了哲学的高度。在手上，乒乓球、排球、手球、围棋、击剑、射击可发挥巨大作用，而足球则独领脚之风骚。可以说，在人体的艺术化过程中，可能只有手能与足相媲美。林语堂曾用"天足"之美倡导自由与自然的重要性，反对缠足的"小脚"。我曾在《论足》一文中，这样谈"足"里所包含的哲学意蕴："知'足'难矣！'知足'亦难矣！'知足常乐'更难矣！'足'在脚下，在心中，在道里。"

一般人都觉得，下半身远不如上半身和头部来得重要，因为大脑与心脏是核心与灵魂，是须臾不能离开的主要部件。但是，人们忽略了生命之本源的作用，特别是根基本体的价值。当一个人的脚出了问题，腿不能动了，其机能与活力就会逐渐丧失，更不要说直立行走、跳跃、旋转，以及让人体成为艺术哲学和生命哲学的载体了。

关联处的价值

严格意义上说，将人体分为头部、上半身、下半身，这是表面化的，也是比较机械的。因为人体与万事万物一样，是不可分割的，其相互关联处更为重要，分三部分只是为了叙述与理解方便不得已罢了。人作为一个整体，关联处所显现的相关性与内在性不可不察，这有助于对生命哲学、人生哲学、天地之道产生更深的理解。

脖子是连接头部与上半身的通道。通过脖子，头部得到血液、氧气等滋养，否则就会出现脑死亡；同理，有了大脑的控制，人的上半身与下半身不至于被感性与欲望淹没。事实上，脖子还是一个特别富有变化的所在，也是有着哲理性的部件，只是一般人不太注意而已。比如，脖子可粗可细、可长可短、可硬可软、可前可后、可左可右，还可以顺时针与逆时针旋转，人体的所有部件恐怕都没有脖子灵活、富有弹性与变数。人们可以发现：练武之人将脖子练得如老树根般坚韧，即使将锐器扎在喉结上也安然无事。如今，许多人的脸已变得面目全非，涂脂抹粉或整容让人无法从脸上判断美丑与年龄，然而，脖子却很难遮蔽。因此，看一个人的真面目，脖子是最好的镜像。一个浮肉堆积、如老树皮般皱着、松弛无光的脖子，是多少脂粉和整容都无法遮盖的。从这方面讲，一个人的脖子非常重要，它更多地保持了本真自然。

腰部是上半身与下半身的关联处。本来，腰既属于上半身，又属于下半身。前者与肾有关，后者与生殖系统相关，这就带来它的关联性。另外，腰是上半身与下半身的重要转折点，弯腰、转身、踢腿、翻跟斗，都离不开腰，这仿佛是个可以不断变化的中轴线，也像"流水不腐，户枢不蠹"的户枢，有着极大的变数和能动性。有的人膀大腰圆，有的人杨柳细腰；有的人腰缠万贯，有的人则为五斗米折腰；有的人把腰杆挺得很直，有的人则点头哈腰。在世俗的人眼里，一个男子虎背熊腰是福相，一个女子长着水蛇腰就是水性杨花。日本人向人行礼，腰弯曲得厉害，点头时点得很低。林语堂将中国传统作揖之礼概括为关于弯腰的体操，通过这一礼仪，人的腰身变得越来越有弹性，也变得越来越容易服从。李白曾有"安能摧眉折腰事权贵，使我不得开心颜"的名句，倡导的就是一种傲骨精神。

膝盖与脚腕是下半身的两个关节点。其实，下半身要支撑上半身与头部，确实压力很大，难乎其难。不过，有了脖子、腰部，再加上膝盖和脚腕这些环节，沉重的压力就会得到舒缓，这就是力量的缓冲，也是以柔克刚的关键。不过，无论如何，膝盖与脚腕都要承受重负，这也是膝盖与脚腕最容易受伤的原因。人们常说，儿孙绕膝，这时的膝盖成为中心，也是尊贵的代名词。中国古人还说，"男儿膝下有黄金"，也是在强调

"膝盖"的重要性，不能轻易向人下跪。真正要跪，就是"上跪天地，下跪父母"，所谓"上跪天地"，就是跪天地神灵；所谓"下跪父母"，就是跪祖先、父母、前辈。由此可见，膝盖所包含的天、地、人、心、道。

总之，在人的周身实际上存在着这些常为人所忽略的关节点，它们既起到联结作用，使分离着的部分得以成为一体，又与经络、血脉、神气相关，从而产生一个完整、均衡、协调、化合的物理与精神世界。这颇似书法的形成，它是通过一个人的手中之笔，将全身心的精气神融会贯通，然后通过腰、臂、腕、手、指传达到笔杆与笔尖，再渗透于柔软的宣纸上。这是一个极为复杂的过程，也是一个不断凝聚、化合、精纯、渗透、表达的生命形式，缺少任何一个环节都难以达到应有的艺术效果。同理，当太极拳调动全身心的每个部分，特别是通过各个关节的运动，然后将全身心的力量汇聚并发挥出来，达到一种气吞山河、力拔山兮的壮志豪情，这不是靠生理器官就能达到的，必须有内在动力的生成与激发。这就是人体内在的精气神的巨大作用。

一般而言，人体就是由一些骨骼与血肉组成。然而，站在哲学的高度看，人体是天地间最完美的组合，也是生命最内在的集聚与表达，其间充满科学性，也包含科学难以解释的神秘，还有一些只可意会不可言传的内容。对比一些动物，人体是开放的、发展的，也是不断趋于完美的，还是一个被抽象化的形而上的有机体。某种程度上说，人体也是天地间的精灵，即使在无风的时刻，也会被天地之气奏响，成为生命的美妙乐章。

    选自《清明》2023年第4期

火星札记

陆源

著有长篇小说《祖先的爱情》《范湖湖的奇幻夏天》和中短篇小说集《南荒有沛竹》等,译有中短篇小说集《苹果木桌子及其他简记》和长篇小说《骗子的化装表演》等。

1. 某篇幻想主义文学的虚假开头

读者，如果你感觉本文疏诞古怪，无根无底，有似飞蓬，请勿过分惊诧，因为它并不是生长在地球的人类所写，而是生长在火星的人类所写。我们火星的人类，面对不同的天空、大地，思想深深地打上了火星的烙印，语言漂移得愈发遥远，恰如我们的跗骨形状漂移得愈发遥远……

2. 火星文学简论及其他

大体来说，火星文学也属于郊区文学：太阳系郊区文学。实际上，以"地球"和"火星"称呼彼此的家园，默示了某种后殖民时代不受待见的落伍观念，以及源于杜撰的星际朝贡体制。恕我不再展开，毕竟掰扯概念很容易，抒情却很难。非正式场合，选择中性词"蓝星"和"红星"确乎更安全稳妥。你好，尊敬的蓝星驯兽师，在下是红星爆破师。老一辈也喜欢"卷星"和"躺星"这样的称谓，它们古朴、粗糙、烟火气十足。另外，太阳系郊区文学还有意无意地避开"人类"一词，可能是因为它过于专断、过于傲慢，可能是因为地球的宁静空气让火星的旅行者惶惶不安，而在我们的橙红色老家，狂风像抽击陀螺一样把众多闪烁的天体抽击得面目模糊。当然，无须再提百分之四十地球重力下生活的种种差异，那太琐碎，根本写不完，我们也无意向读者提供廉价的猎奇风味文章，如今此等内容的汤汁和涎液到处飞溅。

骂人时，躺星民众不说"猪脑袋""狗杂种"，而说"鹅鹕脑袋""虱杂种"。他们对猪对狗抱有莫大的敬意和深挚的感情。

火星汉语圈的文学青年，往往把车槿山译本的《马尔多罗之歌》列为必读书目。我们——火星汉语圈的文学青年，或远或近，大多是矿工后裔，而《马尔多罗之歌》的作者洛特雷阿蒙，史称"大天使般的爆破手"，他引领新生代写作者，以爆破方式找到一条条丰饶的文学矿脉。这位夭折的鬼杰让我们意识到，自己脑袋里装满了真实而又不可解释的矛盾，他说漫画是一群大胆的虱子，笑是一只无情的袋鼠。

没错，火星除了虱子，还有袋鼠。有时候你简直说不清，是我们人类移民了火星，还是虱子、袋鼠移民了火星。为适应新环境，火星的变种虱子越来越巨大而凶猛，变种袋鼠越来越微小而迅捷，它们排列成一个个密集立方体阵列，在荒漠中举行庄严阅兵式……很显然，若要了解火星的生活，仅披览英语作家的《火星编年史》可不行，查看汉语作家的《中国火星纪事》也远远不够。况且，在火星上研读《论语》让我辈意识到，开篇头三句其实是递进关系，不是并列关系。对，火星上妇孺皆知，必须"学而时习之"，才可能"有朋自远方来"，必须收获前两种快乐，才可能做到"人不知而不愠"。少了前两种快乐，即使"人不知而不愠"，你们也不是一位位君子，只是一头头怪物……

3．火星语言学分析及其他

很抱歉，这一节纯属多余，因为文本自身，才是语言学研究的最佳临床病例，无须饱学之士再多嘴多舌。好了，随便扯几句吧，权且凑数。

生长于火星的人类，匆匆来到地球，大多得患上白噪声依赖症。我们眼瞳的虹膜，也早已适应火星上半昏半暗的昼光。有句古谚说得好：东南西北，我们的火星。哦，红星爆破师的平凡生活，粗朴似一张明代风俗画。同时，我们又向往蓝星，因此或多或少，不免以自己的出身为耻。大移民时代初期，按《疯狂的奥兰多》所言，月球是地狱边境，世人把各种垃圾丢到她原本空荡荡的山谷和平原上。如今，我们又说火星是炼狱边境。类似说法弥漫着机械命定论的冷酷色彩。去吧，星辰大海，发疯的拓殖集团，太空流浪汉共同体，去木卫六碰碰运气，莫反顾，莫掉头，何不瞎闯一通，丈夫志四海，万里犹比邻。至于蓝星向往者，请聆听红星先贤的谆谆告诫：要在地球过上自由的生活，你首先得拥有坚韧的踝骨和发达的颈肌。

哦，自由。火星文学之远祖《失乐园》说得好,劣者谁能自由？伪善的自由主义者在火星完全吃不开。我们为何来火星？火星文学之远祖《失乐园》说得好，与其在天堂里做奴隶，倒不如在地狱里称王！最初，火星上只有矿工群体的弯形阴影，而那些宇宙飞船里休眠的冒险家，声名固然广大，其本质不过是一伙光阴死囚。我们保留了大部分地球祖邦的语言习惯，性别平等意识已深入骨髓，实际言行也尚合仪范。骂架时，我们从不说"去你妈的"，只说"粉笔擦"。来自地球的旅行者会听到一个火星本土居民对同胞说："粉笔擦！你再敢放屁，老子送你上泰坦星！"足见泰坦星甚于炼狱。脏话、俚词、俗语，诚可谓地方文化的石蕊试纸。在火星，不擅游泳者，我们不说他是"旱鸭子"，而说他是"黑水鸡"，终究火星上很少有谁淹死。三不五时，或能看到一两个男女驮着铅块，泅浮于古旧人工河道那铁腥气冲鼻的浑波之中。此乃高收入阶层流行的运动，旨在进一步锻炼肌肉，以免将来一旦去地球生活，肢体过于疲累，身板走样变形。据说，躺星人在卷星过得很吃力，仿如蜗牛……

4．火星百科全书派

在火星，无法伪造学问，折腾一部《火星全集》。更何况火星的大气甚至不再发红泛橙了。正因为如此，火星文学才不宜归入乡土文学、地方文学之列，而应视作郊区文学。没错，郊区，这个称谓与火星的资源禀赋和产业定位相符。毋庸赘言，如果只谈谈矿脉，谈谈星际货运，那么将本文改名为《月球札记》或者《泰坦星札记》也并无不妥，反正矿脉啦、货运啦，此类事务在太阳系乃至在整个银河系任何角落,实质大同小异,乏善可陈。而想专谈火星,我以为,理当再回头谈虱子。这一判断,无疑仅出自文学家惹人嫌恶的职业敏锐。

在火星,每一座小镇都相当于一个虱窝。只要是虱子,无论猪虱、羊虱、牛虱,抑或人虱、狗虱、马虱,不分科属,已统统适应火星的恶劣天候。其实,每一只虱子背上,皆寄生了数量不等的水熊虫,它们是生命力极顽强的虱骑士,好比传说中高贵的龙骑士,堪称物种进化的奇迹和精华,它们驾着虱子,率先达成了真真正正的太空漫游。火星的变异虱群,在水熊虫驱驭之下,大肆袭击野驴、野兔、野豚鼠,它们让翱翔于乌托邦平原上空的鸟类瘦得仅剩下两根翅膀。当年,我在该平原东端的火宁市居住,养过一只雕鸮,它非常害怕虱子。这种猛禽,在蓝星号称暗夜杀手,在红星却适合做宠物,因为它很懒,只要有肉吃,根本不爱扑腾。

如今,火星经济仍然是典型的殖民经济,火星生物圈更不必提,呈现明显的输入移植特征。我们的孩子在显示屏上认识白枕鹤、金眶鸻、鹮嘴鹬。漫长的冬季和严寒,深刻塑造着火星居民的意识基底。比方说,如果我们读到曹子建《洛神赋》中"瑰姿艳逸,柔情绰态"等词句,不太可能联想到什么仙媛玉姝,而很可能联想到一袭黑裳、妆若烟熏的夺命天魔女。所以,洛特雷阿蒙在火星大行其道,我相信与当地的炼狱气质有关。"哎,什么是善?什么是恶?两者是一回事……"

若干时日之后，不劳文学史家们费神，地方年鉴的编撰小组将为我潦草写下三五句评价，权当盖棺论定：陆愚痷，生于乌托邦平原火宁定居点，写过几十首诗，赞美那些为行星农业机械化做出了贡献的商人以及种植者。

5．火联殖民理论，或曰红星政治学

诸位，卡尔·马克思说过，历史往往重复，第一次以正剧的面貌出现，第二次则以闹剧的面貌出现。然而，当初认为星际大移民时代之前，必定先经历国家消亡及世界政府成立的所谓大整合阶段，这一预判，今天我们已看到，实乃闭门造车，错得十分离谱。近几年，美国火星属地发生过新"波士顿倾茶事件"，但是当地老百姓并不准备闹独立，他们思盼着会哭的小孩有奶吃。奈何理想之温情不敌现实之冷酷，华盛顿那伙选票精算师早就想给火星属地断奶了，甚至，为了彻底断奶，连小孩都可以一抬手扔掉。无非面子上过不去：我们中国火星行政区还在硬撑，他们怎能先拉胯，顾头不顾腚。联邦和属地的关系，宪法上写得明明白白，理应是也必须是两星一家亲，是血浓于水，是打断了骨头连着筋，不分彼疆尔界，不可须臾睽离……

这个泛地球联盟时代，离莱姆《未来学大会》描述的时代还颇为遥远。天才科学家已解决星际间同步通信问题。这帮脑袋瓜极其好用的混蛋，搞出一套特别棒又特别讨厌的智能系统：结合意念预读技术，外加超大数据检索技术，事先计算出人们打电话的交流内容，存储于云端，可供提前发送。如此一来，基本克服了光速上限造成的沟通困难，且准确率达到百分之九十九点九九九九，余下百分之零点零零零一的差错率，借助记忆修复及创生技术很容易处理。自然，难免闹过两三次笑话，但平民阶级往往只关注补偿款孰多孰少。试举一例，通话人分别位于火星和地球，若他们同时暴毙，那么在短暂的几秒钟之内，负责预存并发送信息的程序仍会一丝不苟地继续工作，传输死者已经不可能吐出的某些词句，而它们是否也具有法律效力，众说纷纭。毕竟，量子网络的速度再快，认定生命状态总需要一个过程。听上去颇为怪怖？哈哈，反对耽于佚乐的诸位蓝星居民，别介意，别多虑，抛开怀疑，日子更美好。克尔凯郭尔认为，每个人都活得太过沉重，切勿期望过股……

数百年前，在墨西哥一座古城里，有位酒足饭饱的贤者，夜间伏案时写道，如果缺少全新的发狂情绪，地球将停止转动，群星将不再眨眼。好吧，真知灼见，于是人类以全新的发狂情绪拓展了全新的炼狱边境。穹窿间似有巨石滚动。各区域、各殖民点陆续召开严肃的代表大会，商讨下一个五年计划。好不热闹的大会季节！邀请、贺电、声明、贡表、盟约满天飞。那位酒足饭饱的贤者还称言，我们是一只今天的老母鸡在孵化昨天的巨蛋。贤者果真这么说？无所谓。说也罢，不说也罢，总之，明天的鸡崽儿啊，你必须搞清楚，上帝仍处于假死状态，暗中蛰伏，他绝非一位隐秘的慈善家。

6．火星风俗画及其他

在火星，清晨看到的景物往往游移不定，空间仿佛是一块融化的乳酪。天空泛青，山野泛黄，但感觉很假，犹如一位绝望的餐饭提供者将木块锯成蛋糕形状，涂上奶油的色泽，端给饥肠辘辘的流浪食客。这清晨，这宁寂，总让我想起小时候，星期六上午同父亲下棋，那些巨大的白色几何体耸立于远方云际，乍露真容，苍凉奇诡。说实话，鄙人厌倦乡村的静谧，如果乡村尚足以称静谧，相比这贫乏的静谧，城市的喧嚣更尘俗，更亲切。我还记得，家乡社区的运河上，装有一台阿基米德螺旋泵，覆盖着盐壳，不停翻搅着咸涩浪花。据说它能用来发电，其实呢，只不过是一道景观，之所以还在隆隆转动，全赖一名退休机械师的不懈维护和修理。河面上长年漂浮着两三只装装样子的烂木筏，蜿蜒的堤岸旁稀稀疏疏地栽植耐碱树种，保存了我们初尝禁果的纯真欢乐，如今那些忍受过太多虱咬的同林鸟，早已雄惊雌飞，各奔天涯……

眼下，我身在地球，妄想闯出一点儿名堂。年轻人啊，他们笑道，加油干，往前冲。依照卷星的标准，我确乎还算年轻，但依照躺星的标准，老夫早该抱孙子孙女了。有一位前辈——

年轻的前辈——说过,没人搭理,你提高嗓门,企图引起注意,直到喊哑嗓子,直到吼破喉咙,有用吗?适得其反。愚痷老弟,年轻的前辈拍拍我肩膀,认命,扎扎实实折腾些好东西。也是,蓝星驯兽师好歹挺友善,虽然技术没那么过硬。管你什么年轻人不年轻人呢,前辈说,年轻人全是些野心勃勃、假模假样的大傻瓜。然而,跟这类清醒的大傻瓜相比,糊涂的大傻瓜更多。在同一栋公寓楼的各个房间里,许多大傻瓜诚意十足,把自己当成宇宙史图表的绘制者,当成文明学巨幕的拉拽者,其中不乏猛士、怪胎、疯狂的圣徒。听啊,三更半夜,那名患了陈旧性肛裂的孤独男子,正通宵朗诵古文:"林有朴樕,野有死鹿……"痔疮的折磨使之脸庞蜡黄,可是他偏不去医院,只用猪胆汁治疗顽疾。此人激动时,全身浓密的汗毛根根倒竖,得靠一把去静电的梳子安抚它们,将它们打理平顺,令它们复原。他大概刚刚从炼狱边境来到尘世,因此躯体沉甸甸、热腾腾,两只眼睛似乎有点儿错位。这家伙喜欢把自己埋在糖槭树肥大、枯脆、轻盈的众多落叶之中,无忧无虑地白日做梦,醉看无穷无尽的幻象组成他另一副躯体,静待它不断膨胀,充斥全部空间,而真实的躯体转为透明,逐渐化作前者的液态养料。不,亲爱的读者,诸位想岔了,这并不是鄙人可悲的自画像,并不是……

  火星的玫瑰色朝晖啊,澄澈如净火天,我究竟要等到何年何月,方能与你重逢?我们全家去乌托邦平原秋游的情景,至今历历在目。那几乎是一处圣地,当初"祝融号"火星车即着陆于此。我们的越野地行器,好似硅肺病奴隶挨了主子的皮鞭一样震颤。外公和父亲坐在前排,母亲、姐姐和我坐在后排。荒原低缓,可一目望尽,甚至隐约看得到几百公里之外的烟焰,看得到一片悬空的炎湖,极远端延绵着鳍状岩峦。日常,外公说,让我们领悟到时间深远,而深远的日常,则让我们领悟到时间深远之二次幂。老人是动脉粥样硬化患者,他顶着心肌梗死的风险与儿孙辈一同出行,我那时候并不怎么珍惜。父亲跟自己的岳丈有一搭没一搭地闲聊,表情在大愚若智和大智若愚之间来回切换。姐姐,正值青春叛逆期,又因为不怎么漂亮,所以她如同《布斯托斯·多梅克故事集》的某个人物那样,始终保持着牛粪般瘫软的姿势。母亲在上网,关心遥远蓝星的新闻时事。乌托邦平原,渊静如贤者省思,它见证过火星的第一代人类的出现和消亡。岩块受到大风的蚀损,无不千疮百孔、千奇百怪。越野地行器上方,是蔷薇形状的苍穹,崎岖旧公路直指一片海市蜃楼,可以看到坼裂的云空、嵯峨的岩岭,覆载万象的天地宛如一个无比巨大的圆锥体,底面尤为光滑,顶点镶嵌着一颗耀眼的极昼恒星,似有无限权力。

7. 异乡人在蓝星

如果有人说,陆愚痷,你小子不过是人生方程式的一个可替换的单纯算符,如果有人这么说,我不会吃惊,也不打算反驳。自从来到蓝星，我一直练习吹唢呐，邻居嫌吵，纷纷怒目相向，控诉这声音足以把他们送走。蓝星的语言环境复杂，非常复杂，须多多实践。关于文学创作，我如精卫含石，我祈盼拥有清晨的简明，但至今还做不到。物有甘苦，尝之者识。道有夷险，履之者知。我也曾卷入拉斯维加斯金沙集团的洗钱圈套之中，跟一伙骗子终日切磋。蓝星，衰败的种子已包孕在兴腾之中，富足的一代，同时也是如果不富足便无法生存的一代。有一阵子，我天天被某个女人掐伤、咬伤、踹伤。哦，紫铜色的肉欲，狂暴猛戾的蛋白质！她喜欢火星的硫磺皂，那份淡淡的甜臭，让情侣感觉彼此很邪恶。我不再抽烟。丹尼尔·哈尔姆斯说过，抽烟的男人永远达不到他自身地位的顶峰。今天下午，公寓楼底层，入驻了几个顺着厄加勒斯暖流来到世界东方的南非原住民。远方，京畿建筑群朦朦胧胧的虚线，如琴弦在我们乏味生活的深处拨响，散发着秘密烟光。地球的气候一变再变,渐与火星趋同。猛烈的西北风吹得我们一个个不似人形，往我们头脑里塞进虚幻往昔，宣告某种秩序那天长地久、无始无终的持存状态。直到黄昏，尘寰万物才终于静息片刻，暮空一片金焰，万千燃烧的棉块不断向穹顶垒积，仿若一根根阐教仙人云中子催动的通天神火柱，把闻太师烧死在绝龙岭的通天神火柱中……

8. 故土,闪耀于夜空

众所周知,躺星的夕阳更小、更冰凉,白昼将尽之际,它从老天爷的秃颅慢慢滑向他似有似无的尾椎骨。傍晚,愣神的时刻,槐花满树满街,使城镇披上怀旧的鹅黄色。定居点衰败下去,几度濒于覆灭,河川常常断流,给人们带来真切的炼狱景致。不过我家还算走运,毕竟许多地域早已经退化为一片片戈壁,零星点缀着长满异形植物的狭小绿洲,或者不妨称作"伪绿洲",它们富含毒素,只有一些巨大、笨拙的等足类动物在其间存活、繁衍。若以火卫一的鸟瞰视角观察,会发现这成百上千个生命群落,好比一条条可爱青绶,缓慢摇摆,相互纠缠。平原上,不乏文明遗址,倒塌的大桥和废弃的社区随处散落,旅行者将看到人生的全景,所有烙印于灵魂的事事物物,无不次第显现。在辽迥荒漠的深僻之地,还出没着一些亚达伯拉象龟的火星变种,它们仿佛是冥土原住民,茫无目标地巡游于偌大的红色沙海和山石嶙峋的亡灵世界。

秋游那日,默默吃完一顿颇具仪式感的日暮野餐,我们登舟启程,前往另一处定居点,似乎是去走亲访友,又似乎是去讨账索债。晚空明净,犹如大洪水时期,起初极为遥远的星座离开巢穴,简直近在眼前,探手可摘。入夜的旷原,向旅人展现它幽昧的一面:古战场般惨淡、荒冷,若真若幻的诸多景象。天体闪烁,星穹的脉管搏动不已。铁锈色云团暗示行路者,没准儿可以从空气中挤出番木鳖的鲜红浆汁。大地的坏血正不停流淌，但游骑兵比这股妖氛更令你毛骨悚然，这些人是无情杀戮的代名词，所以母亲祈祷千万别遇到他们。

越野地行器沿着黑夜眼睑的边缘疾驰。寂静环火而伺，如一头头巨熊，挤挤挨挨围拢于四周。我睡意蒙眬，感觉大地变成了无底的湖水，能看到下方影影绰绰的石柱、屋顶、路衢，能看到死者的暴动，以及一圈圈一层层的广阔冥狱。据说，在乌托邦平原某处，有一块庞大的玄武岩，上面居住着老老少少一百八十人丁，他们修造石屋、石床、石凳，使用石刀、石箸、石碗，夜间绝少交谈，只在巨岩上横陈偃卧。平日里，他们依靠阳光的颤动来辨别方向。这一返祖团体，行政官员称之为"玄武岩部落"，但实际上，它是一个神国。恍惚间，我隐约觉得，可能人类根本没来过这里，甚至根本没来过火星，正如一句日耳曼谚语所言：事情只发生过一次等于从未发生。

选自《滇池》2023年第4期

一件袍子

江子

本名曾清生,中国作家协会全委会、散文委员会委员,江西省作家协会副主席、秘书长。出版长篇散文《青花帝国》、散文集《回乡记》等。有数百万字发表于全国各类文学报刊并获奖。

1

同事W爱穿袍子，直襟直统，长过脚踝。她经常穿的一件是黑底红花，交领，右衽，扣子是一字盘扣。袍子的黑底并非深黑，而是厂家着意做旧，仿佛是穿过多次，经过反复水洗后的颜色，黑中带黄，这就显得特别有历史感。袍子也的确被W穿过多次，W说买下来至今已经有些年份了。听W这么介绍，再看这件袍子，就感觉到了时间的力道。

W略比我年长，是已经过天命之年的人了。很早的时候，我在乡下教书，爱写作，她是省城文学刊物的编辑，自然，她就是我的老师了。后来我调入省城，与她成了同事，她依然是我敬重的老师。与我爱瞎折腾不同，W是个安静而有定力的人，说得文气一点儿，她是一个心中有道的人。她独来独往，少交际，无意惹尘埃，所谓办公室政治，市井恩怨，于她是不搭界的。领导换了几届了，但对她了解的真是不多。她却对阅读与写作始终如一，爱用一双冷眼暗察人世。她的文字，常于无声处听惊雷，于灰烬中见珍宝，在凡常间见深情与大义。她还真写过一篇名为《珍宝的灰烬》的文章，写她经常路遇的一个有着傻儿子的白发母亲。她如此写这位母亲在寺庙里的神色："她的背影肃穆得就像是只有她一个人，她是一个人站立在空阔的原野上，站在离上苍那些能够洞察人世苦难并可解救他们的菩萨最近的地方。""生活的火焰并不能够总是燃烧得旺盛与鲜艳。

尤其对于小人物而言，更多的时候，它是灰烬的代价和化身。然而，当你于灰烬里埋头寻找，尘灰扑面呛人的刹那，你能发现的，总有一块心一样形状的钻石或珍宝，让你怦然心动。"

她这样的人，与袍子结缘，是早晚的事。——这件源自久远、相比其他服饰十分严实并有凛然力道的袍子于她就是一堵墙，或者是一座让她获得安全感的微型建筑。她在这建筑内，免于尘世的喧嚣，守着心中的道。靠着这袍子，她大隐隐于市，等于是自造了一个天地。在她自己的天地里，她甘之如饴。

2

"百度百科"如此解释"袍"：直腰身、过膝的中式外衣。一般有衬里。是中国传统服装——汉服的重要品种，男女皆可穿用。

袍在中国的历史很长，东周时期的墓葬品中就可见袍。《诗经》《国语》中已出现"袍"的名称——《诗经·秦风·无衣》："岂曰无衣？与子同袍。"袍子证明了战友的生死之交。有古书记载："秦始皇三品以上绿袍、深衣，庶人白袍，皆以绢为之。"指出袍是官员与百姓共同的服饰，却以颜色区分。袍在古代分龙袍、官袍和民袍。龙袍为皇帝专用，袍为官家朝服乃是东汉永平二年（公元 59 年）开始的事情，以所佩印绶为主要官品标识。民袍乃日常生活中所穿之袍。

这里专说民袍，也就是直襟直统的长袍。

东周以来，袍活了两千多年。活了两千多年的袍，自然就有了性格，有了魂。我们说到袍，除了衣襟之用，肯定还与精神有关。

刘义庆的《世说新语》中的"王子猷雪夜访戴"："乘小舟就之。经宿方至，造门不前而返。"如此放浪形骸的王子猷，想必是穿着袍子的。袍子还得是新的，色泽还深，袍领和袖口甚至还缀了用以保暖的兽毛。

苏轼的《记承天寺夜游》："元丰六年十月十二日夜，解衣欲睡，月色入户，欣然起行。念无与为乐者，遂至承天寺寻张怀民。怀民亦未寝，相与步于中庭。庭下如积水空明，水中藻荇交横，盖竹柏影也。"那晚苏轼与张怀民的穿着，必须是袍子，而且是色浅而薄层、风吹起来有飘荡感的袍子才对。

张岱的《湖心亭看雪》中，张岱自然也是穿袍子的，而且是厚袍子，衬里缀了很厚的棉絮，否则抵御不了西湖的风雪，担不了文中的天云山水和湖心之亭："余拏一小舟，拥毳衣炉火，独往湖心亭看雪。雾凇沆砀，天与云与山与水，上下一白。湖上影子，惟长堤一痕、湖心亭一点、与余舟一芥，舟中人两三粒而已。"

…………

在中国古代服饰文化里，袍子关乎斯文、教养、态度、责任乃至更广阔的精神指向。换句话说，袍子即人。一个灵魂没有分量的人，是担不起袍子的。

3

近百年前的中国，当是袍子的世界。

蔡元培、胡适、林语堂、朱自清、钱穆、沈从文、陈寅恪……他们都是穿袍子的。他们袍子上的立领，从来都凛然竖立，右肩上的布扣，从来都严严实实。袍子是他们的民族、国籍、语言、时代，也是他们共同的性格、风度、操守与命运。穿着袍子，他们就像是一个家族的子孙。

中国现代文明启蒙先驱胡适是师从著名哲学家约翰·杜威的留美学生，美国哥伦比亚大学哲学博士，后来还担任过中国驻美大使，毕生着力倡导民主、自由思想和理性主义，称得上是二十世纪中国最为洋派的人，也是最有资格穿西服的人。

胡适先生当然经常西装革履。穿着白色衬衫、深色西装、打着领带、戴着圆框眼镜的胡适先生，挥洒自如，风度翩翩。他以西装为标榜，站在时代前沿，批判中国传统，在世界外交舞台驰骋。

可是他经常穿着袍子。西装和袍子，两种完全不同价值观的服饰，奇妙地统一在一个人身上。百度上看他的诸多照片，袍子穿在他的身上，竟和西装一样妥帖。

与他同样有很深的西学背景的人是林语堂。林语堂的父亲是个牧师，母亲是个虔诚的基督徒。

他最早接受的是西式教育，17岁入上海圣约翰大学就读，后又在美国和德国留学，先后获哈佛大学文学硕士和莱比锡大学语言学博士学位。回国后，他先后在清华大学、北京大学、厦门大学任教，所教科目也多是外文，曾任北京女子师范大学教务长和英文系主任，外交部秘书，上海东吴大学法律学院英文教授等。1948年，他赴巴黎出任联合国教科文组织艺文组主任。1954年，他到新加坡筹建南洋大学，任校长。1975年，被推举为国际笔会副会长。

林语堂几乎一辈子与西方文化打交道，据说他懂西方胜过中国，他直到30岁执教北大时才知中国孟姜女哭长城的传说。如此西化程度厉害的林语堂按理是长年穿洋装才对。可在网上搜索林语堂，其穿袍子的照片数量远超过穿西装的。就连他的祖籍地（福建省漳州市芗城区天宝镇五里沙村）纪念馆前的塑像，也是穿着袍子的造型。

一个人的着装往往潜藏着他的身份认同。我想胡适、林语堂虽然有各种身份，但他们认定袍子里的人才是他们真正的自己。或者说，西装于他们不过是一场场旅行，而袍子才是他们出发和最终要抵达的故乡。

在中国文化的语境里，鲁迅绝对是个异数。他是被解读最多的人，也可能是被误读最多的人。认同他的人，把他当作以笔为刀的思想者、革命者、民主斗士，当作"民族魂"，不认同他的人，说他性格偏执阴郁，对中国传统（包括中医）的批判过于凌厉无情，对与他论争过的人，"一个都不宽恕"。

真正的鲁迅是怎样的，只要看他留下来的许多照片就知道了。照片里，他都穿着袍子，中国的袍子。

他只有赴日本留学时穿着制服。那该是学校的校服，短装、铜扣，衣着挺括而生涩。但那时候，他还不叫鲁迅，叫周樟寿。

袍子应该是鲁迅认知中国的起点，也可能是终点。他几乎终生穿着袍子，也终生审视袍子。袍子是他的精神母体，也是他要反抗的敌人；是他要反抗的囚室，也是他驰骋一生的战场。袍子于他，也可能是思想的悬崖——袍子耸峙，他的目光与思考，正建立在这危险的悬崖之上。

袍子也是他的铠甲。他一生得罪人无数，是袍子护卫着他，让他免于伤害。

鲁迅穿着袍子，参加朋友的宴会，给穿着校服的学生讲课，看戏，回故乡，在书桌上完成各种报刊的稿约，给年轻作者的新作写序，订正准备付梓的书稿，躺在摇椅上与前来拜访的萧红有一句没一句地聊天。天气很热，他也不松开脖子下的那粒布扣，忙的时候，却会挽起宽大的袖管，露出青筋暴出的、指间被烟卷熏得焦黄的手。烟灰落在袍子上，他会手忙脚乱地拍打袍子。一辈子，他与袍子相生相克，直到最后，袍子也就成了他的墓碑。

有一张照片是他与英国戏剧家萧伯纳的合影。那是 1933

年初萧伯纳到上海访问时二人的合影。照片里，77岁的萧伯纳身板硬朗，个子魁梧，风度翩翩。他白发，白眉，白胡子，穿着一套笔挺的西服，打着领带，左手握住右腕，样子俨然一位战功卓著、解甲归田的老将军。这个老头子，气场真是强大得很！

而相比萧伯纳，鲁迅太矮了，也委实普通。从照片看，鲁迅只到萧伯纳的脖子处，相当于比萧伯纳矮了一头。鲁迅平头，一字胡，发须皆黑，右手指间夹着烟，就是一名中国寻常老伯的样子。在威风凛凛的萧伯纳面前，鲁迅的风度，眼看着要被萧伯纳比下去了。

可是鲁迅穿着袍子。那件袍子浑朴绵厚，却又威风凛凛。穿着袍子的鲁迅，样子就像是一座石塑的雕像，一座古老的碑。萧伯纳个子再高，发须再酷，也根本压不住他。

二十世纪二十年代至四十年代的中国，军阀混战，列强逼迫，民众如同蝼蚁，国家衰弱到了极点。袍子们纷纷奋起，从课堂、书斋走向街头，走向面目模糊的民众，走向无尽的远方。他们眉头紧锁，目光机警，步履匆匆。在街头临时搭起的演讲台上，他们慷慨陈词，袍子宛如风中高举的旗。在风声鹤唳的巷道里，他们匆匆走过，衣袖里可能藏着秘密的情报，一个通知某个群体秘密转移的消息……为防被人认出，他们戴着礼帽，帽檐压得很低。为防风雨，他们把油纸伞别在身后。不幸的消息纷纷传来：一件叫陈独秀的袍子，被押进了监狱；一件叫李大钊的袍子，被绞死在绞刑架上；一件叫闻一多的袍子，被罪恶的子弹打出了十几个破洞……

4

1938年2月，一群袍子领着千名学生从长沙出发，开启了终点为云南昆明、路途为近两千公里的远征。

他们的身份，是国立北京大学、国立清华大学、私立南开大学的教员。他们怎么从北方流落到了长沙，却又为何要领着学生从长沙前往昆明？

事情的前因后果关乎国运：1935年，北京的局势日益危急，为了防止突发的不利情况，清华大学秘密预备将学校转移至长沙，拨巨款在长沙岳麓山山下的左家垅修建一整套的校舍，预计在1938年初即可全部完工交付使用。并在该年冬秘密南运几列车图书、仪器等教学研究必需品到湖北汉口暂时保存，随时可以运往新校址。

1937年不仅是中国的多事之秋，也是中国教育的多事之秋。该年7月7日卢沟桥事变，7月29日、30日，南开大学遭到日机轰炸，大部分校舍被焚毁。考虑到北京大学、清华大学、南开大学三所大学的安全，鉴于清华大学此前为预备转校在长沙所做的努力，以及长沙当时的局势，教育部分别授函三所学校的校长，令三校在长沙合并组成长沙临时大学。

三所学校的1600名师生经过长途跋涉陆续到达长沙，开启了乱世中的文明重构之旅。10月25日，国立长沙临时大学正式开学。学校租借圣经学院和涵德女校，本部择于长沙城东的韭菜园。韭菜园，多好的地名呀，正好印合了人们的祈盼。大家希望，即使烽火连天，中国的人才，依然可以像具有强大再生能力的韭菜一样，可以一茬又一茬地生长出来。

可是局势在几个月后发生急转，南京失守，华北沦陷，中原动荡，画着红色膏药旗的飞机一次又一次在长沙市区上空扔炸弹，学校是办不下去了。1938年初，教育部决定，国立长沙临时大学西迁昆明。

师生们出发了。他们的迁徙何其艰难：他们分成三路，第一路走水路，部分老教授领着女同学从长沙小吴门的粤汉铁路上车，坐火车南下广州转道香港，再从香港上船，坐船到越南海防，再坐火车经过滇越铁路到达昆明。第二路师生坐汽车，从长沙走湘桂公路，经过桂林、南宁、镇南关，到达越南河内，再从越南河内上火车，经过滇越铁路到达昆明。

最悲壮的是第三路，一群中青年教授领着男学生，336人编成3个连，以湘黔滇旅行团的名义从长沙出发，靠着两只脚一步步经益阳、常德、沅陵进入贵州，跨越湘黔滇三省，费时68天，于1938年4月28日到达昆明。

这是无比仓皇的流亡之旅。正是初春，天气寒冷，又是三千多里远的征程，袍子们的遭遇可想而知。无法正常洗澡，正常洗涤、晾晒，在长沙时整齐的袍子，到昆明就邋遢了，在长沙时还算崭新的袍子，到昆明就暗旧了。在长沙时还散发着太阳的香味，到昆明就臭烘烘的了。从长沙出发时是柔弱的、蓬松的、温顺的，到后来就铁一般硬了。一路上的风霜、泥泞、汗水、菜渍、烟味，都可能在上面留下痕迹，一路奔波造成的脱扣、掉线、破洞、起味、改色，也是时有发生。昆明人见到他们，肯定会认为，他们和叫花子差不了多少。真正是有辱斯文！

可是没有人不对他们肃然起敬。他们虽然手无寸铁，但他们是真正的战士。他们进行了一场真正意义上的战斗。他们为文明而战。他们的流亡，乃是为文明的图存。他们衣衫不整，却是乱世中国的文明引擎。那一件件脏兮兮的袍子，乃是英雄的史诗，威风凛凛的战袍。种种迹象表明，今天的我们，是这些袍子的受惠者。

应该记住这些袍子的名字：梅贻琦、汤用彤、冯友兰、金岳霖、吴宓、陈铨、吴达元、钱锺书、杨业治、傅恩龄、刘泽荣、朱光潜、叶公超、朱自清、罗常培、罗庸、魏建功、胡适、杨振声、刘文典、闻一多、王力、浦江清、唐兰、游国恩、许维遹、陈梦家、吴有训、陈寅恪、傅斯年、钱穆、萧涤非、余冠英、贺麟、黄钰生、袁复礼、李继侗、曾昭抡、吴征镒、陈岱孙、华罗庚、陈省身、吴大猷……

5

绕了这么大的弯子不过是序曲,我终于要说到正题了。我要说的是另一件袍子,一件蓝色的棉袍。袍子是传统标准制式,交领,右衽,一字盘扣,白领口和袖口,直腰身,下摆及脚。袍子宽大,可见是按照身材高大挺拔的人的身高做的。袖口衣厚,有夹层,衣服表面,有细细的棉絮从针脚处探头探脑,可以想见夹层里铺了厚厚的棉。这使得这件袍子,特别有质感,特别煞有介事和义正词严。

袍子崭新,应该是成衣后没有洗过,布面还发着光呢。

平心而论,今天的袍子,已经很少见了。从二十世纪以来至今,中国发生了太多的事情。西装、夹克、裙子、裤装,各行其道。只有少数像我的同事W那样的人,才会不管不顾地穿着袍子招摇过市。只有演艺界需要塑造特殊的时代、特殊的人群时,才会煞有介事地把袍子穿上——那时它有另外一个说法,叫作道具。

这一件棉袍还真是一件道具。它穿在一个宋姓的先生身上。

正当花甲之年的宋先生是江西颇有名气的表演艺术家。他个子高大,仪表堂堂,国字脸,一字胡,两鬓斑白,双目炯炯,两道剑眉让整张脸显得特别有力道。我知他在不少电影、电视剧里饰演过让人印象深刻的角色。那些角色,有老谋深算的警察卧底,虽千万人吾往矣的古装英雄,久经磨难不肯屈服的江湖侠客，铁骨柔情的边防军人，或者古道热肠的邻家老伯。

他也多次在江西排演的话剧里担任主角。他在话剧中饰演最成功的一个角色，是方志敏。

宋先生这次是受邀来参加我所在的文化单位举办的一个诗歌朗诵会。朗诵会以百年中国为主题，十余首诗歌作品由不同的朗诵者担纲演绎，面向社会公演，网络同步直播。宋先生朗诵的诗作，关乎民族大义，洋溢着旧中国志士的慷慨激情。几次彩排时，我看到宋先生的表演，他时而紧锁眉头，时而举起拳头，时而昂起头颅，完全是烽火岁月里为苍生为民族请命无惧生死的人的灵魂附体。他的声音略带沙哑，越发接近那个特定年代为中国前途命运奔走呼号者的本相。

正式演出在晚上七点半。我们——包括所有演职人员和我这样的工作人员都已用过盒饭。在等待演出的时段，我和穿着袍子，正抽着纸烟的宋先生有一句没一句地聊着天。我们说到袍子。首先说到他身上的袍子。他告诉我说这件袍子是与他们有着长期租借关系的道具公司专为他本次演出量体裁衣定制，他穿起来觉得特别合身，款式、布料和针脚也特别让他满意。然后我们说到袍子的功用、品行与文化，说到中国古代袍子之所以流行两千年，肯定是袍子和中国自然与文化的高度契合。它上下一体，衣长过膝，适合遮风御寒。它从领子到袖子到下摆都严严实实，正是含蓄、隐忍、崇礼、中庸的中国文化在服饰上的反映。它是美的，是适合入中国山水画的，想想如果中国山水画中的文人墨客，都是西装领带，或者 T 恤夹克，那会成何体统！它的退场，何尝不是中国文化的一次遗憾……

宋先生发现了我对袍子有着别样的情感，突然说，这件袍子，你要不要试试——

说话间，他就作势要脱给我。

老实说我的确对他身上的袍子充满了觊觎，就像我对那个频出志士的时代充满了向往。可是我突然间感觉到了一股强大力量的逼迫。我知道这件袍子对于真正的袍子来说不过是个赝品。可是它难道仅仅是赝品吗？它经过宋先生的数次彩排，已经与原生态的关乎袍子的精神谱系接上了头。它虽然崭新，但它已经有了这个谱系里的袍子的脾性。我配穿上这样一件袍子吗？我是否准备好了，接纳这样一件袍子，随时准备成为这样一件袍子中的人？

慌乱中，我冲宋先生摆了摆手。

选自《北京文学》（精彩阅读）2023 年第 10 期

叙事

任芙康

编审。曾任《文学自由谈》《艺术家》主编,天津市写作学会会长,天津市文艺评论家协会主席。曾获全国艺术科学规划领导小组"优秀编审工作奖"。国务院特殊津贴专家。第七届、第九届茅盾文学奖评委。

"叙事"，原本平和的两个字，抑或安静的一个词，可它们于我，带着一份良善与庄重，天奇地怪地入心入肺，已满三十一年。

暮色将黑未黑，恰是午后四时许，我搭乘新加坡航班，飞离哥本哈根。九十分钟过去，降落苏黎世。此地为经停，下客、上客的扰攘，全然莫得，唯见谦谦有礼。

座位紧倚左首舷窗，望出去，停机坪灯火稀疏，似无传说中的奢华，亦非想象中的精致。苏黎世被冬夜的雨，淋出了俗李凡桃。此刻，像有劲风刮起，雨丝纷乱飘洒，隐约有人在冷雨中忙碌。一切悄无声响，令人泛起莫名苍凉，甚而不合时宜地想到"凄风苦雨"。

飞机重新起飞，尽头新加坡，中途再无停顿，会有十三小时航程。除我之外，整机乘客，统统欧人面孔。他们不肯慢待闲暇，挈妇将雏，远走高飞，往往只为换得十天半月的暖和。

因口舌拙笨，我于所有外语均属外行。曾经接触俄文（初中学过三年），后来奉还老师。但我愚而自励，不怯异邦远行。即如此刻，面对临时旅伴的所有致意，纵然不甚了了，但仍是明白，萍水相逢，便有这般斯文，是一种涵养，更是一种秉性，心下生出可靠的安然。新航空乘女孩儿，尤有无华的婀娜，察觉我英语生分，便将配赠的吃食饮品，用悦耳汉语讲解给我听，让人领受真心的体贴。虽说，夜半独行不怕鬼，我其实亦需他人帮忙。就此趟远行而言，抵达狮城，略作勾留，还会继续游走,天晓得会碰到什么难处?

舱里暗下来,众人已摆出睡姿。我轻轻推起舷窗挡板,没有皓月,没有繁星,眼前黑得无穷无尽。回想醒事以后,从未滋生过体面的"志向",也就不曾遭逢人生挫折的失意,或是享受红尘顺遂的得志。只要有点儿余钱,应付起码的吃喝,便不太理会吉凶,任天涯茫茫,抬脚可走。语言不通,属交际白痴,本会心虚,但早早脱褪自惭形秽的家伙,就是那个不知天高地厚的我。无知,多半连着无忌,即或万米高空,依旧拒绝妄自菲薄,很快沉沉入睡。

一夜无话。

当瞌睡将尽,尚在醒盹,忽听前边有人欢叫开来。睁眼看去,一束光芒,已闯进舱内。人们纷纷起身,启开两侧窗挡。瞬间,迥异于欧罗巴的艳阳,让人们从里到外,透透亮亮。我贴窗顾盼,先有些眩目,天海一色的蔚蓝,涌动出无垠壮阔。天幕的蓝,海面的蓝,多看一阵,便都变得不再是景致,只是大自然的慷慨。哎呀呀,这不就是鼎鼎大名的"南洋"吗。

早先读过些闯荡东南亚的陈年往事,多少志士、枭雄的故土,不是海南、福建,便在浙江、广东。他们令人惊骇的乱世漂泊,早已隔膜眼前的天下太平。我本西南大巴山人,与东南沿海素不沾亲带故,哪想世事难料,自己竟然来到这方,并不明不白,生出思古之幽、思亲之忧。东想西想,索性用生造句子来表情达意:有缘不嫌天涯远,千帆过尽亦乡亲。

忽地，旷远的左前方，阳气蒸腾处，大洋托起一片不甚真切的陆地。只是眨眼工夫，陆地幻化为阔大的坟山，布满竖立的墓碑。再眨眨眼，所有墓碑已变成壮观的大厦，甚至能分辨出粒粒移动的车影。心旗摇动，新加坡到了。

陡然，眼前一切消失，重现蓝天白云。感觉飞机开始爬升，右拐，再右拐，持续右拐，显然在兜一个大大的圆。莫非这城矜持，不肯轻易见人；或是这城讲究，来客得先行叩拜。

很快，仍是左前方位置，重现"墓园"，重现高楼，重现街市。景象新鲜，见所未见，绝非等闲城郭。但跟魔术一样，有形的一切，再次倏忽无影无踪，唯有碧空如洗。

飞机第三度兜回来，悄无声息地贴近城市。机身在下降，高低错落的大厦，从眼前疾疾退去，心中留下的，只有都市如画，富庶入骨。似乎飞机再未犹豫，抱着坚定的锐气，义无反顾。随之，柔和触地。稍事滑行，稳稳终止。整套动作，一气呵成，毫不逊色于一场飞行表演。刹那间，满舱沸腾，人们在狭窄的空间击掌、拥抱，仿佛此番同机，区别以往，彼此牵手，缔结了生死之交。

其实，所有这些情绪翻转，我都懵懵懂懂，不明就里。但愉悦总是合拍的，长途飞行圆满收尾，毕竟值得庆幸。

人们夏装着身，鱼贯而出。舱口一侧，站着仪表堂堂的中年机长。他脸带微笑，接受几乎每位乘客的握手道别。当我挨近他，直接汉语相问："刚才，飞机有什么事吗？"对方甚为吃惊，亦用汉语反问："有广播呀，你一点儿不知道吗？""我不懂英语。"机长一下变得低声："哦，对不起。起落架出了麻烦，后来没事了。"

顿时大梦方觉，自己刚刚跨过差点儿"一了百了"的门槛。我的生父，抗战中入编远征军。由缅甸开拔去印度，飞机起飞便坠落，满机官兵，死伤各半。生父醒来，巧属"伤"中一员。而今我步前尘，预示本乃沧海一粟，破茧成蝶，竟已是见过"场面"的人了。我最清楚自己，在这烟火人间，分量几近于无，倘若某日忽然飘零，除却亲朋感伤，企望刊登一则免费讣告，都恐怕力不从心。故而，当时我虽觉侥幸，并无惊悸，放下提袋，趋前抱住机长。我必得相拥一回，表达敬重，甚或敬畏。我怀抱的英雄，是带给我们否极泰来的恩人。

一步步走下舷梯，暑热中终是悟出，飞机兜出的那三个大弯，就是延缓时光的良方，只为消耗燃油、腾空场地、调集救护。当摆渡车启动，验证了我的猜想。

西侧椰树林边，一道道路口，完结使命的消防车、救护车、工程车、警用车……闪耀着如释重负的光亮，次第驶离。如同高明的导演，构思出一幕峰回路转的大片，我们的座驾，才敢于开启希望的着陆。

浩大的停机坪，空空如也。空旷、简洁里，仅有行进的两辆摆渡车，叫人回味业已消散的凶险。车子向航站楼驶去，椰林茂密，阳光灿烂，草木不惊，祥云瑞气，所有的危殆，未留下一丝踪迹。粗粗一想，乘客的无恙，雄鹰的无损，当然不是造化，不是福分，不是天意。我崇奉唯物论，起落架最终服从人的意志，只是凑巧。但从那以后，我信服一个常识，只要飞上天去，没有三长两短，最终正常落地，便堪称头号"幸遇"。也便是从彼时开始，我对航行，反倒愈觉寻常，二三十年间，总在飞来飞去，将升空、降落视若家常便饭。

我们这群人，一场未遂空难的幸运者，已成特殊乘客，一路由专人交替引领。下车进得二号航站楼，自助人行道将我们送进"迷你"火车，凉爽、洁净，使得安抚与压惊，臻于至妥至诚。

一号航站楼的入境查验，谦和，简便。近旁便是行李领取处，只见大箱、小包，与各自的主人天路重逢。移步自动扶梯，缓缓下行中，迎面墙上，一幅红底白字撞眼——"如果你是华人，请用华语叙事"。

这让我大为惊异：怎会有如此提醒？四顾前后左右，勉强可称华洋杂处，但"华人"确实唯我一位。于是乎，这条标语就像特地挂给我瞧的，顿觉身份添了稀客的显达。其实我知道，自己已经来到一个"有话可以好好说"的地方。前边就是出站口，不想急于离开，一步三回头，心中浪打浪，浸润着莫名慰藉的、险些夺眶而出的泪水。入住酒店当日，我便知晓，以英语为主要语言的新加坡，自1979年开始，推广华语运动，替代方言，已有十三年之久。

是日，1992年2月10日。没有兵荒马乱，但我似有不幸殉难之后的新生。斯地，新加坡樟宜国际机场。这是本人当时见识过的顶级空港。

从那天开始，我钟爱于"叙事"二字。每每读到听到，总会享受几分温文尔雅。叙事不是抒情，所以朴素。如今有人爱在"叙事"前头冠以"宏大"，无非沽名钓誉，亦是对叙事的扭曲。当自己将叙事移用于做饭，就仿佛获得一种章法，常常喜欢将燃气开到最小，以文火熬炖灶上的食物。当自己将叙事专注于伏案，又仿佛被灌输一种态度，便不论笔下事物多么刺激，总要心平气和，努力平实素朴。不光斟酌用字遣词，甚至从标点符号做起，让述说进入从容。比如，惊叹号，通常只有呼喊口号，才会与叹号挂钩；而上乘行文，则应避免口号。于是，在文字表达中，往往有意为之，情绪交由安稳驾驭，成功远离惊叹。

2023年5月5日　津西久木房

选自《文学自由谈》2023年第6期

过沙溪急,霜溪冷,月溪明

潘向黎

小说家,文学博士。出版长篇小说《穿心莲》、小说集《白水青菜》《上海爱情浮世绘》等多种,随笔集《茶可道》《看诗不分明》等30余种。获第四届鲁迅文学奖等文学奖项。现为上海作家协会副主席、专业作家。

富春江到底是富春江。不论来几次，我每次都会在心里把吴均的《与朱元思书》默诵一遍："风烟俱净，天山共色。从流飘荡，任意东西。自富阳至桐庐一百许里，奇山异水，天下独绝。……"富春江是严子陵的，也是吴均的。这么觉得的，不止我一个吧！

船过七里滩。我知道七里滩又叫七里濑、七里泷，这一段南起建德市乌石滩，北至桐庐县芦茨溪口，全长23公里。两岸青山夹峙，以"山青、水清、史悠、境幽"为主要特色，有"小三峡"之称。除了吴均的礼赞，这里的风光一直有口皆碑，宋代叶梦得《避暑录话》卷上写有"（七里滩）两山耸起壁立，连亘七里"；《太平寰宇记》卷七五引《舆地志》云："桐庐有严陵山，境尤胜丽，夹岸是锦峰绣岭，即子陵所隐之地，因名。"

在船上，两岸"锦峰绣岭"，前后"水皆缥碧"，倚窗眺望，满目清亮。半晌，低头喝茶，方信手拿起一份介绍风景的册页，却赫然看到一首熟悉的词：

《行香子·过七里滩》

苏轼

一叶舟轻，双桨鸿惊。水天清，影湛波平。鱼翻藻鉴，鹭点烟汀。过沙溪急，霜溪冷，月溪明。重重似画，曲曲如屏。算当年，虚老严陵。君臣一梦，今古空名。但远山长，云山乱，晓山青。

我大吃一惊，立即起身，走到另一排座位旁，问当地的朋友："苏东坡写的是这里？"人家是专家，很淡定地答："是啊。"我还不放心，追问："苏东坡写的七里滩，就是这个七里滩？"此语一出，我自己也觉得问得呆，笑了起来，于是几个人一起笑了起来。

再坐回自己的位置，心情完全变了。啊，居然就是那阕《行香子》里的七里滩。眼前的七里滩，居然是苏东坡写过的七里滩。来过好几次富春江，但是过去，我从未把七里滩和苏东坡的这阕词联系起来，今日突然闻知，不禁有他乡遇故知的惊喜，又有些许醍醐灌顶的眩晕和满足。

好你个富春江，原来你不但是严子陵和吴均的富春江，你还是苏东坡的富春江啊。这个苏东坡，是一个中国人个个都想和他做朋友的人，是我们多么熟悉、多么膜拜、多么珍爱的神仙人物啊！七里滩，你何不早说？今天我才知道，咱们从此就亲近多了，不是吗？

那是宋神宗熙宁六年（1073）二月，在杭州任通判的苏东坡，巡查富阳、新城，放棹桐庐，"过七里滩"而作的词。

双桨鸿惊，并不是有些人所解释的什么"双桨划过，惊飞了鸿雁"，而是化用了《洛神赋》的"翩若惊鸿"之典，描写船桨掠水如鸿雁惊飞。藻鉴，说的是水下长满水草而表面平滑如镜的江水。烟汀，是烟雾迷蒙的小洲。除此之外，这阕词不但没有晦涩冷僻的字眼，反而相当清畅易懂。第一次读，我就觉得自己读懂了，很明晰、很愉快地读懂了。但是，后来，又觉得似乎没有完全读懂，再看各路人的解读，发现这阕词的主旨，历来见仁见智。

苏东坡笔下，富春江山势之美、江水之美，俨然一幅水墨画。自然而然，他也想起了严子陵。那么，他对严子陵和刘秀是赞是弹？对仕隐的矛盾和进退的选择，他是怎么看待的？

对严子陵的评价，历来"云山苍苍，江水泱泱，先生之风，山高水长"的仰慕是主调，但不是全部，也有一种看法说严子陵在富春江垂钓是在"钓名"，唐代韩偓《招隐》诗中就直说："时人未会严陵志，不钓鲈鱼只钓名"。受这个看法的影响，也有人揣测苏东坡在这首词中也隐隐讥讽了严子陵。但依我看，苏东坡心里一直没有放下归隐山水的向往，说苏东坡讥讽了严子陵，大概率是想多了。

有人则觉得苏东坡是感叹不论刘秀是求贤若渴还是故作姿态，严子陵是遗世独立还是沽名钓誉，终究只是留下缥缈的虚名罢了。这层"人生虚幻"的意思很可能有，毕竟"人生如梦"是苏东坡的调子。

有人读出了一种调侃，觉得苏东坡在说严子陵当年白白在此终老，不曾真正领略到山水佳处。这个显然不对，"虚老严陵"是惋惜，惋惜他没有施展大才。

有学者的看法公允平和：

词作用清冷的笔触,描绘旖旎如画的富春风光,词作弥漫着淡云疏烟般的惆怅,同时又体现出一种疏放的气度。这时的作者三十七岁。仕途的磨难既是后来的事,壮年的心中不免充满希冀。他感慨于"君臣一梦,今古空名",更在为严光"算当年,虚老严陵"惋惜时不经意透露了内心的志向。不像后来艰辛备尝之后,他说的就是"几时归去,作个闲人,对一张琴,一壶酒,一溪云"了。

(《苏轼词》刘石评注,人民文学社 2005 年 3 月版)

距离往往是相对的,七里滩有时候会变成七十里滩。往日这里滩险流急,行船难以牵挽,快慢要看风力,当地有个谚语:"有风七里,无风七十里"。而人生的道路也如此,机遇、时运就是那难以预测而影响巨大的"风"。

苏东坡的一生,风波迭起,行船不易,所幸他的一生也是渐渐摆脱"有风无风"绝对影响的过程。有风七里时,他顺势从容扬帆,心里有入世的抱负和兼济天下的能力;无风七十里时,他坚韧豁达,不强求不执着;无缘无故翻了船,他也能想得开,干脆弃了船登了岸,"也无风雨也无晴",坐在岸边,悠然看江水溶溶流过。他知道,不论在水上或者岸上,所经历的皆是人生,而那不为任何人停留的流水,是时间。在宇宙范围内,一切都是小事。"人生如逆旅,我亦是行人"(《临江仙·送钱穆父》)有风无风,水上岸上,无非是人生。天地是旅舍,谁又不是行人呢？而大自然是永恒的，对优美山水的热爱和抒写是永恒的。

多少代人走过了，而富春山水依然旖旎如画。有一种美，叫作富春江。有一种美，叫作人文记忆。当我再次游赏七里滩，突然领悟这种融合了山水和人文的大美，才是美的国度里至高无上的。这种美，如一个风华绝代而淡然出尘的佳人，超越了时光，在比严子陵钓台更高的高处，不经意地露出笑颜。

选自《文汇报》2023年9月20日第7版